SHANGHAI STORIES CULTURE MEDIA Co.,Ltd.

故事会

惊悚恐怖系列 HORROR SERIES

日本新娘

上海故事会文化传媒有限公司
上海文艺出版社

图书在版编目（CIP）数据

日本新娘 /《故事会》编辑部编. -- 上海：上海文艺出版社，2019

（故事会. 惊悚恐怖系列）

ISBN 978-7-5321-6402-8

Ⅰ. ①日… Ⅱ. ①故… Ⅲ. ①故事－作品集－中国－当代 Ⅳ. ①I247.81

中国版本图书馆CIP数据核字(2017)第161923号

书　　名	日本新娘
主　　编	夏一鸣
副 主 编	吕　佳　朱　虹
责任编辑	陶云韫
发稿编辑	吕　佳　朱　虹　姚自豪　丁娴瑶　陶云韫 王　琦　曹晴雯　赵嫒佳　田　芳　严　俊
装帧设计	周　睿
封 面 画	苏　寒
责任督印	张　凯
出　　版	上海文艺出版社
出　　品	上海故事会文化传媒有限公司 （200020　上海市绍兴路74号　www.storychina.cn）
发　　行	上海文艺出版社发行中心（200020　上海市绍兴路50号）
印　　刷	上海万卷印刷股份有限公司
开　　本	787×1092　1/32　印张8
版　　次	2019年12月第1版　2019年12月第1次印刷
书　　号	ISBN 978-7-5321-6402-8/I·5120
定　　价	25.00元

版权所有·不准翻印

上海故事会文化传媒有限公司 出品（00671）

想看更多精彩故事？扫码下载故事会App

上海故事会文化传媒有限公司所有图书可办理邮购，免收邮费（挂号除外）
汇款地址：上海市黄浦区绍兴路74号(200020)；　收款人：上海故事会出版发行部
联系电话：021-64338113
如发现本书有质量问题，请与印刷厂质量科联系 T：021-56928178

编者的话

一、中华民族自古以来便有讲故事的传统。五千年的文明绵延不断,五千年的故事口耳相传,故事成为中华民族弥足珍贵的精神财富。

二、创刊于1963年的《故事会》杂志是一本以发表当代故事为主的通俗性文学读物。50多年来,这本杂志得风气之先,发表了一大批脍炙人口的优秀作品,许多作品一经发表便不胫而走、踏石留印,故而又有中国当代故事"简写本"之称。

三、50多年来,这本杂志眼睛向下、情趣向上,传达的是中华民族最核心、最基本的价值观。

四、为让读者在最短的时间内阅读最大面积的精品力作,《故事会》编辑部特组织出版《故事会·惊悚恐怖系列》丛书。

五、丛书分为如下八本故事集:《等待第十朵花开》《飞动的黑影》《公馆魅影》《恐怖的脚步声》《日本新娘》《神秘的维纳斯》《匈奴古堡》《夜半口哨声》。

六、古人云:登东山而小鲁,登泰山而小天下。对于喜欢故事的读者来说,本丛书的创意编辑将带来超凡脱俗的阅读体验。

《故事会》编辑部

目录
Contents

闪灵·诡事
　　讨债者 …………………………… 02
　　网吧惊魂 ………………………… 09
　　生死赌博 ………………………… 15
　　丧魂夜 …………………………… 19
　　失爱者 …………………………… 27
　　狙击手的誓言 …………………… 33
　　猫蛊 ……………………………… 41

噩梦·异事
　　日本新娘 ………………………… 62
　　与歹徒过招 ……………………… 65
　　不要惹恼了猫 …………………… 72
　　危险的对手 ……………………… 79
　　价值十万的蛋糕 ………………… 87
　　隐秘的杀机 ……………………… 91
　　女儿在飞机上丢失 ……………… 98
　　谁惹的祸 ………………………… 104
　　高原守护神 ……………………… 111

目录
Contents

探险·秘事

第一次狩猎…………………130

别招惹母亲…………………134

智斗绑匪……………………138

午夜搭车人…………………144

卡努的选择…………………147

被诅咒的泉水………………153

生死假期……………………159

夜谈·怪事

诡异的刀……………………181

起死回生……………………188

女友不见了…………………192

奇怪的抢劫犯………………198

夺命玩偶……………………205

血饮尊………………………211

大沙暴………………………216

致命的记忆力………………221

一路信任……………………227

七月十五放河灯……………232

闪灵·诡事
shanling guishi

永远不要成为恐惧的奴隶。

讨债者

安生到城里打工已经两年了,苦吃得不少,但是钱却没挣几个,到现在,还只是一个送水工,成天骑着自行车给人送纯净水,不论白天还是黑夜,有电话就得出门。

这一天下午,安生又累又心烦,关了那个配给他的"送水专用手机",在护城河边溜达了一圈,转眼天就黑了,他拐进一家小酒馆,要了盘猪头肉和花生米,打了半斤"烧刀子",喝起闷酒来。

酒馆的灯光昏黄,安生并不是这家唯一的酒客。还有一个,坐在他对面的桌子,埋着脑袋。那是一个中年人,很清瘦,面前的菜很少,就一盘花生米,酒倒是一大碗,不时抿上一口,情形看来比安生还落魄。

几口酒下肚,安生越发觉得自己命运不济,止不住泪水潸然。

突然，对面那个酒客发话了："所谓借酒浇愁，愁上加愁，小伙子，有什么伤心事？"安生抬眼看去，只见他不知什么时候已经回过头来，正双目熠熠地看着自己。

安生苦笑着说："没什么，心烦。"

那酒客说："看你年纪轻轻的，有大好的前程，大好的时光……何不想想开心的事，快快乐乐地喝上两碗呢？"

安生来城里两年多，还是第一次有人这么关心他，安生心里不由生出一股暖意，把憋闷在心里的烦恼一股脑儿地向他倾诉出来。那人什么话也没说，静静地听安生说完。安生觉得把烦恼吐出来，心里轻松多了。

就这样，安生和这位酒客认识了。他告诉安生说，他叫张一民，也不是本地人，刚来城里那段时间，过得比安生还艰苦，所以能够了解他的心情。

难得遇到这么一个知音，安生不由豪爽起来："我叫安生，既然一个屋子喝酒，也是一种缘分，今天晚上的酒，就算我请你了！"张一民并不客气，只说菜不必要了，再来一斤酒就是了。

酒过三巡，安生问："张大哥在城里干什么呢？"张一民说："以前就在城里做点小生意，就是贩卖点果子狸、穿山甲什么的。"安生说："呀，那可是犯法的事情啊！"张一民说："是啊，罪孽深重啊，所以，我就不干了。"

安生端起酒碗来，敬了张一民一杯："张大哥今后如若有什么地方用得着小弟，只管吩咐就是了，都是天涯沦落人嘛！"

张一民喝了酒，眼睛直勾勾地看着安生："安老弟说的是真的么？"

"我说的当然是真的！你还真有什么事情么？"安生说着，心里马上后悔起来，都怪酒迷了心，嘴巴少了遮拦，自己的屁股上在流鲜血，还要帮人医痔疮。

张一民却欣喜地点点头，说："讨债! 别人欠了我一笔债，说少也不少，说多也不多，本是不想要的，但自己辛辛苦苦挣的血汗钱，心里老是放不下。"

安生问："多少？"

张一民说："一万五，如果安老弟能够帮我讨回来，我按照百分之二十的比例付给你酬金。"

安生一听，想着这两年也没挣多少钱，如果能讨到这笔债，拿到三千块酬金，也算淘到了第一桶黄金，于是伸手说："好，我帮你讨，欠条呢？"

"欠条没有，他应该不会赖账吧，他叫李东，住在小南街12号。"张一民说，"如果他记不得了，你说这么一句话，'搭三路车，到西园酒店，穿山甲五只，娃娃鱼两条'，他就会记起了，如果你要到了钱，就给我送到憩园54号。"

安生拍着胸脯答应了这件事情后，又接着喝酒，一直喝到大醉，最后他是怎么回到寝室的都不知道了。

第二天，当安生送水快到中午的时候，才猛然记起昨天晚上答应张一民去帮他要债的事，就顺路去了小南街12号，找到了那个叫李东的人。

李东问："你找我有什么事情么？"

安生说是来要债的。"要债？"李东"扑哧"笑起来，说，"我什么时候欠你钱了？"

安生装出一副"混迹江湖"、"替人消灾"的"冷血"表情，说："我是替张一民来要债的。"

李东果然被唬住了，他惊诧地看着安生，一时竟然不知道说什么好了。

安生冷眼也斜着李东，说："你不会不记得了吧? 搭三路车，到西园酒店，穿山甲五只，娃娃鱼两条……"

李东一听这话，身子一哆嗦，慌忙进了屋子，拿出一叠钱来："这是一万五，你快、快拿去。"

安生没想到这么容易就拿到了钱，简直是心花怒放。在回家的路上，他起了不应该起的歪心思——将这笔钱贪下来。安生仔细回忆那天晚上自己和张一民交谈的内容，想来想去，并没有告诉张一民自己住在什么地方，是干什么的。两个人不过萍水相逢，这钱贪了就贪了，张一民又能怎么样呢?

想到这儿，安生就把钱留在了寝室里。但毕竟是亏心事，因为害怕在大街上被张一民认出来，在送水的时候，安生不得不戴着墨镜，而且总是将帽檐拉得低低的。

事情过去了一个礼拜。这一天晚上，安生正准备关掉"送水专用手机"，回去睡觉，他刚把手机拿到手上，手机铃却响了。

安生接听道："纯净水公司，请问哪里要水?"

"大名公寓四楼5号。"电话很简短，说完就挂了。

安生叹息一声，大名公寓距离安生现在的位置很远，差不多要横穿整个城市，但是人家既然打了电话要水，就得送去。安生骑上自行车，忽悠忽悠地去了。

他喘息着将水扛上四楼，摁了半天5号的门铃也没人开门。这家人怎么这样? 叫人送水来，却不在家里等着，真是一点公德心也没有。安生无可奈何，只好坐在门口等。这时候一个人上楼来，安生以为主人回来了，忙站起身，却不想人家直接就往上走了，一边走一边回头看安生，最后像是实在忍不住了，问道："你在这里干什么？"

安生说："送水。"

那人问："给谁送？"

安生指了指5号的门牌。

"神经病！"那人用古怪的眼神上上下下打量着安生，丢下这么一句话来。

安生丈二和尚摸不着头脑——我怎么神经病了？

最后，安生等得实在不耐烦了，就扛起水桶，往回走。刚走到楼下，电话又响了，一看，还是刚才要水的那个电话号码。安生忍住就要冒起来的怒火，接听道："纯净水公司，请问哪里要水？"

"大名公寓四楼5号。"话一完，没容得安生细问一句，电话就挂断了。

安生马上回了电话过去，电话铃响，却没人接听。安生愤怒了，这不调戏人么！

他压住火气，重新扛上水，上到四楼5号，摁了几下门铃没有动静，就举起拳头使劲敲起门来。安生倒要看看，究竟是谁这么缺德！

安生的敲击声惊动了楼里的其他住户，都走出门来，看着安生。安生要的就是这效果，等屋子里的人出来，安生要当着大家的面责问他，究竟什么意思！

刚才骂安生"神经病"的那人也走下来，问安生："你干什么？"

安生把经过给大家伙说了，没想到大家的神情一下子惊惧起来。

那人咽了口吐沫，说："小伙子，我要说了，希望不会吓着你，这间屋子里的人在一个月前就出车祸死了。"

安生倒吸了口凉气："死了？"

那人肯定地点点头，安生看看大家，大家惊悚的表情已经告诉了安生，这是一件多么恐怖的事情。

就在这时候，安生瞥见房门口的边上贴着一张水电费催缴单，上面的名字差点没把安生唬得晕过去——"张一民"！

安生吓得连水桶也没顾得拿，跑下楼去，骑上自行车就开跑。这一夜的恐惧，自不待说了。

好容易等到天亮，安生又去了小南街12号找李东问个究竟，那个叫李东的人见到安生竟然尖叫起来："鬼啊！"

安生告诉了李东前前后后的经过，李东才半信半疑地对安生说："张一民是我以前的一个生意伙伴，由于查得紧，我们贩卖野生动物的生意很难做，不仅没赚到钱，而且还总是亏。那天，我跟张一民借了一万五千块钱，去还过去的旧债。临别的时候，张一民叫我顺便去送货，你说的'搭三路车，到西园酒店，穿山甲五只，娃娃鱼两条'，就是他最后跟我说的话，没想到那竟成了遗言。后来他出车祸死了，我想那钱也就不用还了，没想到他……"

安生终于明白了，自己遇到的那个"张一民"见安生和他当年初到城里时的境遇差不多，有心帮安生一把，让安生讨回这笔旧债，可是安生却被钱蒙了心，贪了不该贪的财，"张一民"来找安生算账了。

安生怀着惊惧敬畏的心情，去买了一束鲜花，还有一瓶酒，一路问到"憩园"——原来是西城公墓的另一个名字。没花多大工夫，安生就找到了张一民的坟墓，54号墓。安生用小刀在他的墓地上掘开一个洞，将那一万五千块钱掩埋进去，然后敬上鲜花，把酒洒上坟头，给他鞠了两个躬，仓皇离开了。

为了压惊，安生找了个地方喝酒，当然不是在护城河边那个小酒馆，那地方他是绝对不敢去的了。这晚上的酒,安生喝得很不自在,老感觉张一民会突然出现在他身后。

深夜,当安生回到寝室,推开门,打开灯,他惊呆了——在他床前的桌子上,摆着一叠钱。安生拿着钱,浑身哆嗦不停,他不敢数,也不用数,那是三千块。

几天后,安生还是忍不住数了,却发现一共是三千一百元,怎么会多出一百元呢?

想着想着,安生忽然明白了,他给张一民坟上买的鲜花三十元,酒三十元,加上那天晚上安生请他的客……人情、酬金,他们算是两讫了。

安生背叛了张一民的好意,张一民不屑交安生这个朋友了。

(安昌河)
(题图:魏忠善)

网吧惊魂

几阵沙尘暴过后,四月末的天气已经有了初夏的感觉。那天,已经将近傍晚了,小浪骑着自行车去网吧。为了打游戏,小浪没少挨家人的训斥,但每次也只是稍微收敛两天,便又回到网吧浴血奋战。期中考试才过,黄金周的到来再次点燃了战火,这次,小浪准备充足,车筐里放满了各种口味的方便面、矿泉水,口袋里更有了足够的"军费"。

小浪一路骑着,耳边响起了临出门前老娘的唠叨:"疯够了就赶快回来!"小浪心想:"疯够了?嘿嘿,最早也得三天以后吧!"

本来离家不远有一个网吧,曾经一度是小浪和朋友们的火并之地,但是经过父母们几次大规模的围剿之后,小浪他们只得放弃阵地,去寻找新的据点。小浪跟朋友们约好,只要谁先在街上发现价格便宜、座位足够多的网吧,便打电话互相通知。

小浪骑着车，不知怎么竟然七拐八拐地进了一条偏僻的小巷，昏黄的路灯忽明忽暗，显得说不出的诡异。"我怎么跑这儿来了呢？"小浪正要骑车出去，忽然在巷子的尽头亮起了一盏淡红色的灯箱广告——"红急速网吧"，走近一看，门口的广告牌上写着："黄金周特价，包夜10元。"小浪探头观察，只见网吧里整齐地放着四十多台电脑，除了二十几个玩家，依然有十几台电脑空着。

小浪马上掏出手机："小白啊，我刚找到了一家网吧，叫什么红急速，十块钱刷夜，赶快带着人来啊，我进去占座位了！"

打完电话，小浪就走了进去，对网吧的老板说："我的朋友们一会儿就到，估计你这里剩下的十几台电脑都得包下了，我们一刷就是两天三宿，你看是不是就别……"

老板不到三十岁，厚厚的瓶子底眼镜占了大半张脸，反射着灯光，看不到他深藏的眼睛，他自顾自地写着什么东西，却没有抬头："你放心吧，今天晚上不会有其他人来。"

老板阴沉的声音让小浪听着很不舒服，更奇怪的是，都什么年代了，老板竟然还用毛笔蘸着红墨水写账本。"25号机，去吧！"

小浪坐到位子上后，禁不住浑身一阵阵地发冷，他觉得有点奇怪，便望了望四处，只见身边的玩家全戴着耳机，全神贯注地盯着屏幕，深陷的眼窝，油腻的头发，脸上却没有丝毫的疲惫。小浪问身边的一个玩家："老兄，经常来吗？""嗯。""玩多长时间了？""四年了。""四年了？"小浪一声惊呼，整个网吧全都往他这边看。小浪赶忙赔笑着跟大家打了个招呼，然后一边自顾自地打游戏，一边暗暗嘀咕道："这网吧总觉得有点奇怪，这帮人打游戏怎么不激动啊？"

小浪平时跟朋友们打游戏的时候，尖叫、惊呼、咒骂、埋怨从来就没间断过，表情更是喜、怒、哀、乐啥样的都有，而在这家网吧里，能听到的只有键盘的敲击声和鼠标接触桌面的摩擦声，安静得不像是个网吧，如同一家图书馆；更奇怪的是，所有的电脑似乎都在运行着同一个游戏：CS，也就是《反恐精英》的网络游戏。

说到《反恐精英》，小浪一直自以为是高手中的高手，听着不同种类的枪声在耳边回响，小浪仿佛从一个初中生变成了职业杀手，天生胆小怕事的他，在这款杀人游戏中似乎找到了平衡感。局域网上，12个警察正在和12个匪徒激战，名字清一色的从"鬼01"一直排列到"鬼24"。

"大活人起名字叫'鬼'，有意思，我也来！"小浪在名字一项输入"鬼00"，随后就加入了匪徒。小浪的加入，使匪徒很快扭转了劣势局面，要是在平时，整个网吧都会为他欢呼呐喊，而在这里，无论发生什么事情，所有人都显得十分平静，只是默默地燃起下一轮的战火。正杀到酣处，本来是匪徒第二名的"鬼01"竟然变节成了警察，紧接着情势就发生了变化：无论小浪藏在黑影当中守株待兔，还是小心潜行埋雷，他都会被对方发现，而且对方的水平不是一般的高，每次只用一发子弹必定能结果小浪的性命，就算小浪跟在其他十一个人的身后，也难免中弹身亡。而在杀死小浪之后，"鬼01"也从来不理会其他的匪徒，只是对小浪的尸体一通狂扫，如此往复十几回合，小浪的排名从本来的第一，变成了倒数第一。

小浪再也按捺不住怒火，一下子从座位上站起来，对着门口的老板大喊："网管，有人作弊！"

"谁？"

"鬼01！"小浪话一出口，再次招来整个网吧的注目，24个人如同训练过似的异口同声地说："鬼01？我们都是鬼01！"

小浪听了头皮一阵发麻：这怎么可能呢？在网吧局域网上除了他小浪，还有24个人，在游戏里就是12个警察和12个匪徒，怎么现在这24个人全是鬼01呢？小浪无奈地坐回到位子上，墙上的时钟已经过了10点，小白他们还是没来，小浪本来想再打电话催催，可手机竟然没有信号。"反正时间还长，不如趁他们来之前先睡一觉。"想到这里，小浪趴在桌子上，渐渐进入了梦乡。

梦境里，小浪再次成了游戏中身穿迷彩服、手拿AK47自动步枪的匪徒，火光中弹壳飞舞，重刀一击，鲜血从敌人的颈部喷涌而出，看那敌人身上的标号正是刚才暗算自己的"鬼01"。手刃仇人之后，小浪带着自己的队伍把敌人杀得四处逃窜，战场上到处是死尸和丢下的枪械，只是渐渐地，身后的盟友越来越少，对手竟然成倍增加，铺天盖地的手雷从对方的营地中向小浪掷来，火焰灼烧每一寸肌肤，感觉竟然是如此的真实……

猛然，就像时空在刹那间切换了一样，这燃烧着的火竟然一下子从战场移到了网吧，网吧已经化作一片火海，浓烟中，小浪不得不俯低了身体。显示屏的爆炸声，人们的尖叫声，塑料融化时所散发出的刺鼻气味，逐渐升温的地板，掉落的顶灯，这一切都使小浪感到了极度的恐惧，他顾不上被碎玻璃划伤的手脚，拼命往前爬。好不容易爬到了墙边，"只要顺着墙走，就一定能找到出口！"虽然似乎还有一丝希望，可烟越来越浓，呛得小浪一直在咳嗽。整个网吧也不过五十平米，为什么爬了半天依然没有找到门？就在小浪即将绝望的时候，"安全出口"几个绿莹莹的字在面前闪动，"防火门！我终于得救了！"

希望来得如此真切，却又走得那么匆忙，一把巨大的铁锁，将防火门锁住了！小浪哭喊着、捶打着，门外虽然有清爽的空气，凉爽的夜晚，可是小浪的生命注定只能被门内的火焰一点点燃烧、蒸发！

"嗡……嗡……"手机的振动将小浪拉回到了现实生活，刚才竟然是一场梦！小浪环顾四周，网吧里空荡荡的，只有他和柜台上的老板，那24个人全不见了。小浪拿起手机吆喝道："喂，小白，你死哪里去了？我们这里一个人都没有了，你们还不赶快过来！"

"小浪啊！"电话那一头，小白的声音在不住地颤抖，"我刚才给你打了半天电话都没人接。"

"是啊，刚才没信号，你冷啊？没事抖什么啊？"

"小浪，你刚才跟我说那家网吧叫什么？"

"红急速啊！闹了半天，你连名字还没搞清楚呢！"

"不是，你还记不记得半年前，我们这里有一条轰动全城的新闻，一个网吧失火烧死24人？"

"似乎有那么回事，怎么了？"

"那家网吧就叫红急速……"

"喂，小白，你别挂电话，喂！"无论小浪怎么叫喊，电话那一头再也没声音了。回想起这个怪异的网吧，刚才那个过于真实的梦使小浪觉得后背冷汗直冒，他的心"扑扑"直跳，不敢迟疑，对着老板叫起来："老板，结账！这里有十块钱，不用找了！"

老板冷冷地说："十块钱似乎不太够。"

"十块钱还不够？我这里还有五十，都给你！"此时小浪顾不得讨价还价，只想快点离开这个诡异的网吧。"嘿嘿……"老板冷笑着抬起头来，小浪终于看清楚了那张脸——那是一张被火烧后扭曲了的面容，眼睛似乎是被烟熏的，成了白蒙蒙的一片，没有黑眼球。老板缓缓说道："我们这里,不收钱的。"

"那……你们要什么?"

"我们要的是你,要你陪我们一起玩游戏。"老板说完,24台显示器一起转向小浪,每台显示器上都有一张人脸,就是刚才玩游戏的那24个人,可与刚才不同的是,此刻,这24张脸上堆满了让人毛骨悚然的笑容……

几天后,在半年前发生过火灾的"红急速"的废墟中,发现了一具无名男尸……

(推荐者:常小梦)

(题图:谢 颖)

生死赌博

大毒枭奥杜波瓦靠贩卖毒品聚积了一笔巨款,一辈子都用不完,所以只要能开心,花多少钱他都不在乎。

这天,奥杜波瓦突然想出一个刺激游戏,他把它称之为"生死赌博",赌具是一副扑克牌。游戏是这样进行的:先随意从一副完整的扑克牌中抽掉二十张,然后把剩下的三十四张牌依次发给参加游戏的人,这些人都围坐在大圆桌旁。这三十四张牌中如果有一张黑桃A,那么分到谁手里谁就得喝下一杯事先准备好的毒药去见阎王,而余下的人则每人可以分得一笔二十万元的赌资。当然,如果三十四张牌里没有黑桃A,那就人人皆大欢喜。

奥杜波瓦设计的这个赌命游戏,吸引了不少心怀侥幸的冒险者,他们纷纷要求参加,于是奥杜波瓦决定每个星期都进行一次。到现在为止,游戏已经进行两次了,第一次,有个人因为拿到黑桃A而命赴黄泉,而第二次参加的人很幸运,黑桃A没有出现,人人得了二十万。

这个星期,第三次赌命游戏又要进行了。这次来的冒险者里,有个十五六岁的男孩,个子高挑,身材瘦削,一头金黄色的鬈发,两只深邃的大眼睛里流露着淡淡的忧郁。奥杜波瓦一看到这个男孩,眼睛就亮了起来,因为前两次来的都是成年人,奥杜波瓦对他们在赌桌上的表情已经看厌了,他很想看看其他类型的人对这个游戏的反应,男孩的到来正合他心意。

奥杜波瓦微笑着问男孩:"难道你也是来赌命的吗?"

男孩点点头说:"是的!"

"不怕丢了小命?"

"怕,怕得要死。"

"既然怕得要死,那你干吗还要来呢?"

"因为我想得到一大笔钱。"

"呵呵,小小年纪,要那么多钱干啥?"

"我要用钱来买一样我一直想得到的东西。"男孩说这句话的时候,有点咬牙切齿。

奥杜波瓦看他这个样子,没有再问下去,拍拍他的肩膀,说:"好,小小年纪就这么有志气,好样的。祝你走运!"说完,他就准备他的游戏去了。

来参加第三次游戏的一共有十五个人,奥杜波瓦安排他们围圆桌坐下后,说:"先生们,请注意了,游戏就要开始了。我先提醒各位,如果有谁怕死不想赌的话,现在还可以离开,但是等我发第一张牌开始,再要走就没门了。"奥杜波瓦说完这几句话之后，就用锐利的目光来回扫射着围坐在桌边的这十五个人。几秒钟之后，一个人站起来走了；接着，又有一个人站起来走了。

奥杜波瓦把目光停在了男孩身上。这时候，只见男孩一脸焦虑，眼睛里含着恐惧，身子微微颤抖。奥杜波瓦看着男孩这样子，便故意刺激他说："看来你挺不住了吧? 那就赶快走啊，生命比金钱宝贵呢!"

可是男孩却咬咬牙，果决地说："不，我不走!"

奥杜波瓦不由点点头，不再逗他了，大声宣布："好，我们的游戏开始!"奥杜波瓦悠悠地发牌，他每发一张都停下来老半天，让拿牌人将牌翻转过来，这样大家就可以看到他手里拿到的是什么牌。然后，奥杜波瓦自己就居高临下地欣赏着这些赌命人的各色神态，心里涌起阵阵快意。

当奥杜波瓦把第五张牌发到男孩这里的时候，男孩紧张得身子抖如筛糠，接牌的手几乎已经不听使唤了，当他好不容易将牌拿到手里，刚刚翻起一个角时，便恐怖地惊叫一声，人立刻从凳子上滑落下去，昏倒在了地上。一看到这样的情景，剩下的那些赌命人立刻欢呼起来，他们断定男孩拿到的牌是黑桃 A，心中一阵狂喜。

游戏这么快就结束，奥杜波瓦不禁有点扫兴，他正要把男孩丢在桌上的那张牌收起来，没想到将它翻转过来一看，竟哈哈大笑起来，旁边人一惊，凑上来一看，他们的脸立刻都变成了死灰色。原来，男孩刚才拿到的那张牌不是黑桃 A，而是梅花 A，他一定是因为紧张，看到 A 字就以为是黑桃 A 了。

奥杜波瓦立刻让人将男孩弄醒，把好消息告诉他。

于是，生死赌博又接着进行，奥杜波瓦兴高采烈地继续发牌，然而游戏场里的空气却比刚才更沉重了。发到第二轮的时候，令人极度恐惧的黑桃 A 真的出现了，这张勾魂牌落到了一个赌徒手中，当大家都看清了这张牌之后，他们绷得几乎要断了的神经立刻松弛下来，除了那个倒霉的赌徒要去见阎王之外，所有人的脸上都充满了一种复活的生机，奥杜波瓦也很爽快地把钱发给他们。

男孩的表现给奥杜波瓦带来了新鲜的刺激，他给了男孩双倍的奖励。他笑着逗男孩说："够刺激吧！怎么，下次还来吗？"

男孩盯着奥杜波瓦，认真地说："原本是还要来的，但你给了我双倍的奖励，这笔钱已经够了。谢谢你给了我一个能挣巨款的机会，不然，也许我这辈子都无法实现心愿啊！"说完，男孩拿了钱，大步走了。

几天后的一个晚上，一个蒙面大汉闯进了奥杜波瓦的豪宅，把黑洞洞的枪口对准了他的脑袋。蒙面大汉对奥杜波瓦说："我要让你死个明白。还记得前几天到你这里来赌命的那个男孩吧？是他用四十万元雇我来杀你的。因为第一次到你这里来赌的人中，那个死去的人就是他父亲，他父亲是为了筹措妻子的医药费才到你这里来冒险的。那男孩时刻都在想怎样为他的父亲报仇，他知道他不是你对手，而雇请杀手又没钱，所以他决定用他自己的生命来赌一把。如果赢了，就可以永远结束你这个害人的游戏，以后也不会再有可怜的人为此而失去生命。"

蒙面大汉说完，扣动了扳机。随着一声枪响，奥杜波瓦倒在了血泊之中。合上眼的一刹那，奥杜波瓦在心里叫道："原来我才是这个赌命游戏最后的输家啊！"

（郭荣立）

（题图：安玉民）

丧魂夜

诡异故事

赵阳、马凯和李斌是三个趣味相投的大龄青年,家境殷实,同住在市区,他们喜欢泡吧、蹦迪和网络游戏。

这天晚上他们像往常一样,三人聚在一起喝够了酒,蹦够了迪,然后又去网吧打了一个多小时的"疯狂者"游戏,离开网吧时,已是午夜时分了。赵阳有一辆私家车,他刚刚考到驾驶证,上了车后,三人还玩兴未尽。马凯提议说:"听说市郊新开了一家名叫'丧魂夜'的青年会所,里面很好玩,很刺激,要不我们也走一遭?"他的提议立即得到了赵阳和李斌的响应。于是赵阳用力一踩油门,轿车在空空荡荡的大街上飞驰了起来。

很快，车子出了市区，路灯的光线也越来越暗淡，赵阳放慢了速度，前面是一个十字路口，他发现十字路口的路灯下飘荡着一团白色的东西，车到跟前才发现，原来幽暗的路灯下竟然坐着一个女人，这个女人披头散发，穿着一身白色的裙子。

"妈的，半夜三更你坐在这里装鬼吓人啊！"赵阳放下车窗，冲着那个女人骂了一句。

可是那个女人就像没听见一样，一动也没动，长长的头发遮住了她的面孔。

在后排的马凯和李斌听见赵阳的骂声，就摇下车窗想看个究竟，可是赵阳的车已经过了十字路口，车窗外已经漆黑一片了。

"丧魂夜"青年会所坐落在郊区的一个镇子上，三个人很快就找到了。这个会所是通宵营业的，来玩的人都是青年人，必须出示身份证，证明自己已经年满十八周岁。会所里有热辣的艳舞表演，以及K歌、男女派对等成人娱乐，赵阳他们三人一进去就玩得很尽兴。

会所还有一项特色活动，来玩的人如果能够讲述一件自己亲身经历的诡异事件，听得别人直起鸡皮疙瘩的话，就可以获得会所颁发的贵宾至尊卡一张。持有这张卡的人可以带着自己的两个朋友在会所里免费消费一个月。由于诱惑太大，会所里每天来讲诡异故事的人很多，但是，据会所的老板马四说，会所开业三个月了，还没有被人领走一张卡呢，他很期待啊。

看到不少人兴冲冲地上台，垂头丧气地下台，李斌想起他当兵时碰见的一桩事情，就决定去碰碰运气。于是，李斌上了台，慢悠悠地讲起了故事……

那是五年前,即将退役的李斌所在的武警中队接到一项任务,当地法院要枪决一批罪大恶极的犯罪分子,武警中队负责对死刑犯的执行。由于考虑到李斌即将退役,中队长只安排他做了个替补枪手。那天,李斌和主枪手负责执行的死刑犯竟然是个只有二十多岁的漂亮未婚女孩,这个女孩因为自己的男友背叛了她,就在男友一次醉酒后用剪刀捅死了他!

话说刑场上一声清脆的枪响,女孩一头栽倒,子弹自后脑射入,从口腔里穿出。法医验尸后确认心脏已经停止跳动,尸体随后被拉上了殡仪馆的车,同时,李斌也完成了这项任务返回中队。

在返回中队的路上,李斌回想起那个女孩即将被执行枪决时那短暂的一刻。当法官最后一次走到她的面前问她可有什么话要交代时,只见她回了一下头,毫无血色惨白的脸在太阳的照射下如同一张白纸。让李斌感到不寒而栗的是,她的两只眼睛竟然盯住了李斌,嘴角似乎还露出了一丝冷笑……

而更蹊跷的是,李斌刚刚回到中队就接到紧急命令,让他们立即赶往殡仪馆。谁也没想到,那个已经被枪决了的女犯,复活了!

再遇幽灵

殡仪馆里,就像炸了锅一样,李斌等几名战士赶到的时候,火化间已经被公安封锁了!据几个工人描述,就要轮到这个女孩下炉的时候,她突然咳嗽了一声,随着这一声咳嗽,女孩嘴里吐出了一摊血,而且血里面还夹杂着白色的脑组织!当时几个火化工吓得撒腿就往外跑,一边跑一边喊:"诈尸了!诈尸了呀!"

李斌他们赶到，隔着透明的玻璃门往里一看：只见那个女孩竟然从挺尸床上慢慢地坐起来了，头上和脸上血淋淋的一大片，接着她还揉了揉眼睛，东张张西望望，忽然大笑起来，笑着笑着又大哭起来，那声音太凄厉了……

女孩一阵一阵恐怖至极的嚎叫声，把现场的人都吓蒙了，他们的神经绷得像要炸裂了一样，一个个睁着惊恐的眼睛看着火化间里的那个女孩。

只见她摇晃着站了起来！一步一步地向火化间外走……

按照刑场上的规矩，如果人犯未被一枪致命，替补枪手将果断地进行补射。所以，中队长一声令下："李斌！瞄准，射击！"

李斌鼓起勇气，端起枪，就听"砰砰"两声枪响，女孩仰面倒下，李斌又一次清晰地看见了她那双大而冷的眼睛正在死死地盯着自己，倒下的那一刻，她嘴角再次露出了冷冷的一笑……

李斌的故事讲得让人毛骨悚然，会所里鸦雀无声，半天没有动静。最后，老板马四耷着僵硬的脖子对李斌说："算你小子狠，本会所第一张贵宾至尊卡归你了！"

转眼，已经是凌晨三点了，赵阳、马凯和李斌摇摇晃晃地走出了会所，准备回市区。他们在会所里玩得精疲力尽，脑袋都有点晕了。赵阳驾着车，顺着来时的路向市内驶去，不知不觉中，车再一次行驶到了进入市区的那个十字路口。

就在马凯和李斌都迷迷糊糊之际，忽然，他们听见了赵阳的惊叫声："快醒醒，你们看，那个女人还在路灯下呢……"一句话惊醒了马凯和李斌，李斌摇下了车窗，只见窗外浓雾蒙蒙，还下起了零星的小雨。轿车在距离路灯七八米的地方停了下来，赵阳突然声音颤抖地说："不、不对头、头啊,那女人披头散发的,我、我不敢往前开、开了……"

隐隐约约,三个人看见路灯下的人影忽高忽低,白色的裙子在雾里轻轻地飘舞着……李斌赶紧摇上了车窗,这时候的马凯已经吓得语无伦次:"妈呀,咱、咱们这是碰上了鬼、鬼了呀,快跑吧!"

赵阳一听头发都要竖起来了:"是、是吗?咱们,冲、冲过去?"

"我看见她奔咱们,来了,快、快跑啊!"李斌一脸惊慌,大声催着赵阳。

赵阳脚下一使劲,将油门踩到了底,轿车轰鸣着一溜烟地越过了路口,很快就驶入了灯火辉煌的市区。停下车的时候,三个人的头上都大汗淋漓,喘着粗气,一句话也说不出来。

魂飞魄散

第二天中午,还在睡觉的李斌和马凯分别被赵阳的电话惊醒,赵阳告诉他们一个消息,昨天是七月半,鬼节,难怪他们会两次碰见"女鬼"!赵阳说:"我问过我奶奶了,她说如果在鬼节的夜里撞见了鬼,就要去撞见鬼的地方烧纸,你们俩别宅在家里了,我们一起去烧点纸,去去晦气啊。"

三个人很快又聚到了一起,买了一堆纸钱,开着车去郊区的那个十字路口给"女鬼"烧钱。

大白天,公路上车来车往,很快,赵阳远远地看见了十字路口旁的那根电灯杆,再看,电灯杆下空无一人。赵阳将车开到离电灯杆十余米的路边,对李斌和马凯说:"我们三个一起去烧吧,记住,我奶奶说,还要磕头。"说完,他拿出了座椅下的坐垫。

天还是灰蒙蒙的,三个人在路灯杆下烧纸钱,一堆火忽明忽暗,路灯杆周围烟雾缭绕，磕完了头，李斌最先抬起头来，这一抬头可不得了，只见昨夜的那个"女鬼"正直直地站在了他的面前！李斌"嗷"的一声怪叫，人吓得昏死了过去。这时，赵阳和马凯也看到了这一幕，爬起身来转身就跑，赵阳往东跑，直接跑到了马路的中央，这时候一辆货车飞速而来，司机惊恐万分，脑子里一片空白。马凯一边喊着"救命，救命啊……"一边往西跑去，西边是一片庄稼地，越过了庄稼地是一个池塘，他纵身一跃，跳进了池塘。

这突发的情况让"女鬼"目瞪口呆，反应过来后，她立即拨打了110和120。这哪里是什么女鬼？原来只是一个身穿一身白色警服的女交警，她开车经过这个路口的时候，看见三个青年人正在路灯杆下烧纸磕头，想过来问问而已。

李斌醒来的时候，看见身穿白大褂的护士正在给他打点滴，立即吓得魂飞魄散，嘴里喊着："鬼，鬼，鬼呀……"

真相大白

这已经是第七起轰动全市的诡异事件了！市民们谈之色变，一时间人心惶惶。

又是一个夜晚，"丧魂夜"青年会所又到了会所里最高潮的活动环节：讲述诡异故事。今天讲述诡异故事的竟然还是李斌，他的神经错乱已经治好了，不过，这次陪他前来的是他的两个新朋友。李斌一上场，会所的老板马四就把他认出来了，皱了皱眉头说："等等，你两个月前讲的那个女死刑犯复活的诡异故事把我的心吓得到现在还直发毛呢，能否讲一下，她为什么会复活？当时法医不是验过了，确定已经死亡了吗？"

李斌淡淡一笑，说："那是假死，当时我战友的子弹斜着射入了她的脑枕骨，擦过硬脑膜中动脉，越过脑干又从嘴里飞出，这地方是大脑与小脑连接处，是生命的中枢，可子弹只伤到小脑，促使她暂时昏死，其实心脏还在微弱跳动，经过从刑场到火葬场的颠簸，她就慢慢地复活了……"

"哦，原来是这样的啊！"马四拍了拍自己光光的脑袋。

李斌接着说道："我今天说一个更恐怖的，而且我保证，也是真实的，你们可别怕啊。说有一个人很聪明，他就开了家专供青年人玩乐的会所，而且这个会所很有特色，迎合了年轻人喜欢玩心跳和寻刺激的心理，比如他会在你来会所的路上安排一个很'神经'的女人，又会在销售的酒水中掺入新型冰毒。于是来过这个会所的人慢慢地都会上瘾，而上瘾还不是最可怕的，最可怕的是这种新型冰毒会使人出现幻觉，这种幻觉是很美的，美得让人无法用语言言说，所以，这个会所的生意自然很火爆……"

马四听着听着，脸色大变，大喝道："你住嘴！"说着一挥手，两个彪形大汉就冲了过来。就在这时，李斌的两个新朋友，一左一右各自一个漂亮的背摔将两名大汉摔倒在地，接着，两副铮亮的手铐戴在了两个大汉的手上："都别动，我们是警察！"

李斌接着讲他的故事："两个月前的一天，有三个年轻人第一次到这个青年会所里玩，很不巧的是，他们之前在市区已经喝够了啤酒，肚子非常撑，撑得已经不能再喝一口酒水了，所以从头到尾，他们都是大脑清醒的。凌晨三点驾车返回的时候，他们又遭遇了那名很'神经'的女人，这个时候，如果换成是会所里任何一个喝了酒水的人，在幻觉的作用下，都会以为自己撞上了美女，他们就会停下车，接下去的事情，报纸最近已经多次报道了,有人在神智不清醒的情况下,被人盗走了肾,醒来的时候,发现自己躺在酒店的浴池里,身上堆满了冰块……而这一次,三个大脑清醒的年轻人被这个很'神经'的女人吓得魂飞魄散,一场阴谋失败了!三个年轻人以后发生的事引起了警方的注意,经过周密的调查,警察确认了那个'聪明人'涉嫌制毒贩毒和故意杀人,他将被判死刑。我最后要告诉大家的是,我说的这两件恐怖的事情,都是真实的,前一件已经发生,后一件即将发生!"

只见马四听着听着,两腿抽搐口吐白沫地瘫倒了下去……

(章 建)
(题图:张恩卫)

失爱者

杀手艾略特接到一单生意,雇主开出一百万美元,请他去清除三个"垃圾"。艾略特有些奇怪,一百万可不是小数目,可那三个"目标"看起来挺一般的,并不值这么多钱,谁会为清除他们付这么高的佣金?

按照资料提供的地点,艾略特来到纽约一间昏暗的酒吧,他很快盯上了一个黑胖子,那个老酒鬼的脸上,明显有吸毒后的恍惚之态。艾略特见黑胖子结账后摇摇晃晃地出门,立刻跟了上去,尾随他来到一条僻静的小巷,轻声叫道:"安德鲁!"

黑胖子回过头,打着酒嗝,问:"你是谁?"

艾略特对准他的心窝闪电般一击,黑胖子捂着胸口慢慢瘫倒在地,抽搐十几秒就停止了挣扎。

第二天傍晚,艾略特出现在底特律皇后大道。他驾着车,找到了第二个目标露茜,露茜是一个憔悴的中年妓女,艾略特轻易地将她骗上车,半小时后,她和那辆汽车一起翻下了郊外的悬崖……

一切太顺利了,一小时后,艾略特坐上了飞往华盛顿的航班。第三个目标名叫玛丽,二十岁,是华盛顿艾滋病救助中心的一名义工。艾略特好奇心更重了,一个吸毒者,一个年老色衰的妓女,还有一个涉世未深的少女,这三人看起来没有任何联系,雇主为什么要出这么高的价杀他们?

玛丽是一名混血儿,不算漂亮,但脸上始终洋溢着发自内心的真诚微笑,能让人立刻从心底感受到温暖。艾略特第一眼见到她,就不由自主地对她产生了好感,他走上前去,礼貌地拦住了她,作了自我介绍,并谎称自己的弟弟因为艾滋病刚刚去世,他希望能像玛丽一样成为一名义工来帮助艾滋病人,这可以减轻他失去弟弟的痛苦。

玛丽听了很同情,也很感动,她说:"我会向艾滋病救助中心提出申请,正好这儿也缺人手,如果顺利,大概三天后就能批下来。"

三天后正好是任务的最后期限,艾略特相信在救助中心发现自己身份有假之前,他已经完成任务销声匿迹了,不过,他很想知道是什么原因使雇主花高价来清除这三个目标,为此,艾略特殷切地告诉玛丽,说是希望马上开始工作,于是玛丽就带着艾略特参观了救助站。半天的参观时间过得很快,艾略特的风趣幽默给玛丽留下了极深的印象,而且他对艾滋病人充满了同情和爱心,这对健康的人来说实在难能可贵,而玛丽的天真单纯,也让艾略特有点依依不舍,他实在想不明白,这样一个单纯的少女,为什么会有人出高价杀她?

第二天下午,艾略特手捧一束鲜花出现在艾滋病救助站外,玛丽见了鲜花,脸上却没了笑容,她神色异样地迎上来,默默接过鲜花,低声说:"我替救助站的所有病人收下你的鲜花,除此之外的一切邀请,我都不会答应。"艾略特有些尴尬,问:"为什么?"玛丽一脸平静地说:"因为,我是一个'失爱者'。"

"失爱者",那是许多艾滋病人对自己的戏称,意思是"失去恋爱资格的人"。玛丽告诉艾略特,她的艾滋病毒是从娘胎里带来的,尽管如此,她一点也不恨父母,是他们给了她生命,她要认真活好每一天,尽自己所能帮助跟她一样的人。

看着玛丽脸上散发出的圣洁容光,艾略特心生羞愧,他回到酒店,第一次在执行任务期间喝得烂醉,玛丽那番话,深深触痛了他的灵魂,一个身患绝症的人,都对生活充满热爱和感恩之心,而自己在做些什么呢?又有什么权利去夺取别人的生命?他从未像现在这样痛恨自己的杀手身份。

这天中午,艾略特从噩梦中醒来,不停地在房中徘徊,像陷入绝境的猛兽般焦躁不安。今天就是最后期限,已不容他再犹豫,如果不能完成任务,等待他的将是被人追杀的命运,可他忍心向玛丽下手吗?眼看窗外天色渐暗,艾略特无计可施,打开了电视,新闻主播的声音立刻在房中响起:"……几天前,一场起因不明的大火,烧毁了卡罗琳博士的艾滋病研究实验室,几乎将所有资料烧得一干二净。不过卡罗琳博士宣称,这场大火虽然为她的研究带来了意外损失,却不会影响她找到控制艾滋病的新方法。她同时对外宣布,人类已经站在了征服艾滋病的大门外。"

随即,画面切换了:一群记者围着一个戴眼镜的中年女士,一个记者高声问:"卡罗琳博士,你不久前宣称,人类已经站在了征服艾滋病的大门外,不知这话有什么根据?"

卡罗琳博士冷静地说,从二十年前开始,艾滋病研究中心对一万名艾滋病感染者进行跟踪调查,如今,有三名感染者,在没有采取任何治疗措施的情况下,奇迹般地活了下来,他们至今也没有任何发病的症状,艾滋病研究中心将他们称为"艾滋病天然免疫者"。她领导的研究小组,不久前从三位艾滋病天然免疫者的血样中分离出了一种罕见的病毒,这种病毒对艾滋病毒有极强的抑制作用,堪称艾滋病病毒的天然疫苗,相信在不久的将来,人类就可以用疫苗制服艾滋病魔了。

说到这里,卡罗琳博士的脸上充满自信:"虽然实验室因一场大火而毁,所有资料和实验样本均毁于一旦,不过,只要找到当初那三个'艾滋病天然免疫者',就可以重新采集到这种疫苗病毒,在完成临床试验后大规模生产……"

电视里响起了掌声和喝彩,艾略特呆呆地望着意气风发的卡罗琳博士,突然感到后背发冷,三个!刚好是三个!他突然意识到这不是巧合,其中两个艾滋病天然免疫者已经死在自己手中,最后一个就是玛丽!

艾略特一头栽倒在床上,心中一阵后怕,他明白是谁在指使自己暗杀这三个"艾滋病天然免疫者"了!现在那些昂贵的鸡尾酒疗法和控制药物,为医药公司带来了比毒品还高的利润,全世界每年用于艾滋病治疗的费用超过百亿,一百万佣金连九牛一毛都算不上,难怪他们如此大方,但如果这三人都死在自己手里,那人们又要花多少年去寻找新的天然免疫者?

艾略特猛然从床上跳起,拨通了警察局的电话,不等对方询问就吼道:"有人要暗杀艾滋病救助站的玛丽小姐,快派人前去保护!"他又查到卡罗琳研究小组的电话,匆匆拨过去,却一直无人接听。

艾略特焦急地拨通了玛丽的电话，说："玛丽，我是艾略特。有人要杀害你，你立刻离开救助中心，去最近的警察局，让他们保护你，稍后我会去那儿见你。"

电话那头传来了玛丽爽朗的笑声："真奇怪，为什么你也说我有生命危险？刚才来了个警察，说有人会伤害我，要我跟他去警察局，我正准备出门，你的电话就来了。你们是不是搞错了，谁会伤害我？"

艾略特心中一松，但立刻又被更大的恐惧代替：自己给警察局打电话还不到一分钟，警察不可能这么快就赶到！想到这里，艾略特冲着话筒大叫："玛丽，千万不要跟他走，我马上就赶到！"

玛丽迟疑着说："那……好吧，我先去洗手间。"

五分钟后，艾略特气喘吁吁地冲进了玛丽的办公室，刚进门，就见房中有一个年轻英俊的警察，艾略特心头一颤，立刻认出了眼前这个同行，他盯着对方的眼睛，从齿缝间轻轻吐出一个名字："孤狼！"那警察一怔，眼睛里闪出了阴森森的光："微笑！"

艾略特走上前去，低声质问："这个任务是我接手的，你怎么来了？"

"雇主担心一个人不可靠，又花了一百万加上双保险。"孤狼脸上露出一丝阴笑，"现在看来，雇主的担心并不多余。"

就在这时，玛丽突然推门进来，孤狼立刻换上笑脸，右手悄悄打开枪套，左手伸向玛丽："咱们快走吧，警车就在外面。"艾略特对着玛丽大喊："玛丽，他不是警察，别跟他走！"他一边喊着，一边向玛丽伸出了手，并将桌上的裁纸刀悄悄抄在手中。

玛丽看看这个，望望那个，有点无所适从，也就在这个时候，远处传来刺耳的警笛，孤狼面色大变，突然拔出手枪对准玛丽，"小心！"艾略特一声大叫，闪电般挡在玛丽的身前，几乎同时，"砰"，枪响了，艾略特的身体往后倒下了,就在倒地前的一刹那,他拼起最后一丝余力,将手中的裁纸刀甩了出去,刀锋扎进孤狼的脖子,孤狼也重重地摔倒在地。

艾略特胸口的鲜血不断喷出,玛丽扑到他的身边,紧紧按住他的伤口,泪水喷涌而出:"艾略特,你为什么要救我?我不值得你爱,更不值得你用生命来保护!"

艾略特握住玛丽的手,吃力地说:"因为……我也是一个失爱者,我不希望……这世上有更多的人……失去爱的权利……"

(方白羽)
(题图:佐　夫)

狙击手的誓言

恐怖的杀手

在美国西部,有个小镇名叫槐树镇,因栽满槐树而闻名。这天,在镇外的公路上,一个胡子拉碴的男人正独自散步,他叫汤姆逊,是个退伍兵。

汤姆逊正走着,突然,有个小伙子驾着摩托车,风驰电掣般从他身边经过。这时,在离汤姆逊不远的地方,传来一声枪响。汤姆逊条件反射似的匍匐在地,那个骑摩托车的小伙子就像挨了一记重拳一样,从摩托车上栽了下去。

公路上的人都围了过去。汤姆逊看周围没什么危险了,这才站起身来，他并没有像大家一样去看热闹，而是迅速朝自己家里走去。

汤姆逊的家一贫如洗，只有几样简单的家具。汤姆逊把门关好，走到写字台前，俯下身子仔细看了看地面，这才长出了一口气，颓然坐在沙发上。

当天下午，槐树镇的警长麦肯敲开了汤姆逊的家门，他开门见山地告诉汤姆逊：今天上午，在镇外的公路上发生了一起谋杀案，有人看见汤姆逊在现场出现过，并且案发后急急忙忙地跑回了家。警方经过现场勘查，在汤姆逊曾经卧倒的地方，发现了一枚弹壳。所以他们要对汤姆逊的家进行一次搜查，请汤姆逊配合。

汤姆逊点头同意了，趁着警察们搜查的空儿，麦肯把死者的照片拿了出来，汤姆逊一看就愣住了：在这个年轻人的两眼中间，有一个圆圆的弹孔，这么高速运动的目标，杀手居然能一枪毙命，位置又这么精准，简直太恐怖了。汤姆逊指着照片上的弹孔，说："案发时，我距离枪手大概有十几米的距离，可是我没有看到他。不过枪声我听着很熟悉，应该是M40狙击枪发出的。"

麦肯点了点头，让他继续说下去，汤姆逊说："我当兵的时候，用的就是M40，在好莱坞拍摄的战争电影里，美国英雄也没少使用M40，这种枪有一部分流入了民间，不好找，但能进行这么精准射击的人并不多，我这辈子就见过一个，是我的战友克里尔，不过他已经死在海外的战场上了。"

警察的搜查很快结束了，可除了一枚精致的英勇勋章外，什么也没搜到。麦肯把玩着那枚勋章，对汤姆逊说："很好，汤姆逊先生，您分析得非常有道理。从今天开始，我将派两个警察对您进行监视，希望您能配合我的工作。"

汤姆逊呆住了："您怀疑我是凶手?要知道,从我当兵的第一天起,我就发过誓,绝不向平民开枪。"

麦肯冷冷一笑,说:"我可没这么说,不过,据资料记载,在战场上,您也是一名出色的狙击手,水平不在克里尔之下吧?克里尔已经变成了一个幽灵,而您是镇上唯一当过狙击手的退伍兵。您说,我怀疑您没有道理吗?"说完,麦肯把那枚勋章扔在桌子上,转身走了。

看着麦肯的背影,汤姆逊脸色铁青,他拿起勋章,突然重重地扔在地上,然后用双手紧紧揪住自己的头发,痛苦地趴在桌子上。

丢失的勋章

第二天早晨,汤姆逊起床后,打开房门,只见门外的草坪上,坐着两个年轻的警察。其中一个见汤姆逊出来,赶紧走过去,自我介绍说:"您好,汤姆逊先生,我叫利维,您如果有什么需要,我们可以帮您去办。"

汤姆逊叹了口气,说:"我什么都不需要,槐树镇夜晚的气温很低,你们可以到我房子里来,那样我就更跑不掉了。"

利维摇了摇头,看得出,他的眼神里充满了戒备。汤姆逊只好退了回来,他搬了一个凳子坐在门口,开始闭目养神,可他的心绪怎么也静不下来,M40那熟悉的枪响一直在他耳边回荡,一下把他的思绪带回到遥远的海外。

当时,克里尔和汤姆逊作为连里仅有的两名狙击手,奉命一左一右埋伏在山上,专门狙杀敌方的武装分子。克里尔的枪法非常精准,每击发一次,必然有一个身影倒下,弹孔正好落在对手的两眼之间,然后他就会兴奋地朝汤姆逊竖起大拇指。战斗结束后,汤姆逊狙杀了5个人,克里尔狙杀了13个人，但最后汤姆逊回来了，克里尔却倒在了海外的丛林里。汤姆逊精神备受打击，他提前退役，来到了远离家乡的槐树镇定居。可没想到，熟悉的M40枪声又突然出现在这里，而他却成了警方的重点怀疑对象……

一连三天，吃过饭，汤姆逊就到门口坐着，晚上屋门也不关，好让警察能看得见他。可是，那几天，槐树镇再也没有枪声响起，汤姆逊的心里很矛盾：如果杀手出现，槐树镇上就会有一个人被害；如果杀手一直不出现，自己就永远无法洗去不白之冤。

第四天天黑的时候，汤姆逊收拾起凳子，回到屋里。他打开电灯，突然发现屋子里似乎有人进来过，他四处看了看，发现只丢了那枚英勇勋章。汤姆逊苦笑了一声：真难为那个贼了，这间屋子里，还真找不出比勋章更值钱的东西了。

晚上，汤姆逊躺在床上怎么也睡不着，克里尔那竖着拇指、瞪着眼睛的姿势，老是在他眼前晃悠。

半夜，汤姆逊突然听见远处传来一声枪响，那声音极其轻微，但汤姆逊一听就知道是M40的声音，那个幽灵杀手终于又出现了！他兴奋地爬起来，想冲出去，刚走到门口，又停下了脚步，自己现在被监视着，贸然出门，恐怕会引起误会，还是等警方来还自己一个清白吧。

到了凌晨五点，汤姆逊正要起床，麦肯和四个警察冲了进来，用枪抵住了他。麦肯掏出一个物证袋，在汤姆逊面前摇了摇，说："汤姆逊先生，你还有什么话可说？昨晚镇外公路上又发生了枪击案，这是我们在现场发现的。"

汤姆逊愣住了，那个物证袋里装的，正是他丢失的那枚英勇勋章。他有些结巴地说："警长先生，我想您是误会了，昨天我的屋子里进了贼，这枚勋章被人偷走了。昨晚,我连大门都没有迈出一步,怎么出去杀人呢?不信,您可以问问利维他们。"

麦肯转头看了看利维,利维吭哧了半天,说:"警长,昨晚我们一直在这里,可是,您知道,我们两个已经三天没睡觉了,而且汤姆逊先生也很配合,所以昨晚我们……睡着了。"

汤姆逊几乎想冲上去给利维几拳,但麦肯的枪口一直对着他,麦肯说:"汤姆逊,虽然你曾经为了国家浴血奋战,但杀人偿命的道理你应该明白,现在,交出你的M40,跟我到警察局去,准备接受惩罚吧。"

汤姆逊的脸色非常难看,思忖了一会儿,他才对麦肯说:"好吧,我跟你们走,但我必须告诉你们:人,不是我杀的,其实在第一起案子发生以后,我就猜到了凶手的名字,他叫……"汤姆逊的话音低沉下来,他用手指在布满灰尘的桌子上飞快地写了起来。

麦肯和利维凑到桌子前,仔细辨认着汤姆逊潦草的笔迹。费了好大劲,麦肯才看出那个单词是"笨蛋",刚想发火,汤姆逊已经抓住了他和利维的脖子,把他们的头狠狠撞在了一起。只听"砰"的一声,两个人都昏了过去。另外三个警察见状也冲了上来,但汤姆逊的拳头更快,几个回合过后,他们全都栽倒在地上。

不知过了多久,麦肯醒了,发现他们几个都被反绑着坐在地上。而汤姆逊换上了一套旧军装,坐在他们对面的椅子上。屋里的写字台被推到了一边,地上扒开了一个长方形的洞,周围散落着一些撕破的油纸,而汤姆逊手里拿的,正是一支擦得锃亮的M40!

汤姆逊见麦肯醒了,义愤填膺地说道:"本来,我已经把这支爱枪连同那场可恶战争的回忆,一起埋在了地下。我背井离乡来到这里,就是为了让自己彻底忘记过去,可你们非要唤醒我。我一直相信你们能还我清白，可你们根本不信任我。好吧，就让我去会会这个高手，只有让他的子弹打穿我的脑袋，你们才知道我是清白的！"说完，汤姆逊一脚踹开房门，走了出去。

高手的对决

汤姆逊开着麦肯的车来到了镇外，顺着小山爬上去，两起谋杀案都发生在山脚下的公路上，凶手肯定会在山上留下踪迹。当汤姆逊爬到半山腰的时候，突然听见镇子里传来了枪声，还是M40！方向似乎是自己的家，一枪、两枪、三枪、四枪、五枪，整整响了五枪！杀手怎么会出现在镇里？要知道，自己家里还绑着五个警察！想到这里，汤姆逊猛然醒悟过来，麦肯……麦肯他们完了！这下，自己就是跳进太平洋，也洗不清了。

没过多久，尖厉的警报声就响彻了全镇。天亮时，汤姆逊看到山脚下已经全是军队，军方架起了大喇叭，冲着山上喊："汤姆逊，你已经被包围了，立即下山投降！"

汤姆逊懊恼地跌坐在地上，究竟是谁，把自己推进了这万劫不复的深渊？

突然，汤姆逊觉得身后有动静，他猛地跃起，转身举枪朝后瞄准，瞄准镜里，出现了一个五十多岁的老头，正是半个月前新搬来的邻居：白发苍苍的老西蒙。老西蒙手里竟然也举着一支M40！那举枪瞄准的姿势，让汤姆逊很快想起了一个人：克里尔！两个人除了年龄不同，面貌还真有几分相似，更重要的是两个人面对目标的眼神，几乎完全一样。

老西蒙愤怒地看着汤姆逊，说："小伙子，我找了你整整五年，五年前，你一枪打死了我的儿子克里尔，虽然军方掩盖了事情的真相，但我儿子额头上M40的弹孔告诉我，是你嫉贤妒能，杀害了他！因为在那场战斗中，只有你和克里尔有这种枪！"

汤姆逊明白了：最近发生的一切，都是老西蒙一手操纵的，枪杀案是他干的，偷走勋章放到枪击现场的也是他！

汤姆逊点了点头，说："您猜得很对，克里尔是我打死的，但我不是嫉妒他。克里尔不配当狙击手！他没有人性！在最后一次战斗中，他狙杀了13个人，其中有9个是慌不择路的妇女儿童！在战场上，我有我的信条，那就是绝不杀害不穿军装的人，所以，我朝他开了枪……从海外战场回来，我就一直等着你来找我报仇，可你为什么把子弹射向跟此事无关的百姓？"

老头"嘿嘿"一笑："小伙子，我也曾经是个军人，在我眼里，狙击手的枪口下只有目标，克里尔是我全部的希望，他在给我写的信里，多次提到你，他那么信任你，可你却一枪打死了他！今天，你即使能逃脱我的子弹，也躲不过军队的围捕，上百支枪对准着你，你已经百口莫辩了！哈哈……"

汤姆逊点了点头，说："我等待这颗子弹已经很久了，可惜，您没穿上军装，否则，我们之间倒可以来一场真正的对决！"

"砰"的一声，两支M40同时响了。汤姆逊的身子直直地朝后倒去，子弹击中了汤姆逊的脑袋，在两眼中间留下了一个圆圆的弹孔。此时，老西蒙也闭上了眼睛，他没想到这个汤姆逊的手法如此迅疾，居然能和他同时扣响扳机，他以为，今天的结果是同归于尽。可是等了一会儿，他才发现，自己并没有受伤，他摸了一下额头，没有半点伤痕。他快步跑到汤姆逊身边，拿起汤姆逊的M40，拉开枪栓，退出子弹，这才发现，里面装的都是没有弹头的空弹!

老西蒙呆住了,汤姆逊那句话一直在他耳边回荡——狙击手不能杀害不穿军装的人!狙击手不能杀害不穿军装的人!

老西蒙颓然跪倒在汤姆逊身边,他觉得自己输了,克里尔也输了,汤姆逊宁肯自己被杀,也绝不违背自己的誓言。

过了一会儿,老西蒙站起身来,把手里的 M40 高举过头,一步一步向山下走去。山路上,荷枪实弹的军队已经包抄上来……

(邢　东)
(题图:佐　夫)

猫
蛊

黑猫再现

刘杰今年32岁,老婆赵珍平比他大了整整10岁。两人住在赵珍平前夫留下的大别墅里。

最近,一到半夜,总有一只猫在别墅外面"喵呜,喵呜"地叫,声音既响亮又怪异,吵得刘杰和赵珍平没法入睡,让刘杰很恼火。

刘杰本来想等赵珍平睡熟之后,将买回来的药下到她的水杯里。这老女人总会半夜口渴,床头柜放着只水杯,半夜醒来总要喝几口水。刘杰跟她一起生活了三个月,这习惯他已经熟悉了。但这该死的猫这么吵,赵珍平哪里睡得着?刘杰恼起来,便起床下楼,要去将那只猫撵走。

打开大门,借着路灯微弱的光亮,刘杰看到那只猫了。那是一只黑猫,一边高声叫唤,一边焦躁地在花园的围墙上踱来踱去。这让刘杰有些恍惚,这猫的模样,太熟悉,像……阿缺?

刘杰一时有点惊吓，他揉着眼睛不敢上前，以为是自己产生了错觉。这时，赵珍平穿着睡裙也下楼了，一看到那猫通体乌黑的皮毛，喜欢上了，用哄小孩似的声音冲猫叫："咪咪，你是饿了吗？乖，过来，我给你吃的。"

一只野猫哪会听从一个陌生人的召唤？但偏偏这只猫就听，它"喵喵"地叫着，缓缓地走过来，一步步走进了别墅的大门。

屋内的灯光雪亮雪亮，照在猫身上。刘杰一见之下，像见了鬼，吓得一连倒退了两步。猫的皮毛墨黑如漆，浑身上下没有一根杂毛，像一只黑色的幽灵。它的右耳，豁了一个口！

一见猫右耳上的豁口，刘杰差点吓瘫了。这绝对是曾怡的猫，名字叫阿缺！

曾怡是刘杰的前妻，两人在一起生活了一年。刘杰也和这只叫阿缺的猫一起呆了一年，他太熟悉了。刘杰弄死曾怡后，离开那座城市已经整整一年，搬到了千里之外。阿缺怎么找到他的？找他干什么？

听说过狗千里寻主的故事，可没听说过猫千里寻主呀。再说，刘杰不是猫的主人，猫用锋利的爪子挠过刘杰，刘杰几次差点将猫踢死。他俩之间，是敌人。

猫随赵珍平上楼去了，就像从这夜幕里撕下的一块黑布，潜进了这幢别墅。刘杰倚着大门，一颗心"咚咚"直跳，渐渐地，他冷静下来。这应该是不可能的事情，就算一只猫能远涉千里来到这里，可这城市有将近千万的人口，怎么找得到他？这不可能是阿缺，只是一只长得与阿缺有些相像的猫罢了。

刘杰上楼去，看到赵珍平倒了一点牛奶在盘里，让猫舔。他心里十分惶恐，往前走了几步，希望能看出这只猫与阿缺的不同。刘杰刚一靠近，黑猫不舔牛奶了，"嚯"的一声龇出了牙，脖子上的毛全炸开来，弓起了背，一双蓝幽幽的眼睛盯着他。那架式,随时要扑过来。

刘杰的心一阵紧缩,就是阿缺!这神态他太熟悉,阿缺永远这么敌视他,他一挨近,阿缺就会炸开脖子上的毛发,弓起背来,龇着牙,发出恐吓声。他最后一次和阿缺较量,阿缺也是这副模样,然后重重地挠了刘杰的脖子,挠出血来。

难道这畜生听得懂人话?曾怡让它帮她报仇,它真的就来了?这是一件很诡异的事情,刘杰觉得心里有一股寒意在升腾。

阿缺的突然出现,让刘杰的心乱起来,也打乱了他原有的计划。他几乎不敢看这只猫,只得去另外一个房间睡了。刘杰睡不着,他本来刻意将有关曾怡和这只猫的记忆给尘封了,现在又都浮现出来。

前妻之死

刘杰与曾怡结婚是两年前的事。那时他30岁,曾怡35岁。一个男人很少会选择比自己大5岁的女人结婚,而且这女人一点也不漂亮。但刘杰选择了,因为他知道,曾怡有钱。

曾怡没有生育能力,她老公发财后,就以此为由将她给蹬了。离婚时曾怡分得了300万元的财产,房子也归了她。刘杰就是冲着那300万和那套房去追求她的。

从结婚那天起,刘杰就天天暗地里在曾怡的水杯里放药物,一种能让人厌食的药物,让人一闻到食物的味道就恶心反胃,毫无食欲。

曾怡很快就吃不下东西,总是恶心想吐。起初她还很欣喜,以为是自己的不孕症不治而愈,是怀孕的妊娠反应,跑医院去检查,结果根本就不是这么回事。

曾怡一天天瘦下去，医生也查不出消瘦的原因。医生怀疑她患上了厌食症，给她开了药。一回到家，刘杰悄悄将医生开的药丸倒进马桶里，却将减肥药装进了药瓶子里。

刘杰做这些的时候，阿缺就像一个幽灵，在他身后用蓝幽幽冰冷的眼神盯着他。它不就是一只猫吗？又不会说话，不会将看到的告诉曾怡。刘杰大可不理会它。但这畜生的目光让刘杰的感觉很不好，他觉得像是被监视了，所以他就踢了猫一脚，踢得阿缺在地上翻了个筋斗，痛得"喵喵"地逃走了。

这件事之后，阿缺就对刘杰有了敌意，一见到刘杰就会龇牙。刘杰哪容得一只小畜生对他这态度？越发地踢它。阿缺也经得住踢，反而不屈不挠，刘杰走到哪儿，它跟到哪儿，在刘杰身后弓着背，炸开脖子上的毛，做出伺机进攻的态势。它不像一只猫，它的性子其实很像是一只豹子，只是个头小点。

曾怡吃了药瓶子里的药，更不如从前了，不但厌食，还拉肚子，瘦得只剩个骨架时，不得不住进了医院。在医院里，刘杰没机会换药，曾怡的病渐渐好起来，开始吃东西了。住了一个月便回家了。但一回到家，刘杰又有了机会，于是，曾怡又厌食起来……

这样反反复复，曾怡已经真的患上了厌食症，也就越来越难治。到第三次出院，曾怡已经对刘杰有了怀疑。当刘杰躲在卫生间里将那些从医院带回来的药倒进马桶时，身后有了动静，一回头，吓了一大跳，曾怡和阿缺就站在他的身后，两双哀怨的眼睛正盯着他。

曾怡冷冷地说："我说呢，为什么我一回到这个家，就患上厌食症。居然是你在做手脚！"曾怡转身想回房间拿手机报警，她病怏怏的，走路摇摇晃晃，刚进房门，刘杰就追上来，抓住她将她扔到了床上，然后，用胶带将她的手脚绑起来,让她动弹不得。刘杰这样做时,那只黑猫就在旁边凄厉地叫着,上蹿下跳,不断地对他龇着牙,发出"嚯嚯"的恼人的声音。

曾怡躺在床上,气喘吁吁地对猫说:"阿缺,咬他,快咬他!"

猫毕竟不像狗,不会听到主人的命令就向别人发起进攻,它只会凄厉地叫,焦躁不安地上蹿下跳。

曾怡流着泪,有气无力地问:"刘杰,你为什么要这样对我?"

刘杰不答话,拿胶带要去封曾怡的嘴,曾怡转动着脑袋,绝望地对着她的猫,哀怨地说:"该死的阿缺,我对你那么好,关键时候,你居然不帮我?你咬他呀!"

曾怡的挣扎是虚弱的,说话的声音也是虚弱的。她刚与刘杰结婚时体重120斤,短短一年时间,她瘦到只有70斤,俨然一副活骷髅,根本没有半点力气。但阿缺像是听懂了她的话,突然跳到床上,然后一纵身,扑到刘杰的肩膀上,狠狠地在刘杰的脖子上挠了一爪。

这一爪快、准、狠,猫爪子像刀片似的,一下在刘杰的脖子上划开一道口子。刘杰痛得差点叫出声,待猫刚一落地,他就愤愤地抬起脚来。阿缺被踢得凌空飞起,身体重重地撞击在对面的墙上。它惨叫着爬起来,赶紧跳窗逃了。

阿缺再也不敢进到房间来,但它也没离开,不时跳到窗台上,冲刘杰叫唤,或者发出几声恐吓声,刘杰只要一回头,它就逃得没影了。

刘杰拿来一把椅子,坐在床前,看着床上那个女人,他能一坐就是一天。四目相对时,他能看到曾怡的眼泪像断线的珠子,不断地从眼角往下滚落。

刘杰温柔地给曾怡拭去泪水,安慰道:"你已经患上厌食症了,不吃不喝也不会有饥饿感。你就好好地去吧,我会感谢你的。这是没办法的事,我需要你的钱。"

一天,两天,三天。刘杰不给吃,不给喝。曾怡眼角流下的眼泪越来越少,终至枯涸。第三天,刘杰将捆绑曾怡的那些胶带全给解了,嘴巴上封的胶带也给揭了。那时候曾怡已经奄奄一息,没有力气反抗也没有力气呼救。这时候解开捆绑的东西,可以让她的血液在体内循环,不会留下什么淤痕。纵使警察来检查,也发现不了什么。

就在那天傍晚,曾怡咽气了。她体内的养分早已耗尽,三天不吃不喝,就去了。她临死前看了刘杰最后一眼,嘴唇动了动,刘杰将耳朵凑过去,只听到蚊吆般微弱的几个字:"……会报仇的!"

刘杰苦笑一声,对她说:"没用的。人死如灯灭,谁来帮你报仇?"

窗台上传来一声凄厉的猫叫,是阿缺。它像是在应答曾怡的话。

曾怡一个亲人也没有,所以自始至终,没人上门,也就没人知道曾怡是怎么死的。没人怀疑刘杰,因为曾怡早已瘦成了一个骷髅,死是迟早的事。邻居也都知道她得了厌食症,饿死也在情理之中。

刘杰得到了曾怡的钱,再将房子卖了,他手头有了500万。心满意足地离开时,阿缺在他面前上蹿下跳,龇着牙直叫。新房主乐了:"猫都是很温驯的,还没见过这么凶的。我喜欢,就给我养着吧!"

人猫对峙

刘杰早晨醒来时,赵珍平正坐在梳妆台前化妆,屋内已不见猫的踪影。赵珍平告诉他,昨晚他睡下不久,那只猫就离开了。

刘杰心里轻松许多,看到赵珍平化妆,就知道,她这是要出门了。

这是好机会，她出门就得开车，给她下点药，很容易就能出个车祸什么。刘杰不动声色地在别墅里转悠了一圈，王婶买菜去了。屋里没旁人，时机正好。

刘杰拿了只水杯，躲到客厅，从口袋里掏出小纸包，纸包里是一小撮白色的药粉，他用指甲挑了那么一点点，撒进杯里，然后，给杯里倒上了水。看一看，闻一闻，真如卖货的人所说，无色无味。

刘杰端着水给赵珍平送去，赵珍平正在抹口红，接过来搁在梳妆台上，一张嘴笑成血盆大口，目光流转地问："你帮我倒的？"

刘杰微笑着点一点头。赵珍平旋即转身，扑进了他的怀里，嗲声嗲气地说："老公，你对我真好。"刘杰听到这样的话就浑身起鸡皮疙瘩，但他忍着，说："知道我对你好，就趁热喝了吧，别等一会儿凉了。"

"嗯。"赵珍平应一声，还来不及离开他的怀抱去拿杯子，刘杰的目光直了，他看到了一个黑影，出现在窗台上，是阿缺！

阿缺从窗台跳上梳妆台，"啪"的一声，身体撞倒了水杯，水杯从梳妆台上滚落下来，掉在地板上，摔成了碎片，水淌了一地。旋即，阿缺跳回窗台，"喵"地叫一声，跳了出去，身影从窗台上消失了。

刘杰惊骇了。这仅仅是巧合吗？昨天晚上，他想趁赵珍平睡着了给她下药，这只该死的猫出现了，鬼哭狼嚎吵得赵珍平没法入睡。现在，他将药粉成功地放进了水杯，猫又从天而降，打翻了水杯。这还是猫吗？它知道刘杰的计划，也知道怎么阻止他。这让刘杰悚然心惊。

王婶买菜回来了，赵珍平收拾完水渍也要出门，刘杰没有机会再给赵珍平下药。

刘杰很不安，赵珍平开车出去后，他一直被一种诡异的感觉给包裹着，再加上昨晚没有睡好，他便怏怏地歪在床上睡了一觉。刚一睡着他就做了个梦,梦见曾怡来找他了。曾怡还是那副瘦得皮包骨头的样子,飘飘忽忽地来到他的床前,说:"……会报仇的!"

"谁会报仇?"刘杰不害怕。"喵——"像是回答他似的,传来了一声猫叫。他看时,阿缺正站在曾怡的脚边,龇着牙,蓝幽幽的眼睛盯着他。刘杰心里有点发毛,但他还是故作镇定,问:"你以为一只猫能给你报仇?"

曾怡冷森森地笑起来:"你以为它仅仅是一只猫吗?如果只是普通一只猫,它能不远千里找到你?能在你害人时及时出现,阻止你?"

刘杰惊问:"不是猫,那它是什么?"

"你听说过蛊吗?一种古老的巫术。告诉你吧,我将阿缺制成了猫蛊。它会让你痛不欲生,活活将你折磨死的。你信不信?"

刘杰的牙齿开始打架:"不……不信。"

像印证曾怡的话似的,阿缺突然"嚯"地发出一声恐吓声,然后,身子不断膨大,一转眼,成了一只豹子,跃上床来。刘杰吓得大叫一声:"妈呀!"醒了过来。

刘杰意识到只是做了一个梦时,他才长长地吁了一口气。抬手摸额头,额上已沁出许多汗来。他刚揩了一把汗,整个身子一下子僵住,他看到阿缺了,阿缺真的站在他的床前!蓝幽幽的眼睛紧盯着他,不声不响。

这是梦还是现实?刘杰彻底慌了神,他将门关得严严的,猫是怎么进来的?难道,它真的不是一只普通的猫,是猫蛊?曾怡让它复仇来了?刘杰吓得一骨碌坐了起来。

如果是一只普通的猫,在一个陌生的环境里,一个人突然翻身从床上坐起,一定会受了惊吓当即逃走。但是,阿缺没有,它反而受了刺激,兴奋起来。它"嚯"的一声龇出了牙,双眼紧紧地盯着刘杰,然后,它伸出前腿,慢慢往床前走过来。这完全不是一只猫,没有猫敢对人这样。

它完全像一只准备捕食的豹子。它一步步地逼近，身子弓着，腿谨慎地往前迈着，龇开的牙虽然细，但却尖利。

在刘杰的眼里，它已经不是一只猫了。刘杰心里冒出生生的恐惧来。看这架势，阿缺很快就要扑上来了，他只能顺势抓起枕头，护住自己的脖子，和它对峙。

一人一猫，箭在弦上。但就在这时，房门被人"咚咚咚"地敲响了，保姆王婶在门外问："先生，太太中午回不回家吃饭？"

房门突然"咚咚"的一响，对峙的局面一下子被打破了，那只猫被身后突然的敲门声惊吓了，所有凶神恶煞的模样突然消失不见，一下子蹿上窗台，跑了出去。

原来，它是从没关严的窗户里钻进来的。

故技重施

其实，当初刘杰从曾怡那里得到了500万元，他是准备收手的，并没打算再物色目标。500万，足以让他过上不错的日子，但赵珍平却主动撞进了他的眼球。

那天，刘杰在家里看一档鉴宝的电视栏目，赵珍平出现在屏幕上。这个又矮又胖的中年女人拿一只五彩缤纷的瓷瓶请专家帮着鉴定。她介绍说，自己刚死了老公，她老公收藏了一大堆瓶瓶罐罐的东西，她不知道该怎么处理。扔了吧，怕它值钱，不扔吧，搁家里实在占地方。

刘杰当时只觉得这女人太蠢，老公毕生收藏的东西，她居然打算扔掉？专家鉴定的结果吓了他一跳，那只毫不起眼的瓶子，居然价值一千多万元。

本以为自己已经跻身富人阶层,哪知道弄来的500万,居然买不来人家半个破瓶子,和人家一比,自己还是穷人。这女人说她家里有一大堆这种瓶瓶罐罐的东西,那得值多少钱?很明显,这是一个蠢女人,好骗。自己得再干一票!

刘杰给电视台打电话,说想买赵珍平的那个瓶子,希望节目组提供她的地址。遗憾的是节目组拒绝提供,说要保护人家的隐私。但这也难不倒他,赵珍平上节目时自报了家门呢,他知道她住在哪个城市。

很快,刘杰通过"人肉搜索",搜到那个城市叫赵珍平的人,共有27个。从电视上看得出来,那女人大约40岁,去掉几个男的,去掉几个40岁以下的,再去掉十多个45岁以上的,就只剩5个人了。刘杰来到了这座城市,这5个人他一一找过去,就找到他要找的人了。

刘杰用了两个月的时间去接近赵珍平,疯狂追求她。这女人确实蠢,她就不想想,她比刘杰整整大10岁,又这么难看,年轻帅气的刘杰为什么看上她?她没有自知之明,乐呵呵地接受了刘杰的爱,乐呵呵地接受了刘杰的求婚。

但真要结婚时,问题来了。刘杰没有料到,这么蠢的女人,却有个精明的女儿。

赵珍平的女儿叫冯玲,读高中就去美国留学了,听说妈妈要结婚,回来了,找刘杰谈话,毫不客气地说:"我觉得你是想图我妈妈的钱,我妈42岁,你才32岁,你说你爱她,谁信?"

刘杰做出受了侮辱的样子,拉冯玲去银行,他将自己的银行卡塞进柜员机,查询余额,让冯玲看。他问:"你瞅瞅,我这张卡里有多少钱?500万啊。你说,我缺钱吗?你要这样侮辱人?"

冯玲愣住,只得向他道歉:"对不起,我误会你了。"

刘杰很得意,看来,他轻松地将这小女孩搞定了。

冯玲继续说:"你的确是一个有钱人,自然沦落不到傍富婆的地步。这可以证明我以前是对你误会了。但既然我都误会了,那么,外人就更不用说了。难道对每一个误会你的人,你都要拉人家来看你卡上有多少钱吗?"

刘杰说:"外人误会就误会吧,我不在乎。"

"可我在乎。你这么爱我妈妈,我怎么能让外人误会你呢。所以你跟我妈做婚前财产公证吧,并签下协议,互不享受对方的财产继承权。你不要我妈的钱,我妈也不要你的钱,这样的爱情多纯洁,也可以堵住众人幽幽之口了。"

刘杰哑口了,他被这个女孩带进了沟里,这女孩太厉害。如果真这样,他与赵珍平结婚后,无论是离婚还是将赵珍平给弄死,他都得不到赵珍平一分钱的财产。他不同意吧,就证明他真是冲着人家的财产来的,这让他骑虎难下。

最终,刘杰硬着头皮答应了。几个月的付出,他不愿意空手而回。再说,车到山前必有路,以他的智商,他总能想到办法的。

还别说,刘杰真的想到了办法。

和赵珍平结婚一月后,刘杰有一天开车出门时将车给蹭了,回来后夸张地告诉赵珍平,他今天出车祸了,差点就没命了。他添油加醋的描述让赵珍平一惊一乍。叙述完虚构的事件经过,刘杰就久久地陷入了沉思。赵珍平以为他是惊魂未定,赶紧过来安抚他,他则幽幽地叹一口气,说:"世事无常,我在想,别看我比你年轻,说不定我什么时候出个事走你前头了。我和你签了互不继承遗产的协议,要是我死了,我的财产怎么办?你不能继承,那不是便宜了我那混账的哥哥吗?"刘杰气愤起来,"我哥对我刻薄得狠。我的财产怎么能便宜了他?不行,我得立遗嘱,我死了,你不能继承我的财产,那么,我馈赠总可以吧,我可以将我的财产赠予我最爱的人。"

当着公证员和赵珍平的面,刘杰早早地立了遗嘱:死后,他的所有财产将以赠予方式,赠给赵珍平。

赵珍平感动得泪水涟涟,一激动,接过笔来,也写下了遗嘱:她和刘杰结婚时就已立下协议,互不继承遗产,鉴于刘杰对她无私的爱,她决定,死后也以赠予的方式,将自己家里收藏的那些古董,全部赠予刘杰。

写完遗嘱,赵珍平还抱着刘杰哭,说:"你这么年轻,这么帅气,却愿娶我,还不要继承我的财产,我赵珍平哪辈子修来的福啊!现在你要在死后将所有的财产赠予我,这让我感到羞愧,你对我的爱是全部,而我做不到全部,我还有个女儿,我觉得我欠了你的。"

刘杰从来没指望她全部的财产,有那些古董就够了,他请人估过价,赵珍平家珍藏的古董,价值好几千万元。

刘杰是个高明的人。冯玲断了他的后路,他以退为进,又将后路给续上了。他就知道,赵珍平这个蠢货一感动,脑子一发热,也会回报他的。有了遗嘱,赵珍平现在可以死了。

但是,要让赵珍平死,绝对没有让曾怡死那么简单。曾怡没有亲人,而赵珍平有个女儿。刘杰如果也用对付曾怡的方法对付赵珍平,赵珍平只要得了厌食症,冯玲无疑会回来照顾妈妈,以冯玲的机灵,别说事不能成功,只怕还会让他自个儿败露了。

那么,用什么办法弄死赵珍平,警察不会怀疑,冯玲也找不到证据呢?刘杰苦恼了好些日子,后来,在网上看到一种叫"麦角酸二乙酰胺"

的药，他灵光一闪。

麦角酸二乙酰胺是一种致幻剂，无色无味，不易被人察觉，只要吃了一粒米那么一点分量，就会产生严重的幻觉，分不清现实与虚幻。让赵珍平服下这种药，她也许会站在悬崖边却以为前面是平地，直接从楼顶的边缘迈出去；或者开车时出个车祸。

刘杰费尽周折，花大价钱买来了药粉。这种药粉太难买，人家只给了他两粒米那么丁点儿的分量，说只能用两次。可是他使用的第一次，就被阿缺给破坏了。

现在，刘杰只有一次机会了！

孤注一掷

一场梦惊出刘杰一身冷汗。阿缺与他的对峙让他开始怀疑那不是梦，那也许真是曾怡的鬼魂，那么，曾怡说的猫蛊又是怎么回事？

刘杰特地上网查，遗憾的是，他没查到猫蛊，只查到蛇蛊、金蚕蛊等十多种蛊。每种蛊看下来，他的冷汗也就流了下来，原来这些蛊都可以让人痴癫疯傻，万蚁噬心，最终要了人命。这让刘杰神思恍惚。难怪阿缺这么一只猫，却知道他想加害赵珍平的想法，并能阻止它，敢情它不是一只普通的猫，它成了猫蛊？

刘杰决定杀死阿缺。不管猫蛊的说法是真是假，他加害赵珍平的计划已经被阿缺阻止过两次，现在只有一次机会了。阿缺若不死，这次机会也许又会被它给破坏掉。

刘杰从高尔夫球杆袋里抽出一把球杆，下楼来了。他知道，阿缺一定在附近，在某个隐蔽的角落窥视着他。

花园的每一个角落刘杰都察看过了,没有猫的踪迹,阿缺就像一块黑影,阳光一照就踪影全无。刘杰找了好久,最后,刘杰终于发现,阿缺站在二楼他房间的窗台上,正往他的房间里窥探。

这让刘杰的心一紧,这畜生真在打探他房间的动静,想寻找进攻的机会呢。刘杰庆幸自己出来了,不然自己在明处,猫在暗处,自己多么被动。现在好了,自己在暗处,阿缺在明处了。他悄悄地在一丛冬青后藏了起来,注视着阿缺的动静。

阿缺往房间里打量一番,很明显是发现房间里没人了,想转身走掉,但它就要从窗台上跳下时,又犹豫了,向四周顾盼一阵,又突然钻进了窗户里,倏地一下便从窗台上消失了。就像小偷进别人家前先察看一番有没有被人发现似的,它的行动不像一只猫,它比猫更谨慎,更智慧。

刘杰顾不了那么多,他迅速从冬青背后站起来,跑了回去。进了门,他脱了鞋,蹑手蹑脚地上楼,不发出一点声音。阿缺不是想潜进他的房间搞偷袭吗?那他就让它自投罗网。

刘杰将房门打开一条缝,往里窥视,里面并没有猫,静悄悄的。怎么可能?他明明看到它从窗户里进来了,难道,它又出去了?刘杰返身将门关上,赤着脚在地板上行走,他也变成了一只猫,一点声音也没有。刘杰走到窗前,从敞开的窗口往外望,外面也没有猫的影子。奇了怪了,那畜生去哪了?他心里这么嘀咕时,猛地听到身后"嚯"的一声低鸣,蓦然回头,看到它了。这只猫好狡猾,居然在床上,躲在叠得四四方方的被子后面,此时咧开嘴,龇出牙,面对着他。

刘杰有些心惊,猫的智慧让他心惊。它居然知道躲在被子的后面。如果刘杰没有发现它的踪迹,像平时一样进了门,往床上一躺,全无提防,阿缺真的可以突然冲上来咬住自己的脖子。刘杰后怕得背脊发凉,好在自己已经发现了它，手中还有武器，它是什么蛊，自己也不怕了。一个人不可能打不死一只猫！刘杰慢慢伸出手来，从身后将窗户关上了。门已关上，窗户也关上，阿缺还能往哪里跑？他双手紧紧握住球杆，举了起来。

阿缺站在床上，四条腿兴奋得直颤抖。是的，刘杰看到它的腿在颤抖，抖得很厉害，它一边抖，一边龇出牙，弓起背打算扑上来。刘杰可不能等它先进攻，他举起球杆猛地跨前一步，一杆砸了下去。

"嘭"的一声，球杆砸在席梦思上，弹了起来。没砸中。阿缺躲过这一击，掠出一道黑影，扑上来。刘杰吓得连退两步，也躲过这一扑，猫落在地上，刘杰挥杆而上，又是一杆砸下，"咚"的一声巨响，球杆砸在木地板上的声音震得整幢别墅都听得见，但他还是没砸着阿缺，阿缺身子一扭，躲过了。不过阿缺这一躲，躲到刘杰脚边来了，他飞起一脚，这脚踢得准，正踢在猫肚子上，阿缺被踢得飞起来，几乎是一条直线，撞向对面的墙壁，然后又直直地沿着墙壁坠落。

机会多难得，刘杰追过去，挥起球杆，一杆砸下，正正地砸在猫背上。伴随着"咔嚓"一声，他听到阿缺"呜"的一声怪叫，不动弹了。这声叫不像猫叫，更像是一声女人的哭泣。

管它是叫还是哭。刘杰举起球杆，想往阿缺脑袋上再来一击。但就在这时，房门突然被人敲响了，保姆王婶在门外紧张地问："先生，怎么了？"王婶被巨大的响声惊动，赶了过来。

刘杰怔了一怔，他不想让保姆看到他正在打一只猫，这是多么怪异而且残忍的事。在赵珍平死亡以前，他不能有任何怪异的举动，现在的警察疑心很重，他得表现一切正常。他迅速用球杆勾住阿缺的躯体，一抢杆，阿缺的身子飞落到床上，正落在阿缺刚才躲藏的位置，被那床叠起的被子挡住。

房门被推开了,王婶站在门口。刘杰轻松地举着球杆,说:"没什么,我在练挥杆呢。"

"先生去花园里练吧,别将家里的东西砸了。刚才是不是砸了什么东西?"王婶想走进房间看个究竟,刘杰只得坐回到床上,弯起腿来将那只猫给圈住了,不想让王婶看到。他知道那只猫已经死了,眼里的光已渐渐散去。刘杰冲王婶挥了挥手:"没你什么事,出去吧。"

在刘杰再三的命令下,王婶只得带上房门离开了。脚步声刚一离去,刘杰就感觉到大腿一阵刺痛,他痛得差点叫出声,低下头来,他骇住了。那只本来已经死了的猫不知什么时候又活了过来,张开嘴咬在他的大腿上。

猫的脊椎早就被打断了,眼神也早就涣散。可古话说,猫有九条命呢,它居然活了过来,还咬了他。这事吊诡得让刘杰心里发毛,他吓得跳起来,阿缺就挂在他的大腿上,如同缝在他裤子上的一只黑袋子,荡来荡去。刘杰抡起拳头,在猫脑袋上狠狠砸了一拳,阿缺的身体这才掉了下去,躺在地上,一动也不动了。刘杰低下头,发现阿缺虽然死了,但双眼还在看着他,蓝幽幽的,目光冰冷,那冰冷的目光直钻进他心里去。

揭秘猫蛊

阿缺总算是死了。刘杰一直等到它的尸体冷透,才放心地将它从窗口扔到了屋后的草丛里。他将地面的血迹清理干净,这才记起来察看自己腿上的伤。还好,大腿上只有四只牙印,咬得不深,流了一点血而已。刘杰找来云南白药,在伤口处撒上药,然后用创可贴贴住。

到这时刘杰才松了一口气。阿缺已经死了,还有谁能找他报仇?还有谁能阻止他的杀人计划?他只等待赵珍平回来。就在今晚,等赵珍平睡熟之后,等保姆王婶睡熟之后,他就可以将麦角酸二乙酰胺放进赵珍平的水杯,神不知鬼不觉。

赵珍平在傍晚时回来了,但她不是一个人回来的,带回来两个姐妹,进门就冲他嚷:"快点快点,我们要去外地看演唱会,搞到票了,你跟我们一起去。"

这倒是个好机会,让赵珍平死在外面,总比死在家里让他更安全。刘杰本来一向不愿跟赵珍平一起出门,跟一个比自己大十岁的老女人勾肩搭背走在一起,太没面子,但这次,他答应了。

车由刘杰开,开了4小时才到目的地,看完演出,已经是半夜,回到宾馆,他还惦记着给赵珍平下药呢,但一歪到床上就睡着了。他太累了。

第二天再开车回来,又是4个小时,人累得够呛。到家时,刘杰疲倦得躺上床睡了一觉。

刚睡着,门就开了,一只浑身乌黑的猫蹑手蹑脚潜进屋来,纵身一跃,跳到床上来。刘杰睁眼望去,浑身的血液就凝固了。黑皮毛,右耳豁了个缺口,是阿缺!自己不是将它打死了吗?它怎么又活了过来?他吓得想翻身坐起,但已经迟了,阿缺离他太近了,猛一下扑上来,就一口咬住了他的脖子,他的气管好像一下子就被咬穿了,漏了气,沉重的窒息感让他再也无法呼吸。他只得拼命蹬着双腿,蹬着蹬着,他醒了,阿缺不见了。但是,刘杰还是喘不上气来,喉咙紧缩着,像是阿缺还咬在他的脖子上一样。

刘杰拼命用双手拂着脖子,但脖子上光滑得很,什么也没有,但就是有一只无形的阿缺咬住了他的脖子,让他无法呼吸。刘杰的一颗心被恐惧紧紧攫住,他吓得滚下了床,当他的身体重重地撞击在地板上时,脖子上的紧缩感才一下子松了,像是阿缺终于松开了口,他终于长长地喘上了一口气。

赵珍平听到动静,走进房间,问他怎么了。刘杰答不上话。诡异的感觉让他像是服用了致幻剂,分不清梦境和现实。他只得躲到外面的花园里去。在花丛里坐下来,心情好了一些,但他还是呼吸困难,还是觉得阿缺依然咬在他的脖子上。刘杰这才又记起了那个词,"猫蛊"。难道,真的是猫蛊,哪怕阿缺死了,自己还是中了蛊?

在花园里呆了一个多小时,刘杰感觉好些了,便回到屋内。他发现,赵珍平也睡觉了,看来她也累了,睡得打起了鼾。而王婶这会儿在楼下收叠晾晒的衣服,一时半会儿还上不了楼,这时候是给赵珍平下药的最好机会呀。刘杰悄悄拿起一只水杯,掏出药包,将剩下的药粉统统倒进水杯,然后,到饮水机那里倒水。水从水管里流了出来,但刘杰吓得当即睁大了眼睛,那流出来的水居然是黑色的!

不,那不是水,是一只猫尾巴,从水管里钻了出来,接着,是猫屁股、猫身子、猫头,一整只猫从管子里挤了出来,一出来瞬间变大,变成了阿缺。真的是阿缺,右耳朵还豁了个口。它一出来就"喵"地叫了一声,还冲刘杰龇开了牙。

"吭"的一声,刘杰吓得扔下了杯子,杯子在地上摔得粉碎,阿缺的身体也就在地面摊开,黑黑的,摊成一张毛毯,像水一样,直往刘杰的脚边流动。

刘杰吓得大叫:"别过来!别过来!"他一直躲到了墙角落里。

响声惊动了赵珍平和王婶,王婶首先从楼下赶了上来,一见刘杰这副模样,紧张地问:"先生,你怎么了?"刘杰抬头看去,这瘦瘦的女人哪里是保姆？是曾怡，曾怡冷冷地盯着他，说："……会报仇的。"

赵珍平也从房间里奔了出来，刘杰吓得往赵珍平身边躲，但他听到一声尖利的叫声："喵——"他惊骇地抬起头来，就这一瞬间，一切都变了，赵珍平已经不是赵珍平了，她变成了阿缺，是放大了的阿缺，阿缺已经长成了一只豹子，冲着他大叫："喵——呜——"

刘杰吓得重新缩回墙角落里，他不敢看眼前的这两个人，紧紧地闭上了眼睛，大叫大嚷："别过来，别过来！"

刘杰终于听到人话，是赵珍平的声音。赵珍平急切地问："杰，怎么了，杰？"

睁开眼，刘杰看向赵珍平，赵珍平又变成了猫，连她最后一声"杰"也变成了"喵"。他只得再次闭上了眼睛。刘杰知道，一切都是幻觉，说话的那人不是阿缺，阿缺是一只猫，不会说话，那还是赵珍平。他战战兢兢地说："蛊！"

"什么鼓？"赵珍平惊恐地问，她以为是锣鼓的鼓。

"猫……蛊！"刘杰答完就仰面倒了下去，他双目紧闭，嘴角流涎。

刘杰被送去了医院，医生确诊，他患上了狂犬病。医生在他的大腿上找到了伤口，根据伤口的牙痕，他们确认，刘杰是被猫咬的，是猫将狂犬病传给了他。狂犬病的临床表现就是这样，呼吸困难，害怕水，会有幻觉……

最终，赵珍平和保姆在房子后面找到那只死猫，医生通过检查，确认，这只猫生前患上了狂犬病，它焦躁地踱来踱去，对人具有攻击性，其实就是患狂犬病的表现，刘杰就算不打它，它也活不过两天。

刘杰在医院里躺了五天，五天后，他死了。根据他的遗嘱，他的500万，归了赵珍平。

刘杰至死都没弄明白,咬他的猫,并不是阿缺。阿缺被买曾怡房子的人收养了,一直活得好好的。咬他的只是一只野猫,这只野猫不久前才被一只疯狗咬豁了耳朵,其实它的耳朵豁得没有阿缺厉害,长相也与阿缺有很大的区别,只是两只猫都有乌黑的毛皮罢了。

没有什么猫蛊,一切只是心魔。

(方冠晴)
(题图:杨宏富)

噩梦·异事
emeng yishi

沉睡时，内心深处的心魔会释放出巨大的能量，把你困在梦魇之中……

日本新娘

在日本有这么一对年轻人,女的叫惠子,男的叫松本,近日来,他们每天都沉醉在迎接婚礼的喜悦之中。但就在结婚前的头一个星期,惠子接到了一封匿名信,打开来,上面写着这么一句意味深长的话:"不要结婚喔——不然,你会不幸的!"

惠子像当头挨了一棒似的,但她很快就镇静下来,认为这可能是一个恶作剧,也可能是别人妒忌她与松本的爱情,所以,她决定不予理会。

然而,接下来的几天里,惠子每天都收到诸如此类的信件,心里不禁毛了起来……

这天下午,她与松本坐在一个咖吧里喝咖啡,终于忍不住把信掏出来，递给松本说："你看，每天都有人寄这样的怪信给我，我实在受不了！"

松本接过信，一封一封看过，最后大笑说："这大概是恶作剧吧，"说着，伸出手来轻轻抚摸着惠子的头发，"有我在，你还怕什么？别理它就是了！"

听了松本的话，惠子似乎得到了安慰，信心又恢复起来。喝完咖啡，她还叫松本陪她一起逛婚纱商店，心情果然好了许多。直到傍晚，他们才依依不舍分了手，因为惠子要参加一年一度的高中同学聚餐会。

聚餐会在一个宾馆的草地上举行，大家好长时间没见面，一见面又像回到了从前，打打闹闹，整个宾馆都充满了欢笑声。正聊得开心之时，突然有人不经意提起了"直子"，惠子心里打了个咯噔：这个直子，是惠子最最讨厌的人，读高中时，直子和一个男生谈恋爱，谈得如胶似漆，但后来那男生却移情别恋，爱上了惠子，直子以为是惠子搞的鬼，从此，她俩的关系闹得很僵，直子总喜欢找她的茬儿，在高中毕业的留言册上，直子竟发誓要"报复"她……

有个同学说："惠子，你真的要请直子来参加你的婚礼吗？"

惠子想了想，就笑笑说："都那么久了，她应该不介意吧？"

然而就在结婚前两天，惠子又收到了一个无名包裹。她心存疑惑，一层一层打开来，发现里面是一个洋娃娃，上面用大头针别着一张纸条，写着她的名字。

她第一个反应就是"直子"："该不会是她吧？"

洋娃娃下面压着一封信。她用颤抖的手打开了信："你的婚礼我一定会参加的，因为我要报复你！不要结婚喔……你会下地狱的！"

果然是直子！

惠子满腹疑虑捧起洋娃娃,没想到这个洋娃娃的头竟然是断的!她吓得"哇"的一声尖叫,把洋娃娃扔在地上……

结婚这天,双方的亲朋好友来了许多人,宴会厅喜气洋洋,十分隆重,可惠子心里有事,高兴不起来,她一直在想着那个诡异的洋娃娃,所以,她一边给客人们敬酒,一边用眼角搜索着直子的身影。

就在这时,宴会大厅的门打开了,进来一个人,惠子吓了一大跳,再定睛一看:原来是一个迟到的朋友!她终于松了一口气……

婚礼进行得很顺利,惠子与松本成了今天最幸福的人……

夜晚,惠子累得瘫坐在床边,松本走过来,紧接着她坐下来,轻轻地揽着她的肩膀……

过了好一会儿,松本依偎在惠子的耳边,轻声说道:"你还是结婚了。"

惠子听了,像给雷打了一样,"腾"地站起来,瞪大眼睛看着松本,她不敢相信她听到的话。

"你还是结婚了,到现在,你还是和我闹别扭!"松本说。

"我说过你结婚会不幸……会像下地狱一样喔……"说完,新郎紧紧地抱住新娘……可新娘早已吓得说不出话来。

惠子此刻才知道,所谓松本就是她的高中同学直子。五年前直子做了变性手术,与她成了一对恋人……

(李 华)
(题图:箭 中)

与歹徒过招

青山脚下有个叫周白柴的老汉,承包了村上的一口水塘养鱼。水塘比较偏僻,离村庄有好几里远。

这天,周老汉正在塘旁小屋门口修理渔网,见村支书田大嘴来了。田大嘴手里拿了一张纸,那是一张通缉令。田大嘴是来告诉他,说有一个持枪的抢劫杀人犯,可能已流窜到大青山一带,公安正在全力搜捕。田大嘴说:"你老周一个人住在这大青山脚下,说不定哪天就碰到了歹徒,所以特意赶来,把通缉令送给你看看,小心为妙啊!还有,真的发现了歹徒,要立刻向公安报告。当然了,你要是能亲自把他抓住也行,那样公安就会奖给你五万块!五万块啊,抵得上你养好多年的鱼!"

周老汉一听,顿时冷汗就从额头上冒了出来。他从田大嘴手中接过那通缉令，看着那凶恶的歹徒，苦着脸说："你看这家伙膀阔腰圆，我一个老头子能抓住他？何况他手中还有枪呢！"

"说的也是，"田大嘴说，"你一个人在这，歹徒真要是来了，的确很危险。干脆这几天你就回村上去，等歹徒抓到了你再回来看鱼塘。"

周老汉不同意。他可舍不得丢下满塘鱼虾躲回村上去，这歹徒要是没来，鱼虾丢了，一年的辛苦可就白费了。

周老汉不回去，但不能不防备，他要层层设招。周老汉想，这歹徒要是下山，只会选在夜里。第一招，握鱼叉在手。他有一条护鱼塘的狗，叫黑儿，很机警，一发现陌生人就叫扑。鱼叉在手，又有黑儿壮胆，够歹徒吃一壶的。即使黑儿没发现歹徒，那他还有下一招。周老汉在窗户下挖了一个一人多深的坑，盖上一张马粪纸，上面撒上细土伪装，歹徒来了肯定会来窗前察看屋里动静，这样他就会掉到坑里去，成了瓮中之鳖了。就是这两招都失灵了，周老汉也不怕，他还有第三招。歹徒冒险下山，还不是为了找吃的？于是周老汉蒸上几个白馍，放在灶旁。门故意不插，一推就开，就是让歹徒轻易进来吃馍。只是为了做这馍，周老汉把自己备用的安眠药全捣碎放在里面了。只要歹徒吃了，就迈不出这屋了，他只要提根绳子，捆捆绑绑，五万块钱就到手了，哈哈……

黑夜降临了，周老汉既紧张又兴奋，抱个鱼叉在怀中，几乎一夜没合眼，可歹徒没来。第二天夜里，周老汉强打起精神不睡觉，差不多是盼着歹徒来了，可又是平安无事。第三天晚上，周老汉再也挺不住了，很快就进入了梦乡……

夜里，周老汉突然被响动惊醒："谁？"周老汉一声喊，同时翻身点亮油灯，就见一个满脸污垢的汉子奔到跟前，周老汉想拾起鱼叉，可来不及了，鱼叉已被那汉子踢到远处。周老汉于是壮着胆子问："你、你是什么人？怎、怎么跑到我屋里来了？"那汉子见屋里就一个老汉，顿时放心多了："老同志，你别怕，我是地质勘探队的，到大青山来勘探，这不，迷路了。一天没吃东西，进屋想找点吃的，不好意思打扰了。"

周老汉仔细看了看那汉子的脸，大吃一惊：什么地质勘探队的，明明就是那通缉的持枪杀人犯啊！周老汉疑惑不解：陌生人进屋，我那黑儿怎么不叫？难道让这歹徒给害了？还有，这歹徒怎没去窗前？唉，我那坑又白挖了。

很快，周老汉镇定下来，他感叹道："一天没吃东西了，这多难受啊，你别急，我这就来给你弄点吃的。唉，这大青山山高林密，不是本地人，进去了还真容易迷路！你们这些搞勘探的，到处钻山沟，挣一份工资也难啊！还好，这回算你运气了，没碰着野猪。大青山的野猪可凶着呢，人挨着碰着，不死也要丢胳膊丢腿！"

听周老汉说山里有凶猛的野猪，歹徒的脸都吓得变了色。周老汉见了，心中暗暗得意：我就要吓死你这个狗日的，看你还敢往大青山里躲？不过，你现在想躲也躲不了了，吃了我的馍，我就能绑住你送给公安了。

周老汉来到灶前，头"嗡"的一声响：馍不见了！这是咋回事？仔细一看，周老汉就发现了自己的大黑狗，躺在角落里一动不动。怪不得，原来拌了药的馍让黑儿偷吃了！周老汉苦不堪言：黑儿啊黑儿，你怎么这么馋嘴，面对这凶悍的歹徒，这下我该怎么办？

就在这时，屋外传来一阵踢踢踏踏的脚步声。周老汉想上去开门，却被歹徒一把拉住。歹徒压低声音命令道："不准开门！不准说话！"说着吹灭了油灯。周老汉心儿怦怦跳个不停，他清楚：歹徒的手放进了那鼓鼓的口袋里，那口袋里肯定有枪！

来人是谁？是村支书田大嘴。这两天田大嘴也一直没能睡好觉，持枪杀人犯流窜到大青山来了，如不抓获，在这儿再犯下血案，那可不得了了。田大嘴最不放心的就是看鱼塘的周老汉，歹徒要是溜下山，最有可能就是上他那儿，一个老汉，能斗过凶残的歹徒？夜里睡不着，于是就翻身起床，来周老汉这儿看看。

远远就看见周老汉的小屋还亮着灯，田大嘴疑惑啊，这么晚了，这周老汉还没睡？可还没走近，灯又突然熄了。田大嘴警惕性很高，于是他放慢了脚步，悄悄地靠近。四周静得出奇，田大嘴来到窗户前，想凑上去听听小屋里的动静。谁知一上来，就"扑通"一声掉进了周老汉挖的坑里了！

歹徒很紧张，拉开门冲了出来，周老汉也跟着冲了出来。

坑里的田大嘴以为开门出来的只是周老汉，恼羞成怒，忍不住破口大骂："周白柴，你这个老王八蛋！你挖个坑想跌死我啊……"田大嘴大喊大叫的，周老汉急了，怕他激怒歹徒，匆忙拾起身边一根扁担，朝坑里砸去，一边砸一边狠狠地说："我让你叫，我让你叫，老子就是要挖个坑跌死你！"田大嘴遭到重击，一下就瘫倒在坑底。周老汉好像还不解恨，还一扁担捅到坑底。

歹徒疑惑地问周老汉："这个人是谁？你和他有什么深仇大恨？"周老汉装着生气道："这个家伙就是我们村上有名的小心眼。他总怀疑他老婆和我有一腿，动不动夜里就上我这儿来捉什么奸！他坏我名声，你说我能不生气？特意在窗前挖个坑，就是要跌死他！"

歹徒听了，大笑起来："老同志，你别气。你先给我弄点吃的，等我吃饱了有了力气，我帮你往坑里填土，把这家伙埋了！"周老汉听了可是心惊肉跳：天啦，这歹徒有多狠毒！

没办法，周老汉虽然一万个不情愿，但还得去和面给歹徒烙饼。不过,人虽然在烙饼,眼却一直在盯着歹徒,脑子也一直在转着想办法。就在这时,周老汉见歹徒从他的床头拿起一张折起来的纸,周老汉的心一下就提到了嗓子眼:那可是田大嘴带给他的通缉令!这要是让歹徒看了,那我这条老命可就没了!急中生智,周老汉于是把手放在滚烫的锅上,疼得一声大叫……

歹徒听到周老汉的叫喊,忙扔下纸,惊慌地奔了过来,不满道:"怎么回事?你嚷什么嚷!"周老汉把手伸到歹徒面前,哭丧个脸说:"我不小心,把手给烫了!"歹徒见周老汉的手果然红肿了,阴森森地一笑:"老同志,你忍一忍,过一会儿就不会疼了!"歹徒想,等我吃饱了,再好好地收拾你,嘿嘿……

饼烙好了,周老汉把它端到桌前,顺便用抹布把桌前的石凳擦了又擦。歹徒饿坏了,见到香喷喷的饼眼都绿了,一坐下来就狼吞虎咽。可他根本没想到,刚才周老汉擦石凳时,偷偷把一管用来补盆的胶水全擦在上面了。

周老汉估计胶水已经发挥作用了,于是又悄悄到灶前把刚才和面剩下的面粉端了来,趁歹徒抬头的一刹那,迎面泼了过去,一下就迷糊了歹徒的双眼。歹徒气急败坏,可想站却站不起来,原来他的屁股牢牢地粘在石凳上了!

周老汉拔腿就往门外跑,匆忙中碰翻了桌上的油灯。没这么巧,灯油泼到了歹徒的身上,歹徒的衣服一下就烧着了。歹徒慌了,想跑又起不了身,哇哇惨叫着,双手胡乱地扑着火,哪还有工夫掏枪!

周老汉趁机打开屋门往外冲,可刚出门,身上就结结实实地挨了一下子,"扑通"一声跌倒在地上。"天啦,怎么是你老周?"田大嘴大吃一惊,忙上来把周老汉拖到一边。原来打倒周老汉的是田大嘴。田大嘴不是挨了周老汉一扁担,昏倒在坑里吗?其实啊,周老汉那一扁担是演给歹徒看的,田大嘴是个什么人,马上就假装昏死过去。后来,他又顺着周老汉插到坑里的扁担爬了上来,然后操着扁担守在门口,想寻着机会就给歹徒一下子。谁知第一个冲出屋子的不是歹徒,而是周老汉,他一扁担把周老汉打倒了。

这一扁担打得不轻,周老汉躺在地上,"哎哟哎哟"想站都站不起来,别说跑了。这下田大嘴急坏了,周老汉急中生智,低声对田大嘴说:"快,快把我挂在这墙上的尼龙丝网取下,我牵一头,你牵一头,守在这门口,等歹徒冲出来时一拉,绊倒他就能把他捆住!"这主意不错,田大嘴忙从墙上取下丝网,一头交到周老汉手中,一头自己牵着,两人精神高度紧张,就这么悄悄守在门口。

屋里的歹徒拼命挣脱,终于挣掉了裤子,脱下了着火的衣服,赤裸着身体,嗷嗷叫着往外奔。那歹徒眼已迷了,哪还清楚门外的情况,只顾逃命。可刚奔出门,周老汉和田大嘴一拉地上的丝网,绷紧的丝网一下就把歹徒绊倒了,歹徒摔了个狗啃泥。还没等歹徒反应过来,周老汉和田大嘴就扑了上去,特别是周老汉,此时也顾不上腰疼了,动作比田大嘴还快!三下两下就用丝网把歹徒缠上一圈又一圈。歹徒虽然烧伤了,但仍拼命挣扎,可这丝网细且结实,越挣扎勒得越紧,怎么挣也挣脱不了,最后歹徒绝望地躺在地上,一动不动像头死猪……

经过了一场生死搏斗,周老汉在田大嘴的配合下,用智慧活捉了歹徒,但两人也都累得上气不接下气。就在这时,田大嘴发现周老汉的屋子里已燃起了熊熊大火,原来,歹徒着火的衣服引燃了小屋。很快,风借火势,火借风威,越烧越烈。周老汉冲进去,硬是把黑儿拖了出来,田大嘴还要冲进去救火,却被周老汉死死拉住不让,田大嘴对着周老汉喊:"你不让我救火，你的屋子烧了，你的渔网，还有你的家什，马上全没有了！"

周老汉听了，却不以为然，"嘀嘀"一笑："烧了就烧了呗，我抓了歹徒，政府要奖我五万块，我何必为了这点破烂让你冒险！"

田大嘴一下明白过来，"嘿嘿"笑道："老不死的，你别高兴得太早。你把我的头砸了个大包，你得赔我医药费。你骂我是小心眼，编排我老婆，你还得赔我精神损失费……"

周老汉亲热地在田大嘴胸口擂了一拳："什么？我得赔你医药费？我给你一扁担，你不也给了我一扁担？扯平了！要是我当时脑子不转得快，不编排你老婆，那歹徒早就送你上西天了。你小子谢我都来不及，还好意思要我赔你什么精神损失费？"

说完两人都开怀大笑，朗朗的笑声响彻夜空……

(钱　岩)
(题图：谢　颖)

不要惹恼了猫

对于猫的仇恨

沈定是个普通的上班族,过着普通人的普通日子。平时,他最讨厌的动物就是猫,这主要是因为不知道哪家邻居养了一只馋嘴的猫,经常趁沈定不注意时偷食吃。

这天,沈定买了点酱牛肉,回到家就把肉往桌上一搁,自己先进洗手间了。解完手,转念想起桌上搁的肉,忙走出去,没想到正巧看见了那只偷食的猫,它正用尖利的牙齿撕着装酱牛肉的袋子呢!

那是一只黑颜色的猫,长得肥肥胖胖的,足有小狗大小,毛色油光水滑,一看就知道属于营养丰富的那类。

沈定不由得来了气,他蹑手蹑脚地走上前去,冷不防扑了上去,伸出两手，一把抓住了那只黑猫，他把所有的恼恨全集中在两只手上，使劲地掐着那猫，黑猫发出了惨烈的哀叫，并伸出爪子在沈定的手臂上狠狠地抓着，沈定的手臂上立时多了一道道血印，痛得他不由得缩回了手，那猫乘机一溜烟地跑了。

沈定的手臂火烧般地疼，老婆回来见丈夫的手臂红红的，还有些发黑，怕是发炎了，忙让沈定去医院看看。到了医院，医生二话不说，开了一堆的药，还有几支针，什么狂犬疫苗、破伤风，一直打到屁股疼得走不了路。

回到家里，沈定的心里还在盘算着怎样抓住那只该死的猫，老婆看出了沈定的心思，劝道："算了，你和猫斗气干啥？猫这东西是有灵性的，你对它是好是坏，它心里全念着呢。"说着，老婆给沈定说了个故事：

有一个小媳妇刚刚死了丈夫，和公婆住在一起，因为公婆家里挺有钱，所以也衣食无忧。小寡妇很寂寞，晚上听见猫叫，便打开房门，看见门口有一只很小的猫，于是就收养了它。小猫渐渐长大，有一天夜里，几个蒙面盗贼跳墙进来，把小寡妇家值钱的东西洗劫一空，见小寡妇长得漂亮，盗贼就想非礼，小寡妇拼命抵抗，头撞到墙上昏迷过去，盗贼以为小寡妇死了，就一哄而散。第二天，小寡妇的家人报了官府，可是过了很久，都没有抓到盗贼，那只收养的猫也在遭盗贼抢劫的那天丢失了。小寡妇一直昏迷不醒，不吃不喝也不死，呼吸和心跳却很正常。忽然有一天，和小寡妇同村的几家男人都暴毙了，死得非常恐怖，好像是被什么野兽挖了心而死的。官府的衙役去死者家里一查，居然发现了小寡妇家里丢的东西，原来，暴死的这些人都是那晚去小寡妇家抢劫的盗贼。案子破了，小寡妇家的财产也归还了，那只猫忽然也跑了回来，在小寡妇的床前叫，没多久，小寡妇就苏醒了过来。据小寡妇后来描述，她在一个黑暗的地方,看不见路,忽然听见猫叫,一看,正是那只被收养的猫,它的眼睛大得像灯笼一样,在前面给小寡妇带路,小寡妇随猫走到一处光亮的门口,进去后,就醒了过来……

沈定听老婆说了这故事后却不以为然。夜里,沈定上厕所,忽然间闻到一阵香味,循着香味,来到厨房,只见煤气灶开着火,上面放着沈定用来煲汤的那只小口砂锅,里面煲的汤正"咕嘟咕嘟"地沸腾着。沈定掀开锅盖,一股香味扑鼻而来,他不由得拿起汤勺,从锅里舀了一勺子浓汤,"嘘嘘"地对着汤勺吹了两下,凑上前去,喝起了汤汁,喝罢,他拿着勺子再往锅里舀汤,这时,他碰到了什么东西,用勺子一拨,一个圆圆的东西浮了上来,仔细一看,却是一个带着毛的猫头,下面还连着光溜溜的身体,皮毛整个儿被剥了……

关于蛊毒的传说

沈定吓了一跳,一下跳了起来,原来是一场噩梦!沈定醒来后发觉手臂很疼,他揭开手臂上敷着的药料,只见被猫抓过的地方已烂成了一小片,伤口处的黑色原本是淡淡的,现在越来越浓了。沈定再次去了医院,医生看了伤口也很奇怪,却又说不出什么道理来。

沈定的伤口一天比一天烂得深,一天比一天面积大,而且,伤口处的肉越来越黑,中间的地方隐隐看见骨头了。沈定急了,又换了几家医院,却怎么也看不好。

沈定心情烦躁,夜里在床上翻来覆去睡不着,好不容易刚睡着,又做了一个古怪的梦,梦见自己站在一条阴暗的老街上,街的两边站着许多年轻的女人,一个个都穿着艳丽、性感的衣服,其中有一个身穿黑色长裙的女人长得特别俏丽。沈定知道这些是什么人,不知道为什么,他忽然起了一个念头:自己这一辈子什么坏事也没做过,居然还得了这么个治不好的怪病,既然这样,不如就快活一次。沈定这样想着,不知不觉就走近了那个穿黑裙的女人。那女人领着沈定走进了一个房间,沈定躺在床上,那女人躺在沈定的身边,她熟练地解开了衣服。忽然,沈定看见她左边的胸部像自己的手臂一样溃烂了,他正在吃惊,又见那女人拿出一把刀来,笑着指了指溃烂的胸部说:"这是你掐的啊,你还记得吧?有人告诉我,只要把你的皮剥下来,敷在我的伤口上,伤口就会好的!"说着,女人手中的刀向沈定胸口落了下来……

沈定醒来时胸口还在疼,他走到镜子边上,照了一下,发现胸口有一道红色的印子,就像是一条刀疤,在这以前,他的胸口是没有刀疤的。自从这天晚上做了这个梦以后,沈定的伤口越烂越大,已清晰地看到了白色的骨头,还伴着淡淡的腥臭味儿,沈定十分恐慌,立即去了医院。

到了医院,医生和护士都是一脸的惊恐,医生颤抖着手接过沈定递来的化验单,看完之后左一遍右一遍地洗手,但谁也无法诊断这到底是什么怪病。沈定终于忍不住了,疯了似的冲出医院大门,在外面狂跑,后来跑累了,就漫无目的地乱走,他没去上班,也没有请假。

沈定走呀跑呀,后来转过一个街角,看见几个小孩子,正围着一个老头,老头衣衫褴褛,头发凌乱,还莫名其妙地"嘻嘻哈哈"笑着。沈定上前驱散了那群孩子,摸摸口袋,见还有些钱,就到附近的小饭店买了两瓶老酒和一些下酒菜,然后坐在老头对面,让老头一起吃。老头也不客气,打开一瓶酒,一口气灌下半瓶,然后伸手抓起一只鸡腿,大口大口地吃了起来。沈定却吃不下,叹了口气,和老头唠叨起自己的伤来。老头也不说话,撸起沈定的袖子看了一下,对沈定说:"好办,伤口还不算大，我教你一个方子，包你一夜就好。"

老头一边吃一边和沈定说开了：早在古代就有传说，说是把许多毒虫放在一个器皿里让它们互相吞食，最后剩下的那些不死的虫就叫"蛊"，那是很毒很毒的，而那只猫，正是中了蛊毒，它的身体里有一种很小很小的毒虫，平时没事时和一般的猫没什么区别，但是，一旦猫受了伤，流了血，体内不平静了，那些毒虫就会蚕食猫的身体，而且，更可怕的是，人如果受了伤，而这猫又和人接触了，那些毒虫就会聚合到伤口上，在伤口上侵蚀、繁衍，最终竟会使一个血肉之躯只剩下一副白森森的骨架子！

梦中的黑衣女人

沈定听了老头的话，看了看已经腐烂的手臂，仿佛真看到了无数黑糊糊的小虫在吃着自己的肉，他不由得打了个寒颤。

老头看着沈定笑了笑，他说治这种蛊毒其实并不困难，重要的是先要把猫身上的蛊毒治了，猫治好了，人也就能痊愈了。老头把一包药给了沈定，告诉他：这药必须用人的鲜血混合，然后在猫的伤口上外敷一些，再内服一点。等猫服好药，再想法取一点猫血，将血涂在自己的伤口上，自然就好了。

这治伤的方法听着觉得有点玄乎，但简单地说，就是先用自己的血掺着药治猫的伤，再用猫的血治自己的伤。

沈定拿着药，却犯了愁：那只猫也不知道是谁家的，到哪找去啊？

老头说："这猫现在受了伤，即使是谁家养的，也一定被扔了，你晚上到野猫聚集的地方去看看。"说完，老头用衣袖抹了抹嘴，站起来走了。

晚上,沈定便来到了垃圾场,那里的野猫果真不少,但没有沈定苦苦寻觅的那只黑猫。

到了下半夜,沈定的眼睛已经睁不开了,就在这时,周围的猫忽然叫了起来,沈定睁眼一看,只见一只黑猫出现在眼前,这猫已经和别的野猫差不多了,皮毛干枯,身体瘦弱,而最可怕的是胸部还有一大块伤口,几乎能看见里面的骨头了,其他的猫见它伤成这样,这才叫了起来。

这时,沈定拿出了一把小刀,在手臂上试了几次,想切个口子弄点血,可都下不了手,眼看着黑猫待一会儿打算离开,沈定一急,咬着牙,捏着刀,往臂上狠狠地一刀划去,"滴答"、"滴答",血滴在沈定早已备好的碗里。

那黑猫看见血,眼睛顿时放光了,它盯着沈定,一动不动。沈定拿出了药粉,倒在碗里,和血一起搅匀了,朝着黑猫走过去。说来也奇怪了,这猫此时竟是老实极了,它安静地让沈定把药敷在伤口上,然后把敷剩下的药舔着吃了。

等猫服下药后半小时,按照那老头说的,该从猫身上取血了,沈定心里盘算着:用刀割猫的什么部位好呢?头不能割,怕伤着要害;腿不能割,怕影响走路……还没等沈定考虑好,那只黑猫突然异样地看了沈定一眼,转身跑了。

"唉……"沈定眼看着黑猫跑掉,懊悔得要命,到哪再找回它啊!

沈定没精打采地回到家,这大半夜实在是折腾累了,往床上一躺就睡着了。他刚睡着就又做了一个梦:上次梦见的那个黑衣女人又来了,她手里拿着一把刀,走到沈定床边,忽然举起刀来,沈定吓得胆战心惊,猛地闭上眼,可等了好久也没感觉到疼,他忙睁开眼,黑衣女人已经不见了，床头却放着一个小碗，碗里盛着半碗鲜血。

沈定一下从梦中惊醒了，他打开床头灯，床头竟然真有半碗鲜血，沈定欣喜若狂，连忙端起碗来，小心翼翼地将碗里的猫血洒在自己的伤口上……

第二天，沈定醒来，只见原来的伤口处一点伤也没有了，连疤的影儿也不见！他傻傻地坐着，这几天的经历，就好像做了一场梦似的。

沈定从此再也不招惹猫狗等动物了……

(麦　洁)
(题图：刘斌昆)

危险的对手

"将军"蒙难

清朝乾隆年间,泰安城内有一个郎中叫刘仲,医术高明,人送美称"赛华佗"。他有一个十岁的儿子叫刘景,聪颖过人,在中医方面颇有天分。每有人来找刘仲看病,刘景便像小大人一样,挽起袖子说:"先让我来给你号号脉!"倒还真能道出个一二。大家都很喜欢他。

这天,刘景和小伙伴们到郊外玩耍,突然,一辆扎着车篷的马车停在了他们身边。此时正是三九寒天,那驾车人却戴着一顶草帽,遮住了整张脸。他冲着孩子们说:"你们想坐马车玩吗?"

孩子们一听,好不开心,纷纷跳上马车,驾车人甩一个响鞭,枣红马打个响鼻,就在大路上绕了一圈。突然,驾车人勒住马,回头对孩子们说:"你们想不想和大将军一样,独坐马车,威风一下呀?"孩子们兴奋地喊:"想!想!"

"好,"驾车人指着刘景说,"你先来,其他人都下去。"孩子们点点头,一个个跳下马车。驾车人又甩一个响鞭,马车飞驰而去。

孩子们看着马车越跑越远,急得直跺脚,大声喊:"快回来!快回来!"可是马车却很快跑得不见了踪影,等了好大一会儿也没见回来,孩子们便都失望地回家去了。

不知跑了多久,马车渐渐慢下来,驾车人扭头钻进车篷,抓住刘景的胳膊向身后一拧,从腰间掏出绳子就要捆绑。刘景一怔,高声叫道:"我是大将军!你不能捆绑我!"

驾车人恶狠狠地说:"你现在不是什么大将军!"

刘景天真地眨眨眼问:"大叔,是不是当大将军前,都要受苦受难?"驾车人点点头:"对!我还要给你蒙上眼睛!"

刘景点点头:"大叔!为了能当大将军,我听您的!"驾车人一阵窃喜,这乳臭未干的小儿到底好糊弄,便将刘景捆绑结实,双眼蒙上黑布。

马车跑了两个时辰才停下来,驾车人背起刘景说:"大将军,我背你进去!"说罢,就把刘景放进一个筐里,说:"别乱动!不然会摔死你!"刘景只觉那筐摇摇晃晃的,自己被悬在了半空中。筐着地后,刘景觉得四周暖烘烘的。

驾车人高声叫道:"大将军,你在这里好好呆着,我给你送吃的,等出去后,你就变成真正的大将军了!"说罢便走了。

刘景倒背着手摸索,摸到了一大堆白菜,才知道自己被关进了菜窖里……

风筝劫票

却说刘仲送走最后一个病人时,天色已晚,他见儿子刘景还没有回来,心想这孩子真是玩疯了,心里便有了气,打算到其他孩子家中询问。

还未出门便听大门上"咚"的一响,他开门一看,见门上插着一支飞镖,上面还钉着一张纸,原来儿子被绑架了,劫匪让他后天辰时把五千两银票送到城外的柳树林,如果报官就撕票!

刘仲沉思片刻,还是决定去县衙报官。捕头姓张,人称张飞腿,张飞腿叫来那几个和刘景一块儿玩耍的孩子询问当时的情形。孩子们只知道刘景让一个戴草帽的人带走了,那人赶着枣红马,还拉着马车。

张飞腿这下犯了难,人模样没看清,枣红马、马车到处都有,上哪里去找?唯一有价值的线索就是知道那人往南跑了。

张飞腿只好对刘仲说:"我多派些人藏在树林里,待那人来取银票时,将他擒获!"

刘仲一心想救出儿子,他取出所有积蓄,又东借西凑,这才凑足了五千两银票。

那日,捕快们早早潜伏在树林里,可是过了约定的时间,也没见劫匪的影子。

刘仲有些纳闷,难道劫匪发现了官差?正在琢磨,一抬眼看日头,发现一棵大柳树上挂着一只风筝,风筝上还绑着一张纸条。刘仲爬上树去,取下风筝,只见纸条上写着:把银票拴在风筝飘带上,放飞风筝!

刘仲拿着风筝,钻进树林与张飞腿商议对策,张飞腿倒吸一口凉气,怒骂道:"好狡猾的劫匪!"可是放眼望去,空旷的地里没有一个人影。

张飞腿往南一看,看到二里地外的一片小树林,一拍大腿:"那贼人肯定藏在那片小树林里!"便对捕快们一招手,"把那片小树林包围起来!"

刘仲慌忙阻止道:"两片树林之间是开阔地带,有什么动静劫匪都能看到,那劫匪在树林另一边必备有马匹,如果发现有官兵,肯定能骑马逃脱,那我儿必死无疑!"

张飞腿止住了脚步,略一思索:"不能给他银票,劫匪一旦达到目的,为了自保,必然撕票!何况你给他的是大通银号的银票,大通银号在各地都有分号,到哪里都可以兑取,如何擒得住他?"

刘仲心急如焚地说:"如果不照他说的办,他恼羞成怒,必然撕票!说不定他会念我守约,偶发善心,把孩子给放了!"

说着,刘仲跑出树林,将银票拴在风筝飘带上,放飞了风筝。此时正刮北风,风筝顺风向南飘去,飘得又远又高。过了一会儿,只见小树林的南边又飞起一只风筝,将刘仲的风筝缠住,很快,风筝被拉了下去,一伙人眼睁睁地看着劫匪将银票取走。

顺藤摸瓜

不错,劫匪正是那驾车人!

驾车人得了银票,心中大喜,匆忙往回赶,钻进菜窖,对刘说:"大将军,我送你回家!说着,把刘景放进筐里,提上地面。

从筐里出来,刘景虽然被绑着双手、蒙着双眼,却很开心,在院子里蹦蹦跳跳地叫着:"噢!回家了!我要回家了!"

驾车人大叫:"小心水井!"刘景伸脚试探,碰到了井台,便调皮地伸伸舌头。

驾车人将刘景抱上马车,走了很久才勒住马,又将刘景抱下马车,解开绳子,警告道:"蒙了三天眼,慢慢揭布,不然会瞎双眼!"

刘景似乎玩兴未尽:"大叔!这个游戏太好玩了,只是时间太长,憋得我难受,咱什么时候再玩啊?我还想坐你的马车!我回去后我的小伙伴们是不是都要喊我大将军啊?"驾车人并不应声,扬长而去。

刘景听马车声音走远了,才缓缓揭开蒙在眼睛上的布,眯着眼,等眼睛适应了强烈的光线,这才睁大双眼,向四周望着,原来这正是他上次被骗上车的地方,刘景赶忙跑回家里。

此时,刘仲正坐在院子里唉声叹气,猛一抬头看见儿子,以为在梦里,好半天才回过神来,奔过去一把抱住儿子,竟忍不住哭了起来。

刘景却一言不发,从爹的怀里挣脱,跑进书房,在纸上画出一道曲曲折折的线,在线拐弯的地方写了些莫名其妙的数字,然后急切地说:"爹!套马车,咱去抓坏人!"

刘仲问道:"你知道劫匪藏在哪里?"刘景点点头。

刘仲套上马车,带着刘景,到县衙叫了张飞腿和两个捕快,一行人来到刘景被劫的地方。刘景指着向南的一条道说:"往这边走!"

马车缓缓而行,张飞腿回头一看,见刘景闭着双眼,双手交叉插在衣袖内,好像睡着了一样。

张飞腿拍拍刘仲的肩膀:"孩子太劳累了,这么小的孩子,不可能记得劫匪的方位,还是回去吧!"

刘景仍然闭着眼睛,说:"别停!向左拐!"这时正到一个路口,刘仲一看十分吃惊,这孩子闭着眼睛怎么知道到了路口?他相信儿子的判断,便一路听儿子指挥走了下去。

刘景嘴里念叨着向左、向右,指挥着行驶方向,不一会儿他们来到一片果树林旁，等马车走到一个看果园的独院前，刘景睁开眼说："爹！停下！"然后便下车带着他们进了院子。

刘景扫视一圈，院子里飘着一股中药味，他深深地吸了一口气，指着在院子里晒太阳的汉子说："抓住他，他就是那个坏人！"

汉子猛地跳起来，想要逃跑，却被两个捕快按住，不由怒吼道："你们凭什么抓我？"

刘景上前凑在汉子面前，抽抽鼻子，说："你胃热口臭，与我这三天闻到的气味相同，这院子到处都是'竹叶石膏汤剂'的味道，与我记得丝毫不差，另外那个水井南行二十步有菜窖，那个菜窖就是关我的地方，你敢说你不是坏人？"

汉子满脸冤屈地说："你这孩子胡说什么？水井、菜窖家家都有，我胃热口臭，熬中药喝又关你什么事？"

两个捕快不理会汉子的争辩，先将他绑起，又进屋搜寻，发现了一堆孩子戴的金银项圈和手镯。

张飞腿厉声问道："这些金银首饰从何而来？"汉子支吾道："这是我给我几个兄弟们的孩子买的饰品！"张飞腿质问道："看你家中摆设，贫穷寒酸，你哪里有这么多闲钱买这些贵重物品？快说，你把孩子藏到哪儿去了？"

汉子低头惊慌地瞥了一眼院中的小菜地，张飞腿见整个院子里唯有这片菜地是一块松软之地，而且那菜长得绿油油的十分茂盛，便一挥手，对两个捕快说："挖地！"两个捕快拿起铁锨，在菜地里一阵猛掘，竟然掘出五具孩子的尸骨。

张飞腿怒目圆睁："本县几家富家孩童被绑架，交了赎金又被撕票，原来都是你干的！"说着，抽出刀来，架在汉子的脖子上，"还不将你谋财害命之事从实交代?"

天真"有"知

汉子吓得脸色惨白,浑身筛糠似的跪了下来:"官差爷爷!我招!我本是山下黄家庄人氏,名唤黄柱,因好吃懒做,偷鸡摸狗,坏了名声。父母厌恶我,便赶我来看这片祖上传下的果园,每日粗茶淡饭,过得好生艰苦,所以这才心生歹念,绑架富家孩子。因为受我恐吓,那些富家都不敢报官,我取得赎金后,怕走漏风声,干脆将孩子杀死,就近埋在菜园中!"

张飞腿擒住黄柱衣领:"好你个歹人,跟我到县衙里吃一顿棍子!让县太爷审你吧!"

张飞腿正要拖走黄柱,黄柱却不死心地扭头问刘景:"我是已犯下死罪的人,你让我死个明白!这几天,我用黑布蒙住你的双眼,你是如何找到我的?"

张飞腿心中也正纳闷,便说道:"说与众人听听,也让我们这些当差的长长见识!"

刘景得意地一笑:"我是采取给马路号脉的办法找到你的。"见众人面面相觑,刘景又说道,"其实,在马车上你用绳子捆我时,我就知道我被绑架了。我佯装不谙世事,以童稚之语麻痹你。被你蒙上双眼后,我虽然看不见,却知道马车一开始是往南跑的,往左拐、往右拐我都有感觉。我用把脉的办法,右手食指、中指、无名指,搭在左手腕动脉波动处,暗数前行、左拐、右拐后脉动次数。你劫我时,仓皇而逃,时快时慢,我也全乱了章法,无法确定你的位置。但你得到赎银送我回家时,却心安自得，信马由缰。那马跑得匀速，我把握了行速，记得方向，脉动次数也数得准确，回家后，立刻将行驶路线画在纸上，并记下我的脉动次数！"

刘景掏出那张纸，在黄柱面前晃晃，说："我坐上自家的马车，那马也跑得自在，按照这张纸上的路线和脉动次数行驶，自然就找到你了！"

众人听得目瞪口呆。刘景又说："你与我讲话时，口臭难闻，我断定你是脾胃消化不良所致，从菜窖出来，恰好闻到院子里飘着一股'竹叶石膏汤剂'的味道。我又假装高兴，在你院子里狂奔乱跑，探得院子里有一口水井。刚才进院子后，听你的口音、闻你的气味，还有这浓烈的'竹叶石膏汤剂'味道，和院子里的水井、菜窖，我就断定我没找错地方！"

黄柱垂头丧气地说："我本想杀你灭口，你一口一个大叔，叫得我心软。我又见你天真无知，以为对我无害，所以才放你一条生路！没想到你小小顽童，竟然有如此城府！堂堂七尺男儿，败在一个毛孩子手下，我死不瞑目啊！"

"呸，你罪有应得！"刘仲朝黄柱唾了一口，转过身来，又拍拍儿子的肩膀，赞许道，"好样的，儿子！"

正在这时，有人来报，说家里来了个病人，速请刘仲回府。刘景听说了，调皮地对刘仲说："爸爸，让我先号号脉！"

刘仲听了哈哈大笑。

(杨启范)

(题图：黄全昌)

价值十万的蛋糕

老亨利退休后开了家糕点店,白天都和小孙子吉米一起呆在店里。

说起老亨利做糕点的手艺,那就是一个字,绝!他做出的蛋糕不仅味道好,而且蛋糕图案更是花样百出,只要是顾客说得出名目的东西,他都能将图案制作在蛋糕上,所以来订蛋糕的人特别多。

这天上午,老亨利正在店里制作史密斯太太定制的生日蛋糕,小孙子吉米在柜台内玩玩具。突然,一个顾客推开玻璃门,带着一阵风走了进来。

来的是个高大的男人,他看到正在地上玩耍的吉米,便闯进了柜台,一把抱起孩子,猛地推开老亨利,径直往内间闯去。从老亨利身边挤过去的时候,他压低嗓门恶狠狠地说道:"如果外面那个警察进来,将他打发走，不要说我在这儿，否则，我就要了这个孩子的小命。"声音虽低，却充满了威胁。说完，他就闯进了内间，推开里面储藏室的门，走进去后又把门关上了。

小吉米被劫持了！老亨利被突如其来的灾难惊呆了，他注意到来人身上带着枪，一时之间不知如何是好。正在此时，一位警官走了进来，老亨利认得他是这个街区的巡警汤姆。

汤姆一进门就跟老亨利打起了招呼："今天的生意好吗，亨利？"老亨利嘟嘟囔囔地敷衍了他几声，然后问他需要什么。

汤姆扬了扬手中的一叠纸，说："有一个珠宝盗窃案的通缉犯逃到我们这边来了，这是通缉令。我要在你的店里贴一张。"老亨利没有瞧那张通缉令，只是做了个请便的手势，然后就走回去，继续做蛋糕上的图案。

汤姆拿了一张通缉令，打量了店堂一眼，看准一块地方，正准备往墙上贴，突然，他像想起了什么似的，走到隔板前，隔着玻璃，将通缉令拿给老亨利看："你看一下照片，亨利，说不定他会来你店里买东西吃的。你看，通缉令上写着，提供的线索如能让警方抓到罪犯，警方会有10万元奖励的。"

老亨利没有抬头，只是"哦"了一声。

汤姆见他仍然自顾地低头做事，就又说："亨利，你别不放在心上，什么事都是有可能发生的。如果这个通缉犯碰巧来到你店里，你将线索告诉警方，就能得到10万元奖励，那你以后就不用再做蛋糕了。"

"我做蛋糕也能赚不少钱。"

汤姆笑了："蛋糕？那可是10万块啊，你哪块蛋糕能值10万块啊？只要你能看到罪犯。"

"我赚的钱已经够用了。"

"可有了10万块钱,你和你孙子就能过上好日子了。"这时,汤姆突然想起了什么,问道,"噢,对了,小吉米呢,今天怎么没有看到他?"

老亨利抬起头看着汤姆,然后放下手中的活,打开烤箱,一阵新烤蛋糕的香味飘了出来,立刻在满屋弥漫开来。他一边取出烤盘,一边说:"吉米今天不舒服,没有来。"

就在这时,只听"扑通"一声,烤盘重重地落在了操作台上。

"哎呀,我的蛋糕……全糊在一块儿了。这可怎么办呢?史密斯太太下午两点就要来取了。"

汤姆朝老亨利正在做的蛋糕看去,几秒钟之后,他抬眼看了看老亨利。老亨利看了他一眼,又看了他手中的通缉令一眼,脑袋轻微地朝内间储藏室摆了摆。汤姆看着老亨利,沉默了一下,语气里带着无限的惋惜:"我看,你得为史密斯太太重做一个蛋糕了!"

就在这时,汤姆的对讲机响了起来。汤姆接通之后,立刻说道:"我是巡警汤姆,我正在彼得大街中段。"停了一下,又接着说道,"什么?在雅各布大街?好,我立刻去增援。完毕。"

说完,汤姆就将通缉令放在柜台上,对老亨利说:"看来你拿不到这10万块了,有人在南边的雅各布大街发现了通缉犯的踪迹。我现在要立刻赶过去增援。这张东西你等会儿帮我贴一下。"然后,他又放缓语气,安慰老亨利道,"你放心吧,小吉米很快就会没事的。"说完,他就走了出去。

透过玻璃门,老亨利看到汤姆出了门朝北走了,接着,他听到储藏室的门开了。那个粗鲁的男人放开小吉米,走了出来,从操作台前经过时,顺手拿了两个新出炉的面包,一边朝外走,一边威胁道:"老家伙,不准报警，否则，我不会放过你的。"

小吉米的嘴巴被捂了这么久，这时候已经吓得哭不出声来了，老亨利急忙跑过去安慰他。

当老亨利透过玻璃门看到那个男人也朝北走去时，一直阴云密布的脸上露出了一丝不易察觉的笑容：罪犯正在一步步走向陷阱。刚才，老亨利已经把他劫持小吉米的样子裱在了蛋糕上，汤姆显然看懂了那幅图案。

当天下午两点，当史密斯太太来取蛋糕时，老亨利像往常一样，将蛋糕盒的盖子取下来，给她看蛋糕上的图案。看到图案，史密斯太太似乎有些失望，老亨利不解地问："你对这个花式不满意吗？"

史密斯太太说："不是，图案很漂亮。我只是觉得有点意外，我还以为……事实上，我想亲眼看看那个帮助警方抓住通缉犯的价值10万元的蛋糕。我听汤姆警官说，你把我的蛋糕制作成了一个男子持枪胁持一个小孩，躲在你的储藏室里的图案……"

(推荐者：李荷卿)
(题图：安玉民)

隐秘的杀机

遇险

杰克是一个大学生,父母早亡,幸亏舅舅比尔一直资助他,他才得以继续学业。

这天晚上,杰克像往常一样,来到校园附近的一家酒吧,要了杯酒慢慢喝着。突然,他听到身后有人说:"先生,我可以请你喝一杯吗?"

杰克一回头,只见一个妖艳的年轻女孩,手里拿着一只装满酒的杯子,满脸笑意地望着他。杰克很奇怪,因为这种女孩通常都是要别人请自己喝酒,今天怎么倒过来了。于是他问道:"你确定是想请我喝酒?"

"当然确定。"女孩声音很轻,可杰克却发现,女孩的笑容很古怪,突然，女孩手一扬，杯子里的酒全泼在杰克的脸上。

杰克愣了，伸手抹去脸上的酒水，气愤地问女孩想干什么。女孩嘻嘻笑了起来："干什么？请你喝酒啊。"杰克愤怒起来，刚想发作，却听见女孩大叫道："你想干什么？"

女孩的叫声引起了周围人的注意，一个醉汉摇摇晃晃挤了过来，一把推开杰克，恶狠狠地瞪着他。杰克知道这醉汉是无赖，不想惹麻烦，强忍着怒气离开了酒吧。

出了酒吧的门，杰克沿着昏暗的小巷，往学校走。忽然，他注意到路边有一个人影，这人蜷缩在墙角边，像个流浪汉。然而不知怎的，这个人让杰克心里直发慌。杰克竭力让自己镇定，同时加快了脚步。可当杰克经过那人身边时，那人却一跃而起，握着一柄寒光闪闪的匕首对着杰克的脸刺过来。幸亏杰克心里早有了防备，一边躲闪，一边下意识地伸手去挡。恰巧就在这时，巷子口传来两声警笛，那人犹豫了一下，撒腿从巷子的另一端跑了。

杰克被吓呆了，他不明白到底发生了什么。随着警笛声远去，四周静了下来。杰克猛然听到"嘀嗒"、"嘀嗒"的声音，似乎就在他的身边。他急忙四下张望，可什么都没有看到。

杰克的冷汗直往外冒，不禁伸手抹了一下额头，眼前的一切突然变成了血红色，还闻到了一股血腥的味道。杰克吓得尖叫起来，他这才发现，自己的手被割破了，刚才抹了自己一脸血，而那奇怪的嘀嗒声正是血滴落在地上的声音。

一定是刚才伸手阻挡时被匕首划伤了。可让杰克觉得奇怪的是，这个伤口很深，但自己居然一点都不疼。不过，他也顾不上多想了，匆匆赶到附近的医院，去处理手上的伤口。

今晚发生的一切都透着诡异，这让杰克十分害怕，考虑再三，他决定不再走出去了，他请求医生为自己找了一张病床，留在医院里过夜。

晚上，杰克做了一个噩梦，他梦见自己浑身是血，正在拼命地奔跑，后面有几个戴着面具的人，拿着武器紧追不舍。眼看前面已无路可走，杰克转过身，打算拼死一搏。于是，他大叫一声，挥舞着拳头向对方冲去……

就在这时，杰克的耳边真真切切地传来一声惊叫，他猛地惊醒，坐起来，在黑暗中，他依稀看到一个人影冲出了门外。杰克赶忙打开灯，只见病床前的地上，有一件像手一样的东西，钢制的，五指如钩，锋利无比。这东西划在人身上，一定会皮开肉绽。杰克大口地喘着气，好半天才歇斯底里地大叫起来："有人要杀我，有人要杀我……"

阴谋

警察闻讯赶了过来。根据现场情况推断，那个人正打算用那只钢手伤害杰克，没想到杰克恰巧在梦中手舞足蹈、大喊大叫，那人被杰克吓了一跳，慌忙逃走，钢手掉在了地上。

但是，钢手上没有留下指纹，周围也没有任何线索，警察只能安慰了杰克几句，便离开了。

杰克渐渐地镇定下来，他开始思索，到底是谁暗中想要害他呢？可一点头绪也没有，那种不祥的预感反而越来越强了。杰克不敢再睡，睁着眼睛等到天明。

第二天早上，杰克回到了学校，但依然无法摆脱昨晚留下的恐惧，他忍不住给舅舅比尔打了个电话。

杰克出生之前，他父亲就去世了，他一直跟母亲一起生活。杰克的母亲跟比尔关系很糟，彼此很少来往。在杰克十岁的时候，母亲死了，临死前将他托付给了比尔。比尔是个瘸子，他很喜欢杰克，承担起杰克的一切费用。可比尔很忙，只来看过杰克两次，平时一直用电话联系。不过，杰克有什么事情，总愿意说给比尔听。

杰克在电话里把昨晚的经历讲了一遍，比尔十分震惊，他安慰杰克道："孩子，不要怕，可能只是意外罢了，酒吧里那个妓女是拿你开心，而路边那个流浪汉是想抢你的钱。"

"可是，的确有人想杀我，他把钢手掉在病房里了。"杰克心有余悸地说。

比尔沉默了一会儿，说："这件事情确实有些奇怪。在警察调查出结果前，你千万要小心，我这两天忙完了就去看你。"

听了舅舅的话，杰克安心了许多。可是，随着夜幕的降临，杰克又陷入了深深的恐惧。他实在忍受不了心里的压抑，连夜乘上飞机，去舅舅比尔所在的城市。

第二天一大早，杰克便来到了比尔的公司。比尔刚巧走开了，秘书接待了杰克，让杰克到办公室里等比尔。杰克好奇地在办公室里东张西望，最后目光落在办公桌后那张椅子上。这椅子看上去很舒服，杰克一屁股坐了上去。这时，他发现有个抽屉半敞着，里面似乎有张照片。杰克好奇地拉开抽屉，不由得大吃一惊。

照片的背景似曾相识，但照片中人物的头像却被人用烟头烫得不可辨认，看上去又残酷又恶心。杰克慢慢地翻转照片，只见照片背面写着一行字："送给亲爱的舅舅。"这是杰克自己的笔迹，他想起来，这张照片是他几个月前寄给舅舅的。

杰克感到毛骨悚然,脸上一阵灼痛,好像烟头不是烫在照片上,而是烫在他的脸上一样。他慌乱地一把推上抽屉。

这是怎么回事?比尔那样爱他,还让他大学毕业后到公司来工作,可为什么会如此对待这张照片?

杰克不禁把最近发生的事和舅舅联系起来。难道想害自己的是舅舅比尔,难道他恨自己,但他又为什么要花钱资助自己呢?

正当杰克胡思乱想时,外面传来拐杖敲击地面的声音。杰克急忙从椅子上站起来,跑到沙发上坐好。比尔走了进来,多年不见,他似乎苍老了许多。杰克上前拥抱了舅舅一下,比尔木然地看了杰克一眼,一瘸一拐地过去拉上窗帘,屋子里立刻变得昏暗起来。比尔喃喃地说:"杰克,没想到你会来,能再见你可真好。"

黑暗的屋子里,比尔的脸模糊不清,而一双眼睛却发着幽暗的光。杰克感到一种说不出来的惶恐,他装做若无其事的样子,把昨晚的事对比尔讲述了一遍。比尔听完后,向秘书交代了一番,然后带着杰克回自己家去住。

一路上,杰克的心里忐忑不安。自己最亲近的人在算计自己,这让杰克既失落又恐惧。比尔要把自己带回家,一定有其他的目的,可是究竟等待自己的是什么阴谋呢?

真相

比尔家里没有其他人,屋里所有的窗帘都被拉上了,非常昏暗。杰克想去开灯,比尔却制止了他,说自己不喜欢光亮。

比尔让杰克坐下,冲了杯咖啡递给他。杰克捧着咖啡,突然心里一动。直觉告诉他,这咖啡里有问题。他端着咖啡站起来,绕到比尔的身后,趁比尔不注意,将咖啡泼到一个角落里,然后,对着比尔做了个一饮而尽的动作。过了一会儿,杰克觉得时机差不多了,便装做站立不稳的样子,身子晃了晃,然后慢慢扑倒在地……

比尔发出几声冷笑,吃力地将杰克翻过来,让他仰面朝上。杰克微微睁开眼,看到比尔拿起墙角的一个玻璃瓶子,将瓶底磕破,然后举起手中的半截瓶子,咬牙切齿地说:"孩子,要怪就怪你该死的父亲吧……"说罢,恶狠狠地将瓶子划向杰克的脸。

杰克见状,就地一滚,躲开了比尔的瓶子。他已经完全确定,想害他的人就是他的亲舅舅。杰克再也抑制不住愤怒,伸手捡起地上的碎玻璃,毫不犹豫地向比尔咽喉划去,而比尔却像傻了一样,一动不动。随着一道血光,杰克割破了比尔的脖子。

看着鲜血直流的比尔,杰克呆住了,他扑上去,用力捂住比尔颈上流着鲜血的伤口,叫道:"为什么?你为什么要这么做?"

比尔看着杰克,挤出一个凄惨的微笑,用微弱的声音说:"我不是想杀你,我……我只是想毁了你的脸。"

接着,比尔告诉杰克,所有的一切都是因杰克的父亲而起。

"我的父亲?"比尔冷冷地笑了一声:"对,你的父亲艾德森是个恶棍,可你母亲却在十八岁时爱上了他,最后不顾我的劝阻,和这个恶棍待在了一起。"比尔的眼中突然充满了仇恨,"后来,那个恶棍让你母亲到酒吧去陪客人,赚钱供他吸毒。你的母亲逃到了我这里,为了保护她,我被艾德森开枪打断了腿。"

杰克看了看舅舅的瘸腿:"所以你的腿……"比尔微微点了点头:"你母亲为这件事感到很愧疚,一直不肯见我。直到她快死的时候,才把你托付给我。"

"可是,"杰克急切地想解开心中的谜团,"你为什么要派人来伤害我呢?"

比尔露出了慈祥的微笑:"你,你是个好孩子,但你长得太像你父亲了。每次我看到你的照片,就想起艾德森这个恶棍,他是我一生的噩梦。"

"所以,你曾提出让我去做整容手术?"杰克这才有点明白过来。

比尔接口道:"可是你拒绝了。因为我找不到让你整容的理由,所以只能让人强行毁掉你的脸。你马上就要毕业了,我希望你来继承我的事业,可我实在无法容忍你的那张脸……"杰克终于恍然大悟:"酒吧里的女孩,路上的流浪汉和医院的凶手,都是你找来的?"

比尔有些愧疚地说:"是我做的。女孩泼向你的,不过是强效的麻醉剂,为了让那个流浪汉划你的脸时,你不会过于痛苦。医院里的钢爪,也只是毁容的工具。一旦你毁了容,我就有理由请最好的医生给你整容了。"

杰克终于明白,为什么当时手被割伤了,自己一点都不疼。他用手抹过脸上的酒,手上沾上了麻醉剂。

"感情的仇恨是最痛苦的。"比尔抓着杰克的手,说,"不要恨我,我是那么地爱你,但我真的无法面对你的脸……"比尔说着,声音微弱了下去。杰克这才发现,自己太急于知道真相,却忘了舅舅正在流血,杰克跳起来,拨通了急救电话:"快来人啊,我的舅舅快死了……"

(楚横声)
(题图:佐 夫)

女儿在飞机上丢失

疑点重重

一架民航班机正从华盛顿飞往伦敦,忽然,机长皮雷跟前的警报响了起来,是机舱传过来的。皮雷将工作交给副机长,走出驾驶室,只见一个面容憔悴的中年妇女,正对着空姐丽丝狂叫:"我的女儿茱莉亚不见了,她在这飞机上丢了!"丽丝耐心地安慰这位中年妇女,中年妇女却一个劲地说:"求求你,求求你,我的女儿真的不见了……"

这时,那位妇女看见皮雷,连忙冲过来,从怀里掏出一张照片,激动地说:"这就是我的女儿茱莉亚,褐色麻花辫,穿红色连衣裙,她与我一起上的飞机,登机后我才睡了一会儿,她就失踪了!"

皮雷耐心地听着这位妇女的诉说,并将她请到了乘务员休息室。这时,空警范佩西走过来,说,那位妇女名叫凯莉,刚才一上飞机就在座位上睡觉,飞机起飞不久,她就惊叫说她六岁的女儿不见了,还说她的女儿一直睡在她旁边的座位上。

皮雷问:"你找过她女儿吗?"

范佩西点点头,说:"全部找过了:每个乘客座位底下、卫生间、吸烟间、乘务员休息室,都没有凯莉女儿的踪迹!"

皮雷走到凯莉那排座位,问坐在凯莉旁边的乘客,是否见过凯莉的女儿,一位少女说:"她一直在睡觉,我没看到她旁边有小女孩!"另外的乘客也跟着摇了摇头。

皮雷拿起对讲机,对整个机舱广播说:"各位乘客,请问各位有没有见到一个六岁的小女孩,她叫茱莉亚,褐色麻花辫,穿红色连衣裙,请见过她的乘客马上跟我联系,谢谢!"

机舱内的乘客一阵骚动,但过了好一会儿,也没有乘客过来联系。

这时,凯莉从乘务员休息室冲过来,对皮雷喊道:"机长,我要求对这架飞机进行全面检查!"

皮雷说:"让我们商量一下再答复你,好吗?"

皮雷找来空姐丽丝和空警范佩西,一起商量对策。丽丝说:"我认为这个女人是个疯子,飞机上根本没有她女儿……"

范佩西说:"她拎的袋子印着华盛顿威斯汀酒店的标志,是不是跟华盛顿威斯汀酒店联系一下?"

皮雷点点头,丽丝马上拨通了威斯汀酒店的电话,不一会儿,她放下电话,说:"酒店经理说,凯莉前几天的确住在他们酒店,她是带女儿来华盛顿做心脏手术的,在前几天的手术中,她女儿已经去世了!"

机舱搜索

这个消息让皮雷浑身一震,他走到凯莉面前,柔声说:"女士,请你安静下来!刚才我们已经知道了你的情况,小姑娘去了天堂,我们非常遗憾,请你面对现实,回到座位上!"

凯莉惊讶得瞪圆了眼睛,歇斯底里地喊道:"不可能!茱莉亚的手术已经成功了,我要带她回家!求求你了,机长,再给我一次机会,让我在这飞机上找找,茱莉亚很淘气,她一定在跟我捉迷藏!"

皮雷望着凯莉的神情,陷入了沉思,过了片刻,皮雷叫来范佩西,说:"虽然凯莉女士神志可能不清醒,但我们还是要尽到职责,你再带领空乘人员,对飞机进行一次大搜查,不要放过任何角落!"

很快,全体乘务人员再次对机舱的每个角落进行了检查,每个睡觉的乘客都被叫醒,每个位置都检查了一遍,还是没有茱莉亚的任何踪迹。

皮雷走进乘务员休息室,对凯莉道:"我们又对机舱进行了彻底的搜查,茱莉亚不在飞机上!"

凯莉使劲摇头,说:"不可能,绝对不可能!她跟我一起上的飞机,我吻了她的额头才让她睡觉的,你们查了机舱,但没有查发动机舱……求求你们,再查查发动机舱……"

皮雷坚决地摇了摇头,发动机舱是飞机最重要的核心区域,门一直紧锁,一个小孩不可能进去。范佩西把皮雷拉到一边,说:"凯莉坚持要查发动机舱,非常可疑,我查了她的资料,她有恐怖分子的嫌疑!"

皮雷思量片刻,严肃地说:"你马上将她关到禁闭室,防止她闹事,我们要对全体乘客的生命安全负责!"

范佩西摸了摸腰间的手枪，和皮雷一起走到乘务员休息室，来到凯莉跟前，皮雷使了个眼色，范佩西上前一把抓住凯莉的肩膀，凶狠地说："女士，我们现在请你去休息一下，这是命令！"

没想到凯莉只是慌张了一下，马上就恢复了镇定，反手一把摸到范佩西的腰间，拔出了范佩西的手枪，只听"砰"的一声，枪声响了，子弹打中了旁边的机舱。

凯莉握着手枪，指着范佩西，说："你们不要乱动，否则我就开枪！你身上有发动机舱的钥匙，马上带我过去！"皮雷见情况变糟，马上向地面汇报："航班遭到恐怖袭击，恐怖分子持枪劫持乘警……"

凯莉让范佩西举起双手，两个人一前一后进了发动机舱，皮雷一直跟在后面，跟着他们走到发动机舱门口，看着凯莉关上舱门，听到凯莉在发动机舱大声呼叫："茱莉亚，你在这里吗？茱莉亚——"

令皮雷想不到的是，这时，发动机舱里发生了出人意料的变化，走在前面的范佩西突然放下双手，转过身，冷冷说道："把枪给我！"凯莉把手扣在扳机上，对一步步逼上来的范佩西说："你再走近我就开枪，我只想找到女儿，你们却不相信我！"

范佩西毫不畏惧地说："你开啊！"凯莉闭上眼睛，扣动了扳机，但枪却没有响，原来里面已经没有子弹了。范佩西一拳将凯莉打倒在地上，拿过枪，哈哈大笑着从口袋里拿出子弹装上去，说："现在让我告诉你，你的女儿在哪里。"

说完，范佩西指了指凯莉背后的发动机箱子，凯莉回过头一看，发动机旁躺着的，正是褐色麻花辫、身穿红色连衣裙的茱莉亚。凯莉欣喜若狂地扑了上去，但茱莉亚却没有丝毫反应，凯莉惊恐地问："你、你对她做了什么？"

范佩西露出一丝诡异的笑容,说:"我只是给她注射了镇定剂!你放心,只要你配合我,我一定让你女儿平安回到地面!"

凯莉不解地问:"我能配合你什么?"

范佩西得意地说:"现在我要呼叫地面中心,说你已经劫机,身上绑了炸药,要求飞机降落夏威夷,同时,向一个特定账号汇入一亿美金!你按我的吩咐去做,你的女儿就有一条生路,否则,你和女儿都是死路一条……"

真相大白

原来,这一切都是范佩西策划的,他和空姐丽丝在拉斯维加斯赌博,欠下了巨额赌债,为了还清债务,他们上演了这出劫机苦肉计。先是挑中最早登机的凯莉母女,在端给凯莉母女的饮料中放了安眠药,让她们一上飞机马上就睡觉,接着,丽丝用毯子盖住在座位上睡觉的茉莉亚,让后来登机的乘客都看不到茉莉亚,在飞机即将起飞时,范佩西趁其他乘客不注意,抱起用毯子裹着的茉莉亚,将她藏到发动机舱,乘客们看到的是一位乘警抱走一件小毛毯,没有人会想到毯子里还有个小孩。

说到这里,范佩西取下随身携带的对讲机,对地面呼叫:"我是被劫持的乘警范佩西,劫匪要求飞机火速降落夏威夷机场,并向她指定的账户汇入一亿美元,否则这架航班的发动机将被她破坏!"

过了一会儿,地面指挥中心传来答复:"答应劫匪要求……"

范佩西关了对讲机,拿起手枪,得意地对凯莉说:"这一切是不是天衣无缝啊?女士,赎金马上到账了,我的目标也快达到了!"说完,他举起枪,对着自己的大腿开了一枪,范佩西痛得龇牙咧嘴,跟着又笑起来:

"这一枪是我受伤的证据,在飞机降落前,你必须死去!"

说完,范佩西对着凯莉举起了枪,只听"砰"的一声,尖利的枪声在机舱里响起,倒下的却不是凯莉,而是范佩西,他的胸前涌出了大片鲜血,机长皮雷推开发动机舱门,握着手枪走了进来。

原来,在凯莉押着范佩西走进发动机舱的时候,皮雷将掉落在地上的一部对讲机踢进了发动机舱,那只对讲机将发动机舱内的对话全部传了出来,于是,皮雷迅速逮捕了丽丝,找到了发动机舱的备用钥匙,打开舱门,救了凯莉……

(作者:比利·雷 改编:华登喜)

(题图:佐 夫)

谁惹的祸

新年第一天,佐原要带女朋友尚美去滑雪。他们出了家门,下楼沿着一条狭窄到只能通过一辆车的小路,找到了他们停车的地方。

突然,尚美惊叫起来:"你看,车后面。"顺着尚美手指的方向看去,佐原张开的嘴久久合不上,原来后车灯碎了,车身被擦了一道很深的印痕。

两人商量了一番,决定到警署报案。

警官听完佐原的叙述,皱起眉头批评道:"这条路禁止停车,你们不知道吗?"

佐原低着头被教训了一通,他见找到肇事者的希望渺茫,于是,只得自己去修车了。

事情过去一个多星期，佐原下班回家接到一个电话。"我是前村，你那里是佐原的家吗？"待确认后，那人又说，"我从警署交通科那里得到你的电话号码，今天打电话是想向你道歉，你的车是我不小心碰坏的，我愿意赔偿。"

那辆车修掉五万日元，佐原压根没想到还有人会主动上门赔偿，不禁喜出望外地说："好，好啊，咱们在哪见面？"

见面的时间和地点定好后，佐原得意地打了一个响指。

不久，佐原来到咖啡馆。一进门，他就看到角落里坐着一个三十五六岁的男子，桌上放着一只白色大纸袋，这是他们在电话里说好的见面标志。

佐原故显傲慢地坐了下来，再看眼前那人，背弓得像猫一样，眼角下垂，咧开的嘴巴像关不上的蚌，一脸的苦相。那人递上名片：前村，株式会社前村制作所技术部长。

佐原快速递上修理费的账单，说："这是修理费，比你想的严重，还坏了一些零件，所以修了十万日元。"佐原多报了五万日元，所以边说边关注着前村的反应。

"好，和我的预算差不多，明天就把钱汇给你。"

"你不用保险吗？"

"就这点修理费，不用保险了。实际上，开车到现在，我是个无事故记录者。就用自己的钱赔偿。"

佐原放下了心。如果用保险的话，万一查修理的内容，那会多出些麻烦的。

前村很讲信用，很快就将钱汇来了，佐原白赚了五万元，心里很高兴。那天晚上，尚美来了电话，说自己想在休假时去滑雪。佐原有些为难，他知道最近滑雪场爆满，附近的旅馆也高挂红灯，但为了心上人，他还是一口答应下来了。

第二天在回家的电车上，佐原无意中碰到了前村，一开始佐原装作没看见，毕竟因为车子有过纠纷，他不想和前村再有联系，不料前村却挤过来打招呼，显得很热情："嗨! 又碰上你了。每天乘这趟车吗?"

"是啊，你也是下班回家?"

"和客人谈事回来，正巧碰上了。咱们喝杯茶吧，有一件事想拜托你。"

"什么事?"佐原瞪着警戒的眼睛问。

"你喜欢滑雪是吗? 看见你的车里装着滑雪板。"

"是想去，但还没定下来。"

前村一听，热情相邀道："是吗? 如果想要去的话，请你到我的别墅去。电车里说话不方便，我们到店里去说好吗?"

车子靠到站，两人来到了车站前的小店。

前村热情地告诉佐原："长野信州有一幢别墅是我伯父的，下个月亲戚们要在那里聚会，可别墅已有几个月没人住过了，想找个适当的人去那里住上两三天，换换空气，只是现在还没找到适当的人。那里是个好地方，开车20分钟就可到滑雪场，你愿意考虑一下吗? 两周以内，随便什么时候都可以。"

这真是瞌睡有人递过来一个枕头，佐原假装客气了两句，就答应了。

回到家，佐原脑中闪过一个念头：前村为何这样巴结自己? 难道他有所图? 再想想又坦然了，自己无权无势，连干活的力气都没有，显然，对方是撞了自己的车，也是一种道歉的方式吧。

假期很快就到了，第一天是大晴天。佐原和尚美的车下了中央高速公路进入国道，足足有两小时，眼前仍是一片白雪的世界。接着道路一点点地变窄，不久便进入了一段弯弯曲曲的山路，道路崎岖，有些地方甚至没有护栏。尚美不安地问："这条路很险，没有搞错路吧？"

佐原看了一下地图，肯定地说："没错，你瞧……"这时，前方出现了一个三岔路口，照着地图，佐原选择穿过林子，就见一幢北欧风情的建筑物豁然呈现在眼前。啊！好漂亮的别墅。两人停了车，等待着管理员送钥匙来。

十五分钟左右，一辆大车开来，有一个男人从车里探出头来，说："对不起，让你们久等了。"

佐原抬头一看，有点吃惊，原来那人是前村！他怎么也在这里？刚想问，前村已经殷勤地在前带路，把他们让进了别墅。

当天晚上，前村说是尽地主之谊，设宴招待他们。三个人一边喝着葡萄酒，一边找话说。突然，前村放下刀叉，眼睛转向佐原，问："你们有孩子了吗？"

尚美抢着回答："我们还没结婚哩，前村先生，今晚你妻子一个人在家？"

前村在杯子里倒满葡萄酒，一口气喝了下去，然后用手指着头说："我妻子脑子有病，住进了精神病院，已经快一个月了。"

佐原同情地说："真不好意思，不该问这样的事。"

前村摇着头说："没关系，我正想找个人说说。我是三十四岁才结的婚，又花了三年时间才有了个男孩，长得和母亲一样美丽，亲戚们都高兴地为我们祝贺。后来的三年时间，对我来说，是一生中最幸福的时刻，每天回家都被孩子和妻子的欢笑声包围着，我们的生活无比的快乐，但是……"说到这里，前村的脸色忽然阴沉了下去，重重地说了句，"孩子死了，一切都没了。"

佐原和尚美都愣在那里，好半天，尚美才小心地问："那个孩子是怎么死的？"

又是长时间的沉默，前村将酒杯里的酒一饮而尽，缓缓地说了起来："元旦那天，家里来了很多客人，我们忙于接待，孩子自己跑到游泳池玩，结果掉进了游泳池。当大家找到孩子时，孩子已经没有什么反应，我们急急忙忙把孩子送到医院，可是已经晚了。"说到此，前村放在桌子上的双手叠在了一起，不停地在抖动，"他母亲因此自责不已，马上就精神崩溃了。医生说事故的起因是父母的失误，这没错，但我咽不下这口气，根据医生的说法，如果孩子早十五分钟被送到医院的话，或许还有救。"

佐原一直没说话，他的感觉不好，总怕说错话，但尚美不知深浅，还在问："出什么事了吗，好像还有其他原因？"

前村伸直了背，看着他们俩，深深地吸了口气，说出了一句石破天惊的话："因为那天只能通过一辆车的小路边停了一辆车！"

"咣！"佐原手中的酒杯掉在了地上，他明白，这个男人就是为了这件事，设了一个圈套，把他们引到这里来的。他无力地辩解道："路上停车，谁都有过啊。"

前村脸色铁青，愤怒地说道："那种人乱停车，完全没有为别人考虑，也没有一点干了坏事的感觉，你知道吗，就是因为占了道路，我们的车无法通过，足足耽误了半个小时，我、我的孩子……我不会饶恕那个间接害了我孩子的人！"

餐桌上的空气顿时凝固起来。佐原和尚美一刻也无法再呆下去了，他们只希望自己越快离开此地越好。

深夜的山路一片漆黑，佐原和尚美悄悄地将车子开出别墅，行驶了十分钟左右，见前面停着一辆大车，横跨在路中央。佐原小心地握着方向盘，由于另一侧边上没有护栏，想要开过去，非得胆大艺高不可，否则稍有差池，必定是车翻人亡。佐原一边握紧方向盘，一边对尚美说："原来前村是想让我们尝尝路上乱停车的滋味呀。"尚美害怕地朝外面望望，说："他不会要了我们的命吧？"

佐原浑身颤抖着，小心地踩着刹车，减慢车速。可道路实在太窄了，车镜还是碰上了大车，佐原探手把车镜按下。就在这时，他听到了轻轻的撞击声，车身随即向悬崖一边倾倒，尚美惊慌地探出头，立刻发出一声惊叫："山崖崩了一块，咱们后面的车轮陷下去了。"

瞬间，他俩都冒出一身冷汗。退路没有了，要想脱离险境，能驱动的只有前面两个轮子了。可前面山崖也像是要崩塌，前轮好像也要掉下去了。此刻，他们只感到右边道路一点点在下沉，车身开始向右倾斜。"这样下去，我们都要掉下山崖摔死了，快想办法呀！"尚美又大叫起来。

可这左边是大车，右边是山崖，能使他俩逃生的门没有一扇能打开，情况非常紧急，佐原明白，这个陷阱一定是前村事前精心策划的，今天肯定是过不去了。一想到死，两个人不寒而栗，不由大喊："救命！"

过了不久，车后镜里映出了灯光，有辆车在几米远的地方停了下来。只见前村下了车，他弯下腰察看着佐原他们车的状况，然后便转到车前。在前车灯的照耀下，他细眯着双眼，仿佛一只蜘蛛正在看着自己网上的猎物。

佐原与尚美流着泪哀求道："求你了，救救我们，我们知道错了。"

像是过了几百年似的，终于传来了大车轮子发动的声音，不过马上又停顿了下来。

"他究竟要干什么？要倒车把我们撞下山崖？"佐原话音刚落，紧接着就感到车子被撞了一下。尚美又一次尖叫起来。

车子并没有掉下去，相反却一点一点被拉动了。佐原心惊胆战地睁开眼睛，发现大车的车后部有一根绳子连着自己的车，正在把车牵引到路中间。之后前村从车上下来，收起绳子，便开着卡车走了。佐原与尚美像是做了一场噩梦，一直不敢相信自己已从地狱回到人间。

当他俩惊魂未定地将车子开出几百米后，这才发现道路的左侧停着前村的那辆大车。黑暗中，前村坐在驾驶座上一动不动。佐原连忙从车上下来，向着前村深深地鞠躬："非常对不起，路上乱停车给你们家庭带来了不幸，在这里向你道歉。"

前村闭着眼睛，一动不动，就如同一座雕像。

(改编：陈小海)
(题图：佐　夫)

高原守护神

奇怪的爬痕

  青藏高原是一块富饶而又神奇的土地,这里有蓝天白云,有雪山冰川,漫步其间,就像进入仙境一样。然而,就是在这块美丽的土地上,却发生了一场正义和邪恶的殊死较量。

  原来,这里除了空中苍鹰翱翔、谷内野猪奔突之外,还盛产着一种地球上罕见的藏羚羊。这藏羚羊可珍贵呢,它的皮既轻柔又暖和,轻柔到用一条藏羚羊的皮做成的披肩,竟可以从一个小小的钻戒孔里穿过,暖和到把一只鸽蛋放在羚羊皮里,就可以孵出雏鸽来。据说在国外,一张藏羚羊皮子,已经卖到了数千美金。

  在这样强烈的利益驱使下,近年来青藏高原上盗捕藏羚羊的歹徒十分猖獗,他们结成了三三两两的犯罪团伙,肆无忌惮地疯狂捕杀藏羚羊，致使这一珍稀野生动物的生存数量急剧下降，几乎到了濒临灭绝的地步。

国家为了遏制歹徒们的疯狂行动，专门成立了保护藏羚羊的高原巡逻队。小伙子贡嘎是土生土长的本地人，从部队复员后就直接被挑选进了巡逻队，并且担任了巡逻小分队的队长。

这天，贡嘎在队里向大家布置了任务之后，就照例带上一名年轻的巡逻队员和警犬"猎豹"，策马出去巡逻了。他们出发有大半天了，猎豹跑着跑着，突然停了下来，对着一块石头狂吠不已。贡嘎觉得奇怪，围着这块石头转了几圈，也没看出什么名堂。那个年轻队员有点不耐烦了，拽着猎豹就想走，但猎豹死活不肯动窝，后来被拽急了，索性趴在石头上，四个爪子紧紧扒着石头缝，硬是不走。

贡嘎隐隐觉得这里有问题，便从马上跳了下来，他把猎豹从石头上抱下来，又招呼年轻队员和他一起把这块石头翻起来。可是奇怪，石头下面空空如也，什么也没有。

总不会石头里面藏东西吧？两个人正在迷惑不解的时候，突然猎豹四爪并用，飞快地在地上刨了起来。贡嘎明白了，一定是石头下面埋着东西。

果然不一会儿，露出一个塑料袋来。年轻队员好奇地探头去看，贡嘎还来不及阻止，猎豹就已经冲上去把它叼了出来。只听"轰"的一声巨响，腾起一团烟雾。过后，贡嘎才弄明白：塑料袋里装着人的粪便，袋口扎着细绳，那是手榴弹的引线；猎豹叼起塑料袋，正好拉动细绳引爆手榴弹。猎豹当场身亡，年轻队员也以身殉职。

很显然，罪犯是预先设好了圈套，等着要除掉猎豹的。因为他们知道，巡逻队的警犬在追捕他们的战斗中屡立奇功，不知多少家伙都曾经栽在它们的爪下。根据这个迹象,贡嘎断定前面一定有歹徒在活动。茫茫高原辽阔无边,没有猎豹做向导,要想凭肉眼寻找罪犯,无疑大海捞针,贡嘎决定回队里去调警力和警犬来,非得把这帮家伙逮住不可。他就地掩埋了战友和猎豹,掉头策马就往回走。

走着走着,突然远处传来一阵叫声,紧接着惊起一群老鹰,贡嘎还没弄明白怎么回事,老鹰就惊惶失措地掠过他的头顶,眨眼之间消失在了远方。不对呀,青藏高原上的鹰历来不怕人,这里一定又有问题!贡嘎迅速拍马朝老鹰飞起的地方跑去,到跟前一看,果然有情况。

老鹰是从黑风谷的谷口惊飞起来的,贡嘎发现谷口有两条直直的硕大的等距离爬痕。是蛇?不对呀,蛇是扭动着爬行的,留下的印痕应该是弯曲的,而且也不可能一直保持这么等值的距离。这里面肯定有文章!贡嘎来不及再回队了,转头策马扎进了黑风谷。

黑风谷不长,跑了不久就到了谷的另一头,贡嘎没发现异常情况,索性循着爬痕继续追了下去。追着追着,爬痕消失在一座沙丘前面。这下可坏事了,因为爬痕在沙丘上是留不住的,风一吹就被沙子盖住了。贡嘎不死心,越过沙丘再找,可是沙丘后面就是碎石满地的戈壁滩,爬痕就是到了这里,也看不出来了。没办法,贡嘎只好又转了回去。

贡嘎失望地在沙丘的这一边坐了下来,正打算好好想想怎么继续行动,突然从地上蹦了起来。为啥?一根树枝扎了他的屁股。怎么沙丘上凭空会冒出树枝来?贡嘎一把拽起树枝就拔,没想拔起一根,下面还有一根;顺着树枝往下挖,竟然触到了一个硬物。"这是什么东西?"贡嘎小心拂去硬物上的浮沙,差一点儿惊叫起来:是块锃亮的铁板,上面还涂着绿漆,树枝就是从铁板旁边伸上来的。贡嘎更觉出事情的蹊跷,使劲地继续往下挖。挖啊挖啊,你知道最后挖出什么来?一辆绿色的小型越野吉普车。

显然,吉普车是罪犯捕杀藏羚羊的工具,他们一定是嫌车太显眼,白天先埋进沙丘里藏起来,晚上再来取。这带叶的树枝不但可以给他们做记号,更重要的是,他们进黑风口的时候,可以用树叶扫去吉普车的车辙。贡嘎心里不住地感叹:看来,罪犯是非常有经验的老手。

为了证实自己的判断,贡嘎钻进了吉普车。果然,车里有一箱箱的子弹、食品,一桶桶的水,还有三个睡袋。情况相当严重,贡嘎有心想回队里报信,可二百多里的路,打个来回少说也要三四个小时。

贡嘎抬头看看天,太阳已经斜挂在山峰上了,估计罪犯很快就会回来,他们发现目标已经暴露,肯定会逃窜,茫茫沙丘戈壁,一时到哪里去找?不行,必须留在这里等罪犯回来,想办法逮住他们,将他们一网打尽。

主意打定,贡嘎拍拍自己骑的白马,把它拉到沙丘背后藏好,又在沙丘顶上给自己挖了一个掩体坑,藏了进去。

忙完这一切,太阳已经落山了,高原上的阵阵凉风吹在身上,贡嘎不由得打起了寒战。

贡嘎藏在掩体坑里一动不动。天擦黑的时候,从远处传来了一阵细微的脚步声,贡嘎藏身的地方处于下风的位置,所以听得清清楚楚。不一会儿,贡嘎的眼前出现了一个人影,借着白沙的反光,贡嘎隐隐看出他身上穿着公安制服。莫非是相邻地区的巡逻队员?不对,贡嘎立刻否定了自己的猜测,如果是公安,不用这么偷偷摸摸。等那人爬上沙丘,贡嘎看看他前后左右没其他人,猛地从掩体坑里跳出来,大吼一声:"站住,举起手来!"

贡嘎跳到那人跟前,正要把他五花大绑起来的时候,突然愣住了。

落入盗匪手

这个黑影不是别人，竟是他原来在部队时的战友，外号"电线杆"。

贡嘎和电线杆有过一段过命的交情。那是几年前他们同在哨所当兵的时候，一次部队进行实弹训练，电线杆长得身子单薄，再加上胆小心怯，手榴弹只投出一米多远，万分危急关头，贡嘎扑了上去，结果电线杆安然无恙，贡嘎却让弹皮伤了耳朵。后来，因为贡嘎救人有功，被提拔当了排长，而电线杆不久就复员回了老家，不过，他们还是经常有书信来往。可就在贡嘎转业的那一年，电线杆忽然失去了音信，后来贡嘎偶然从另一个战友那里才知道，电线杆已经搬了住处。贡嘎万没想到会在此时此地、此情此景下，与电线杆相遇，他那握枪的手不禁有点微微发颤。

电线杆其实早就打听到贡嘎在巡逻队里当队长，他见贡嘎还念旧情，立刻"扑通"一声跪了下来，边哭边抽打自己的嘴巴："你骂我吧，我是个不争气的人，我是没办法才走了这条路。你就放我一马吧！"

自加入公安队伍以来，整日和罪犯打交道，贡嘎积累了丰富的斗争经验，他知道电线杆的话不可不信，也不可全信。他掏出口袋里的手铐，往地上一丢，手里的枪仍然顶着电线杆的脑袋，说："你先把这个戴上。"

电线杆眼都不眨一下，拿起手铐"喀嚓"一下就把自己给铐上了，贡嘎这才放下心来。但贡嘎并没有解除对电线杆的戒心，他离开电线杆一段距离，问："车里有三个睡袋，他们两个呢？"

电线杆一边回答一边骂："那两个小子真不是东西，说是外面天冷，让我先把车挖出来，他们等会儿来就可以直接进去暖和暖和。"

"你一个复员军人，受党教育多年，为什么要与这帮罪犯搅在一起？"

"唉……"电线杆好半天才喃喃地说,"一言难尽哪!"原来,贡嘎复员的那一年,电线杆的父母双双得了重病倒在床上,为了挣钱养家,电线杆跑到城里去打工。一天,正好发工资,有个老乡硬把他拖到地下赌场去碰运气,结果一下输掉二万多元。没钱还赌账,人家要卸掉电线杆一只手,是那个老乡出面调停。最终的结果,是电线杆答应加入他们捕杀藏羚羊的团伙。其实,那个老乡是故意下的圈套给电线杆钻,他们早就看中了电线杆曾经在部队里当过兵,有他们用得着的地方。

电线杆一边打自己的耳光,一边对贡嘎说:"兄弟,是我做下了糊涂事,要打要罚随你。你说吧,我该怎么帮你?"

贡嘎一把把电线杆拉到刚才自己挖的掩体坑里,对他说:"等会儿那两个罪犯来了,你去制服他们。"说着,还递给他一副手铐。

不一会儿,果然就出现了两个黑影。那两个罪犯很狡猾,离着很远就停住不走了,低声问道:"有情况吗?"

电线杆看看贡嘎,贡嘎朝他努努嘴,电线杆便回道:"过来吧,没啥情况。"

黑影又问:"那咋不把车弄出来?"两个人趴在地上,枪栓拉得直响。

一看黑影不上钩,贡嘎心想:罪犯起了疑心,他们手里又有枪,硬拼不是办法。他灵机一动,低声对电线杆说:"你去,把罪犯引过来,这是你将功赎罪的好机会。记着,如果你们耍滑头,"贡嘎指指吉普车的油箱,"我就打着它!哼,在这茫茫高原,没车,你们休想跑出去。"

电线杆领命走了过去,紧接着远处传来了一阵争吵声,争吵过后,只见电线杆牵着两个罪犯回来了。贡嘎一看,不禁喜上眉梢:电线杆确实有办法,那副手铐分别铐住了两个罪犯的左右手。

正当贡嘎以为大功告成的时候,突然,两个罪犯铐着的手往前一扬,

"啪啪"朝他撒来两把沙子，贡嘎的两只眼睛顿时被迷住了。电线杆猛扑了上来，贡嘎仰面倒在地上，枪也摔出去老远。

毕竟一虎难敌三狼，三个罪犯按住贡嘎，把他捆了个结结实实。这时，贡嘎才看清，另外两个罪犯，一个脸上长着一撮毛，一个额上有条长长的刀疤。

生死野猪沟

一撮毛拾起贡嘎摔在一边的枪，跳上车，又指挥刀疤脸和电线杆把贡嘎塞进车里，风驰电掣般地向高原深处驶去。一撮毛得意地冲着贡嘎哈哈大笑："想跟我斗？你嫩着点！"

车子开出个把小时，高原上起大风了，起初只是飞沙打得车壁"啪啪"直响，后来风越刮越大，拳头大的石头漫天乱飞，吉普车就像大海上的一叶小舟，一会儿抛上浪头，一会儿摔下浪谷，随时都有翻车的危险。一撮毛慌了，忙问电线杆怎么办。

此时，电线杆也已经被狂风刮得分不清东西南北了，急得脸色煞白。他眨眨眼，凑到贡嘎跟前说："风再这样刮下去，咱们都得去见阎王。你是巡逻队长，地形熟，你看能不能找个地方躲一躲？"

贡嘎眉头一皱，计上心来。他探起身子，仔细辨了辨方向，然后指挥吉普车向前行进。时间不长，车子就开进了一个大山沟里，风果然被甩在了后头。

刀疤脸不由冲着贡嘎说："公安同志，咱们一起干吧，只要一趟干下来，包管你这辈子穿金戴银，吃香喝辣。"一撮毛和电线杆也极力附和。

贡嘎沉默不语，忽然提出一个问题："先不说吃香喝辣的，眼下这黑咕隆咚的，要不是我给你们带路，你们咋辨别方向呢？"

一撮毛轻松一笑，说："你以为你有多么了不起？我们有这个哩！"他从口袋里掏出一个玻璃壳，贡嘎一看，是个指南针。

贡嘎故意装作看不懂："手表又不能指方向！"

一撮毛不知是计，把指南针送到贡嘎眼前："你这个土老冒，看看，什么表，这是一个进口的指南针。"

说时迟那时快，就见贡嘎猛地张开口，咬住指南针"喀嚓喀嚓"地就嚼，玻璃渣子扎得他满嘴鲜血直流，等到三个罪犯硬掰开贡嘎嘴的时候，指南针已经被他嚼坏了。

贡嘎朗声大笑："看你们怎么逃出千里大戈壁，做梦去吧！"

一撮毛气得抡起枪托就猛朝贡嘎砸去。就在这时，只听车窗外传来"呼哧呼哧"的声音，车里的人几乎是同时抬起头来朝窗外看。刀疤脸立即打开车灯，顿时"哇"地惊叫起来：车窗外，十几只野猪个个张牙舞爪，眼里闪着幽幽的绿光。

这是啥地方？说出来吓一跳，这里是野猪沟，连当地人提起这个地方都心惊肉跳。

一撮毛暴跳如雷："好哇，你这个干公安的，故意给老子使坏。哼，等老子收拾完野猪再来收拾你！"一撮毛带领电线杆和刀疤脸各占据一个窗口，子弹像瓢泼大雨一般朝窗外射了出去，十几只野猪死的死，剩下受伤的也逃走了。

一撮毛喘了口气，把手里的枪朝贡嘎晃了晃，说："你逞什么能，老子有这个！"

哪知贡嘎指着窗外说："你们别得意得太早，听！"

那三个罪犯竖起耳朵一听，沉沉夜幕里传来阵阵哀嚎，低沉有力，刺耳刳心。贡嘎冷笑着说:"这是刚才逃回去的野猪在向它们的同伙发求救信号。过不了多久,它们就都会来拜访你们的,还是早点做做准备吧!"

贡嘎说得一点没错,野猪们说来就来了,黑压压的一大片。一撮毛倒还沉得住气,给那两个家伙鼓劲说:"别慌,咱们有的是子弹。"

野猪们在离吉普车十几米的地方就打住了。一撮毛大喝一声:"打!"于是密集的子弹就从刀疤脸和电线杆手里一发发地打了出去。只见车窗外的野猪一批一批地拥上来,又一批一批地倒下去,不一会儿,就堆起了一道死猪墙。剩下的野猪暂时停止了进攻,瞪着幽蓝的眼睛蹲在远处。

刀疤脸朝一撮毛嚷嚷:"大哥,咱们今晚和这些畜牲拼了不行,咱们得留着子弹打羚羊呀,那可是大价钱!"

一撮毛想,这样下去确实不是个办法,他是个老江湖,脑子一转,便吩咐刀疤脸和电线杆说:"快,你们把衣服脱下来,撕成条,结成长带子,越长越好。"一边说,他一边从一个车座下拖出一只汽油桶,随后把刀疤脸他们结成的布带子浸到桶里。

一撮毛让刀疤脸和电线杆掩护,自己悄悄提着油桶下了车,把浸透了汽油的布带子贴着离吉普车十几米远的死猪墙绕了一圈,回来时自己拽着带子的另一头。

贡嘎一见,心里不由暗暗叫苦。他原本打算把罪犯们引进野猪沟后,让野猪和他们较量;即使最后他们能逃生得了,也要耗尽他们车上的子弹。现在,狡猾的罪犯居然想出了用火攻的办法来对付野猪,自己下一步棋该怎么走呢?

只见双方僵持了不久,野猪又开始进攻了,等它们进了伏击圈,一撮毛点燃了布条,"轰"的一下大火冲天而起。一撮毛笑道:"等着吧,我们等会儿还有红烧野猪肉吃。"这一场较量一直持续到第二天天亮，没被烧死的野猪总算彻底退了回去。一撮毛他们狠狠吃了一顿野猪肉，然后重又开着吉普车上路。

车子开啊开啊，开出已经有几十公里了，可三个家伙一看，不对啊，怎么又回到了原来的地方？这下他们没了辙，一撮毛也沉不住气了。他们不知道，这野猪沟其实是一个圆形的大山谷，岔路极多，不熟悉路的人没有指南针根本别想出去。三个人哭丧着脸，不由自主地都把眼睛转向了贡嘎。

惨遭毒蛇口

贡嘎鼻子里"哼"了一声，说："要想活命？办法倒是有一个。"

一听有活命的办法，三个人顿时来了精神。

贡嘎说："办法挺简单，束手就擒，跟我回巡逻队去自首。"

"你——"一撮毛恼羞成怒，"跟你回去，那我们不就成了案板上的肉了？"一撮毛一脸阴笑，"与其那样，不如我们同归于尽。不过，我们哥仨死之前得先成全你。"他一声喝，吩咐刀疤脸把贡嘎扔出了窗外。

"大哥！"电线杆惊叫起来，"你不能图一时痛快，扔了他，我们咋出得去啊？"他跳起来就冲下车，一把把贡嘎又拖了上来。

谁知贡嘎一上车就说："这样吧，你们给我松绑，把枪栓给我，枪你们自己仍然留着。这样，出了野猪沟，你们杀不了羚羊，我呢，也控制不了你们。怎么样？"

哈哈，英雄到底也有怕死的时候，一定是刚才把他扔下车吓的！一撮毛不禁得意起来：枪栓给他就给他，到时候出了野猪沟，咱们三比一，还怕制服不了他?

于是,三个罪犯的枪栓到了贡嘎的手里。在贡嘎的指挥下,吉普车重又发动起来,向谷口驶去。开着开着,开到一棵胡杨树前,贡嘎突然非要一撮毛把车停下来,他说:"在出野猪沟之前,必须把电线杆绑在这棵树上喂野猪。"

贡嘎的话好似晴空炸雷,把电线杆吓得裤子都尿湿了。一撮毛恼怒地问:"能不能换个条件?"

"不行,因为他一开始欺骗了我,我最恨这样的人。"贡嘎的口气如铁板钉钉。

这下一撮毛犯了难:答应吧,白来这趟不算,还搭上一个兄弟;不答应吧,出不了野猪沟,还是死路一条。没办法,一撮毛只好把车子停下来,对电线杆说:"兄弟,别怪大哥。"他吩咐刀疤脸把电线杆捆起来,推下车去。

贡嘎跳下车,向一撮毛要了一根长绳,一头系在电线杆的腰上,另一头拽在自己手里,然后跑到胡杨树前,"蹭蹭蹭"地爬了上去。一撮毛问:"你干啥?"贡嘎也不答话,把手里的绳头牢牢地绑在树上,电线杆立时被凌空提了起来,吓得"哇哇'乱叫。随后,贡嘎又"呼——"朝远处打了一个响亮的呼哨,那声音尖利而刺耳,震得山谷"嗡嗡嗡"直响,几乎是同时,从远处滚来一团烟雾。

不用说,肯定是公安听到了贡嘎的呼哨声追了上来。刀疤脸恼羞成怒,返身要回到车上取枪,一撮毛喝了一声:"你取枪有啥用?枪栓早就在这小子手里了!"

眼见烟雾越来越近,一撮毛对刀疤脸说:"咱们快上树,只要抓住这小子做人质,看公安敢对咱咋样!"说着,他拔出匕首,衔在嘴里,领着刀疤脸就往树上爬。可是这两个罪犯哪里知道，他们其实是中了贡嘎的计谋，贡嘎见他们爬上来了，就一蹿一蹿地又向更高处爬去，就像猫耍老鼠一样。

这时，那团烟雾已经到了跟前，原来是贡嘎骑的那匹白马。白马见贡嘎被困在树上，围着大树团团乱转。一撮毛一看，原来不是什么公安，也定下心来，仰头朝贡嘎嚷："嘿嘿，你跑不了了，我看你怎么下来！"

一撮毛话音还没落地，只见一团黑影从天而降！原来在他说话间，贡嘎已经用他在部队练就的飞身术从胡杨树上跳了下来，正好落在白马身上，白马驮着他飞驰而去。一撮毛和刀疤脸已经爬了有几丈高了，跳不敢跳，滑又一下子滑不下来，只好眼睁睁地看着贡嘎跑了。

有人要问，白马咋知道贡嘎进了野猪沟？不要忘了一句老话：老马识途。何况那白马还是一匹经过多年训练的战马。当初吉普车开走的时候，它就远远地跟着了，也多亏了那场飞沙走石的大风，一撮毛他们才没有发现悄悄尾随的白马。当然，贡嘎知道白马的脾性，知道能随时呼唤到它，所以一直在伺机脱身，这就有了刚才"智取枪栓、飞身下树"这一招。

出了野猪沟，贡嘎快马加鞭一口气跑出十几里，见白马累得气喘吁吁，他想，反正已经把一撮毛他们甩在野猪沟里了，便就近找了棵胡杨树，把白马拴在树下，自己也靠在一边休息一会儿。没想他已经一天一夜较量下来了，一闭上眼睛就睡着了。正睡得迷迷糊糊呢，突然觉得背上被什么东西蜇了一口，猛地惊醒过来，只觉全身顿时渗入一股寒气，连忙脱下衣服看，却发现原来是一条线蛇。高原降水少，而水分蒸发又大，所以胡杨树的枝叶都呈暗黄色，那线蛇恰恰也是暗黄色的，它刚才巧妙地依附在树上，精疲力竭的贡嘎没注意到。

贡嘎狠狠地把线蛇碾死,摔在了地上。他心里清楚,线蛇的毒性非常大,自己必须赶在毒性发作前回去,把这里的情况报告给队里。他转身去牵白马,扭头一看,不知什么时候,三个罪犯已经出现在他面前,一撮毛手里还紧紧拽着白马的缰绳。

激战康巴河

三个罪犯不是被贡嘎困在野猪沟里了吗,怎么又跑出来了呢?说出来其实也不稀奇。一撮毛这个家伙不是傻瓜,见贡嘎骑着白马跑了,赶紧放下电线杆,三个人一起下了树。白马四蹄飞奔腾起的烟雾正好给他们引路,他们跳上吉普车开了就追,顺势出了野猪沟。

现在,贡嘎见自己的白马落在了罪犯手里,知道断了退路,扭身就跑。刀疤脸一看,起身就追,一撮毛一把拽住他说:"慌啥,他那两条腿能跑得过咱们吉普车的四个轮子?"一撮毛把白马拴在吉普车后面,招呼那两个家伙钻进车里,就把车子发动起来。

贡嘎在前面跑,吉普车在后面追,眼看贡嘎就要重新落入罪犯的魔爪,谁知他三蹦两蹿地进了一片乱石岗。一撮毛这才明白贡嘎为什么明知道他们有车还会用两条腿跑,四个轮子的车此刻在两条腿的人面前完全失去了优势。三个罪犯只得跳下车,冲着贡嘎的背影狂喊:"快停下,不然我们就开枪了!"话刚出口,他们又想起其实枪栓早就被贡嘎拿去了。

还是一撮毛心眼多,见乱石岗到处都是齐腰深的杂草,对刀疤脸和电线杆说:"把火柴拿出来,咱们从三个地方同时点火往里面烧,把他烧出来。"顿时,浓烈的火焰腾空而起。

可奇怪的是,烧了半天,没见一点动静,后来火熄灭了,还是没有贡嘎的人影。贡嘎人呢？就在一撮毛他们发呆的时候，忽然从他们背后发出一阵朗声大笑："哈哈，你们想不到吧？"原来，贡嘎刚才已经趁浓烟弥漫罪犯们不注意的时候，偷偷溜到了他们的背后。

三个罪犯本能地扑了过来，和贡嘎展开了肉搏。本来，凭贡嘎平日练就的本领，对付这三个家伙根本不在他的话下，可此时，线蛇的毒性已经在他体内逐渐扩散开来，他只觉得头昏眼花，神志恍惚。三个罪犯趁势冲上来，将贡嘎打倒在地，又重新把他捆绑起来。这回，他们没忘记把枪栓拿走，摔到了车上。

贡嘎说不出话来，但他心里还明白是怎么回事，他那个悔呀：早知这样，真该在野猪沟里和这帮罪犯们同归于尽。现在倒好，不仅自己被擒，还搭上了心爱的白马。然而，一切都晚了，贡嘎重新又被他们塞进了吉普车。

眼看车子要启动，这时候，贡嘎最不愿意看到的一幕出现了：刀疤脸一步转到吉普车后，拔出匕首就朝白马捅去。只见白马反应极快，身子一让，紧接着就扬起了后蹄。那马到底是受过训练的，蹄子踢出去又快又准又狠，刀疤脸仰面摔在地上，嘴里大口大口地吐着血，疼得嗷嗷直叫。刀疤脸自然不会善罢甘休，他怪叫着从地上爬起来，又朝白马冲了过来。白马被逼急了，拴在车上又挣脱不得，突然甩尾扬鬃，四蹄刨地，拽着吉普车飞奔起来。

白马这是一股急劲，拽着吉普车能跑多远？没多久就停了下来。刀疤脸追上来，钻进吉普车就找枪栓："我他妈的非打死这个畜牲不可！"电线杆一把抱住他，死活不让他下车："你懂什么，留着还有用。"

吉普车继续朝前开去，车上，三个罪犯谁也不说话。贡嘎迷糊一阵清醒一阵，醒着的时候，他总是拼命地告诫自己：千万不能倒下，哪怕有一丝希望，也要把敌情报告出去。

不知过了多久，车子一个"咯噔"停了下来，贡嘎也又一次清醒过来，隔着窗子朝外一看，这里清水潺潺，水草茂盛。他心里暗暗叫苦：不得了，罪犯们已经来到了青藏高原深处的康巴河，这里历来是藏羚羊的栖息之地啊！贡嘎心里一阵阵地痛，冷汗都下来了：想扑上去阻止罪犯们的暴虐行动，可手脚都被罪犯们绑着；想用暗号告诉白马，让它嘶叫一声惊跑羚羊，嘴巴又被那帮家伙用胶带封上了。贡嘎心里急疯了。

就在这时，"砰砰砰"，一撮毛他们举起了罪恶的手枪，朝着羚羊扣动了扳机。

魂葬鬼见愁

当着贡嘎的面，三个罪犯狞笑着剥起羚羊皮来。一撮毛还指挥刀疤脸把吉普车备用的轮胎卸下来，抽出里面的内胎，把剥下的羚羊皮放进去。电线杆哈哈大笑，对一撮毛说："大哥，真有你的，可这办法好是好，就是装得太少呀！"一撮毛胸有成竹地一扬眉毛："别急，看大哥的。"他指挥他们两个卸下吉普车的车座，掏出里面的海绵，于是又把剩下的羚羊皮塞去，仍照原样缝好。

忙完这些，一撮毛诡笑着说："我还有一招哩！"他指指贡嘎，"咱们万一露了馅，他就是人质。"

"他有什么用？"刀疤脸不解地问，"到时候他这个大活人一嚷，我们反倒弄巧成拙。"

一撮毛冷笑一声："他嚷？我早就准备好了，到时候给他灌迷魂药不就得了！"

一撮毛计划得这么周到，刀疤脸和电线杆更是来了劲头。电线杆对一撮毛说："大哥，咱们再往深处走，我在部队听说过，在康巴河源头，有个叫康巴河谷的地方，那里四周围全是雪山，雪水融化后形成一个天然湖泊，湖边的青草非常茂盛，大批羚羊都迁徙到那儿，一般人根本不知道。"

电线杆的这番话，犹如强心剂打在身上，三个人立即行动起来，车子继续沿着康巴河朝深处进发。

这时，车子上的贡嘎已经抱定了与罪犯们同归于尽的决心。为啥这样说呢？从这里到康巴河谷要经过一个叫"鬼见愁"的地方：两侧全是雪山，长达数百丈，只要有剧烈响动，就非常容易发生雪崩。贡嘎心里默念着：但愿吉普车的马达声能引发雪崩，那葬送的是罪犯，羚羊就能安然无恙了。

可惜，贡嘎的想法过于乐观了。电线杆不比他懂得少，车离鬼见愁还有一段路，电线杆就让熄火停车。电线杆跳下车，跑到车后把白马牵到车前来，绑在吉普车的前杠上，让白马拉着车前行。贡嘎直到这时才明白电线杆不让杀白马的原因。

俗话说：智者千虑，必有一失。电线杆想得是不错，可白马不是普通马，任凭电线杆拳打脚踢，就是不用劲。刀疤脸说："把它宰了算了，留着有啥用？"

这话提醒了电线杆：对呀，白马是贡嘎的心头肉，何不利用白马做做文章呢？他让一撮毛和刀疤脸把白马硬按在地上，用绳子捆好，又把贡嘎拖到白马跟前，电线杆手里的匕首差点儿就要刺进白马的肚子，他逼着贡嘎说："如果你不让白马拉车，我就剐了它！"

很显然，贡嘎要是不答应，白马就会死在黑了心肝的电线杆刀下。

贡嘎脑子又转开了，嘴一努，意思是让电线杆先把他嘴上的胶布撕下来。

一撮毛想：对呀，嘴封着，他怎么给马发命令？于是就把他嘴上的胶布一把撕了下来。

贡嘎长长地出了口气，说："还不行，这马的脾气我知道，你们得把我身上的绳子解了，我好牵着它拉车呀！"

三个罪犯面面相觑：答应吧，怕贡嘎趁机跑了，不答应吧，他们自己又没本事让白马听他们的使唤。

刀疤脸说："解了就解了，反正咱有枪，他要跑就打死他。"

贡嘎心里说："打吧，打吧，我就希望你们向我开枪。只要枪一响，就有可能引发雪崩。"

不料电线杆白了刀疤脸一眼："你少开腔，万一枪响引发了雪崩，咱跑得了？"

最后，还是一撮毛办法多，他让刀疤脸和电线杆只解开贡嘎脚上的绳子，两只手反而捆得更牢了，还在贡嘎的腰上又系了一根长绳，把绳子也绑在吉普车的前杠上。

"这样还怕啥！"一撮毛为自己想出这个主意而洋洋得意。

果然，白马很听贡嘎的话，乖乖地拉起吉普车就走，为了加快速度，三个罪犯就跑到车后去推。眼看就要走过鬼见愁了，如果再阻止不了罪犯的脚步，康巴河谷的大批羚羊就要惨死在罪犯们的手里。这时候，只见贡嘎一屁股坐在了地上。

一撮毛从车子后面冲上来，问："你又要干啥？"

贡嘎说："烟瘾上来了，想抽支烟。"

天知道这公安又要要什么花样！可在这前不到康巴河谷，后又没有出鬼见愁的地方，一切都捏在贡嘎手里，一撮毛只好让步，把烟递给了贡嘎。出乎意料的是，结果贡嘎什么花样也没使，抽完了烟，站起就走。于是，三个罪犯放下心来，又跑到车子后面推了起来。

令他们万万想不到的是，就在这时，贡嘎抓住时机做出了一个惊人之举：他飞快地蹲下身，用嘴把才丢在地上的还在燃烧的烟头重又衔起来，猛地跑到车厢一侧的油箱前，硬从箱盖缝里把烟头顶了进去。

罪犯们怎么也料不到贡嘎会有这一手，他们见大势不好，扭头就跑。可是已经来不及了，只听"轰"的一声巨响，吉普车爆炸了，自然引发了巨大的雪崩，三个罪犯霎时就被冰雪吞没了。

贡嘎和他心爱的白马一起，也永远地长眠在了巍巍雪山下……

(刘春山　张喻翔)
(题图：魏忠善)

探秘·险事
tanmi xianshi

当看到『禁止入内』的警告时,就不要再向前走了,一旦踏入禁区,再想出来,就难了!

第一次狩猎

半个月前,山子的爹在猎熊时,由于老枪哑火,让冲到面前的熊一掌把脸挖了个稀烂,两只眼睛也挖瞎了。在这大山丛中的山寨里,除去种点苞谷外,山民们主要还是以打猎为生,没办法,十六岁的山子只好抱上爹的老枪,提前走上了这艰难而又残酷的狩猎生涯。

这是晚秋的一天,第一次狩猎的山子一大早就随同山寨里的另外五个猎手进了深山,他们翻了好几座山岭,可是直到日头偏西了,竟连一根野物的毛都没碰见。

日头快要落坡的时候,突然猎狗朝着山梁下的山谷狂叫起来,大家惊喜万分,立即随着猎狗走下山梁。走不多远,他们看到地上有一堆黑色的野物粪便。六十岁的寿山爷是头儿,他看了下,说:"是熊。"又伸出手指插进粪便一试，说："粪还没冷，那家伙就在下面哩。"说完，他观察了下地形，吩咐两个壮年猎手："快从两边摸下去，把熊往山梁那个突口赶，小心别把它弄惊了。"随后就把山子带到突口处，指着一块大山石说："你就趴在这石头后面，给老枪装上最大的钢条。等那家伙到了，我喊打你再打，记住，可千万不能提前打哟。"山子"嗯"了一声，寿山爷便走到突口另一边的一块山石背后，也趴了下来。

山子赶紧往老枪里装火药和钢条。在这以前，他只不过用爹的老枪在山林里打过山鸡和野兔，现在毕竟是第一次狩猎，到这节骨眼上，他的手有点发抖。装好药，他端着老枪看着山梁下，过了大约一顿饭的工夫，围猎开始了，刚刚还静悄悄的山林一下就像炸了锅似的，猎狗的狂叫声，猎手驱赶熊的呐喊声，响成一片。山子的心开始狂跳起来，声音越来越近了，突然，山子发现山梁下的马桑林让什么撞得"哗哗"直响，心想：一定是熊来了。果然，一头黑色的大熊正摇摇晃晃地蹿出马桑林，朝这山梁的突口处跑来。山子的额头开始出汗了，心快要跳出了胸膛。突然，他记起了爹那张让熊挖得稀烂的可怕的脸，他担心自己的老枪也许会哑火，遭到和爹一样的下场。熊离他越来越近，已经听得见它那肥大有力的掌子踩断枯枝的"咔嚓"声。山子扭头找寿山爷，不见人影，等他再回过头来的时候，正好与熊那笨拙的小眼睛四目相对。山子心里喊一声："寿山爷呀，咋还不打呀？"哆嗦的手已经扣动了扳机。

"轰——"的一声，山子的老枪响了，山子听见寿山爷骂了句："龟孙！"寿山爷的老枪也响了。熊中了寿山爷的一枪，倒下去打了个滚，又爬起来没命地朝山梁那边逃。寿山爷从石头背后跳出来，边追边往老枪里装火药，但一切都晚了，熊已经逃进了山梁另一边的马桑丛中。几条猎狗追了上去，只一会儿，便从马桑丛里传来大熊的咆哮声和猎狗的惨叫声，片刻之后，几条猎狗返回来了，其中寿山爷那条黑狗的脊梁上被大熊挖去了一块皮，露出血淋淋的骨头。

围猎的四个壮年猎手赶到山梁，他们一看就知道是怎么回事，顿时垂头丧气地坐在地上。寿山爷拿出烟袋吸烟，没人说话。山子不敢看人，低着头。过了一会儿，寿山爷摸着自己黑狗的头，说了句："连狗都不如。"又有一个猎手骂山子："你不是你爹的种。"这可是山寨里最重的骂人话了，要在以往，山子准会像豹子一样朝对方身上扑去，哪怕让对方把自己打个半死也要跟他干一架，可此刻山子没说一句话，低着头不吭气儿。

死一般的沉寂。过了一会儿，寿山爷站起来，顺着山梁朝山寨的方向走，其余几个猎手也扛上老枪跟着走了，他们的猎狗紧紧相随着，没有一个人叫一声山子。山子还是那样低着头，在地上坐着，只有他的那条猎狗陪着他。

日头落坡了，鸟儿也归林了，大山静静的，十六岁的山子没脸回山寨去，因为在这以打猎为生的山寨里，你一切错误都可以犯，就是不能做一个胆小鬼。一个胆小的猎手，不但自己会遭到全山寨人的耻笑，就连你的父母也会因为生了你这么个胆小鬼而让全山寨的人瞧不起。山子心里明白：没有别的办法，唯一的就是去追踪那头受伤的熊，要么打死它，要么让熊把自己撕个粉碎，只有这样来洗刷自己的耻辱。他横下一条心，便开始行动，往老枪里装火药，装钢条，又拿出干粮，让猎狗吃饱，然后扛上老枪，去追踪那头受伤的熊。可是，十六岁的山子毫无经验，他根本不知道，去追猎一头受伤的熊该有多么危险，多么可怕！

受伤的熊在逃命的路上洒下斑斑点点的血迹，猎狗嗅着血迹追踪，山子跟在猎狗后面，追下山坡，又走进山谷。这时候，天色已经昏暗，山谷逐渐变窄。猎狗也许想回家了，它不时地停下来看着主人，可山子继续朝前走,它只好又跟上。山谷里长着密实的马桑树和茅草丛,每一丛马桑树和茅草丛里都可能隐藏着受伤的熊,猎狗可能是意识到了危险,它又一次停了下来。山子不禁犹豫起来,可是他马上又挺起了胸膛,他不能就这么回去,他不能一辈子让人瞧不起。他拍了下猎狗的头,又继续朝前走。眼看着天就要黑了,猎狗突然惊叫一声急速后退。几乎是与此同时,那头受伤的熊猛地从一丛茅草后面像人一样站起来,直朝山子扑来。距离太近了,山子惊得大叫一声,本能地扣动了扳机。熊的胸膛挨了一枪,可是它倒下去的时候,一掌打掉了山子手上的老枪,另一掌擦过山子的肩头,连衣服带肉挖去了一大块。山子顾不上疼痛,转身往旁边的山岭上爬,熊嘴里喷着血,紧跟着追了上来。山子拼命爬上一个两米多高的石台,搬起石头就朝下面砸。熊被激怒了,在石台下面又吼又转,挣扎着想爬上去把山子咬死。就在这时,勇敢的猎狗从后面扑了上来,死死咬住了熊的后腿。熊掉转头,咆哮着一掌拍在猎狗的头上,猎狗立刻惨叫着倒了下去。

这是一条曾经跟着爹出生入死的猎狗啊!此刻,爹那血肉模糊的脸庞又出现在山子眼前,不过这会儿,山子心里已没有丝毫的怯懦和害怕,只有千百倍的勇气和胆量。趁熊围着猎狗转的当儿,山子搬起一块大石头狠命朝大熊砸去,只听"轰"的一声,大熊倒在地上,躺在石台下面,再也不会动弹了。

月亮升起来了,皎洁的月光照着石台下的大熊和猎狗,也照着石台上的山子。月光里,一个十六岁孩子的身影,活脱脱一个男子汉形象!

(东 风)
(题图:宫 超)

别招惹母亲

张燕是一家百货超市的营业员,这天加完班回到家,却发现家里黑灯瞎火的,她稍稍愣了一下,这才想起来,丈夫带女儿去医院看眼睛了。

可等她拉亮灯,不禁瞪大了眼睛:只见衣服撒得满地都是,橱柜都大敞着,不好,家里遭小偷了!她第一个反应就是冲进卧室,奔到床边,伸手摸到床垫下的一个夹缝里,又是抠又是捏的,谢天谢地,银行卡还在!

"嘿嘿,藏得好牢啊!"突然,一个彪形大汉不知从哪里闪出来,手里握着一柄寒光闪闪的尖刀对准她。

张燕脸色煞白,浑身不由自主地哆嗦着:"你……你……想干什么?"

大汉凶相毕露:"干什么?抢劫!要命的话,把卡交给我。"

"求求你，我女儿生病了，这是给我女儿看病的钱……"

张燕女儿今年只有18岁，却不幸染上恶性眼疾。据医生说，人一旦得了这种病，眼球会慢慢萎缩，到最后完全失明，唯一的希望就是做眼球移植手术。想到这里，张燕的心就一阵抽搐。

歹徒奸笑道："少废话，把卡交给我，老子今天找的就是它。"

张燕绝望了：眼前这个歹徒毫无人性，哀求和眼泪是打动不了他的。

歹徒在旁边一个劲地催着："快，把卡扔过来，我现在还只想抢钱，不想杀人。"张燕想了想，就把银行卡丢了过去。歹徒捡起银行卡，塞进衣袋里，用尖刀威逼着张燕："把密码告诉我，别打歪主意，如果你用假密码欺骗我，当心你的女儿！"

张燕一瞬间打定主意，无论如何，她要把这个穷凶极恶的家伙捉住，绝对不容许任何人威胁她的女儿。于是她装出一副被吓坏了的样子说："密码……我……我记不起来。"

歹徒"劝导"她说："你好好想想，你是不是记在什么地方了？"

"我想想，你能不能……离我远点？我害怕。"歹徒觉得这个弱不禁风的女人对他构不成什么威胁，就向后退了两步。

"我可能……记在一个小本子上了，我找找看。"

歹徒这时似乎有点不耐烦了，喊道："废话少说，你给我快点。"

张燕站起身来，走向梳妆台，拉开一只小抽屉。歹徒紧张起来，把尖刀一挑，随时准备扑过来。张燕索性把抽屉拉出来，双手托着，举给歹徒看，里面只有一些化妆用品，还有个小本子。

张燕先打开本子，一页一页翻看。可卧室太暗，张燕只好吃力地把小本子举到眼前，几乎贴到脸上了。

"我能不能插上台灯？"张燕问歹徒，歹徒点点头。

张燕心中一阵狂喜，不动声色地把台灯的插头插到墙上的电源插口上。只见火光一闪，"啪"的一声，整个屋子陷入一团漆黑之中。保险丝烧断了，这只短了路没来得及修理的台灯立了大功。

"怎么回事？"歹徒被这意外的变故吓了一跳，吼道。

屋外没有路灯，屋子里现在是黑得伸手不见五指。歹徒挥舞着尖刀，警告说："要命的话，你就别乱来。"

就在这时，电话突然"嘟嘟"地响了起来，然后是三声急促而连贯的拨号声，接下来，一个甜润的女声让歹徒肝胆俱裂："你好，这里是110报警中心……"歹徒冲着声音响起的方向一个箭步冲过去，一手挥舞着尖刀，一手摸索着找到电话，用力扯断电话线。

刀子没有扎到张燕。歹徒倒退着想原路回到门边，却被凳子绊了一下，"扑通"一声重重跌倒在地。他吼叫着爬起来，就再也找不到方向了。屋子里一片寂静。歹徒狂躁起来，他感到再这么耗下去，形势对他越来越不利。

"嗨！"那女人在身后叫他，他猛转身，瞪大双眼在黑暗中搜寻那女人，正好被迎面喷来的气雾杀虫剂喷了个满眼。歹徒双眼一阵刺痛，惨叫一声，忙拼命用手揉起来。

卧室的房门"吱"的响了一声，虽然很轻微，歹徒还是听到了，他朝着响声摸过去。门是开着的。门外就是客厅，客厅的门直接通向院子，只要到了院子里，他就算逃过了这一劫。他想，君子报仇，十年不晚。

歹徒朝客厅门摸过去，却碰到了茶几。不对呀，明明记得房门就在这个方向啊。歹徒伸手在茶几上摸来摸去，竟摸到了一只打火机，不禁一阵狂喜，"嚓"的一声打着火，高举起来四处张望。他看到了，那女人就站在不远处对他怒目而视，手里拿着暖水瓶。歹徒再想躲避，已经晚了,热水"哗"的一声泼向歹徒持刀的右手,歹徒手里的尖刀应声落地。黑暗中,张燕飞起一脚踢向尖刀,尖刀在墙上撞了一下,就不知落到什么地方了。

"大姐,银行卡我还给你,你高抬贵手放我走吧。"歹徒颤声哀求道。

"那好,你先把银行卡给我放下,往前走三步,再向左走两步,前面是电视柜,就放在那上面。"

歹徒无可奈何只好顺从,果然在那里摸到电视柜。

歹徒放下银行卡,就听女人又说:"现在,原路退回去。"歹徒照办,不料却一脚踩进套索里,套索猛地收紧,歹徒重重栽倒在地。歹徒挣扎着去解套索,就听一声断喝:"不准动!"张燕说,"我还有一壶开水呢。乖乖躺着吧,否则就把你的脑袋烫成熟鸡蛋!"

歹徒绝望了,丧失了反抗的意志。他的一举一动对方都一清二楚,对方却躲在黑暗里无影无踪,却又无处不在,这实在是一场实力悬殊得没有悬念的战斗。外面警笛尖厉地鸣叫着,由远而近,在附近停了下来,然后就听见有人上楼的声音。歹徒有气无力地瘫倒在地上,心有余悸地问:"大姐,你让我死个明白,你是不是夜视眼,有特异功能啊?"

张燕冷冷一笑,回答说:"你错了,我不是什么夜视眼。从女儿的眼病确诊那一天起,我就准备把自己的眼球移植给她。那以后,我就一直训练自己在黑暗中生活。现在看来,成绩还不错。"

直到被押上警车,歹徒总算醒悟过来:你可以欺凌一个女人,但千千万万不能招惹一个母亲!

(付秀玲)
(题图:安玉民)

智斗绑匪

老龚喝了点酒,量正到劲,喝到了那种没醉但情绪比较高的程度。走上楼梯,他敲了几下房门,没人应,他只好边敲边喊了起来:"开门啊,我是老龚!"

话音没落,门就"哗"地打开了,一个男人猛然将他拽进屋里,又猛地将防盗门关紧。老龚只扫了一眼,便什么都明白了,很显然,大白天的,遇上了绑匪。

温玲被绑在餐桌的一条腿上,正瑟瑟发抖,只喊了声"老龚",就被用破布塞住了嘴。

两个绑匪,一高一矮,矮个拿着刀抵着老龚,高个从茶几上拿起一个存折,低声说道:"密码是什么? 快说! 你能不告诉老婆密码是多少,可要是跟我这儿要什么花样,休怪我们不客气!"老龚接过来看看,上面写着"龚高",再看看,存折上金额还有24万。老龚努力让自己平静下来,然后说:"没错,是我的。"

"废话,当然是你的!"高个有些不耐烦,"我问你密码!你老婆说她不知道,她嘴挺硬啊,我倒要试试你的嘴硬不硬?"他向矮个做了个手势,矮个的刀锋更加接近老龚脖子上的那根大筋。

"别动粗,有话好商量,好商量!"老龚赶忙说,"生意上用的钱,她当然不知道密码,你们别为难她。密码是521521,你放了我们吧。"

"放了你们?做梦!"高个对矮个说,"把这家伙也绑起来,我看着,你去银行取钱,如果发现这小子耍我们,大家全活不成!"矮个说:"行,我马上办。"说完接过高个递来的绳子,就要绑老龚。

"慢着!"老龚挣扎着,"这样不行!这样我和我老婆只能被杀死!你们不知道,我这几年一直在一个固定的银行取钱,因为世道不太平,所以我跟工作人员说了,这钱只能由我取,假如哪天换了别人,你们就报警,肯定是强盗无疑。"他扭头接着对矮个说:"你这样去,肯定会被抓。"又对高个说,"你在第一时间知道他被抓了还能饶过我们?我和我老婆,岂不是死得太冤枉?"

高个低头想了一会儿,说:"那就由你去取。你老婆留下,如果你耍什么花样,你老婆的小命就玩完了!"他又对矮个交代说:"你看紧他。保持每五分钟和我进行一次电话联系。如果我们超过五分钟失去联系,或者如果你半小时后还没有拿到钱,我这边就开杀!"

矮个把刀紧紧地抵住老龚的后背,一起上了老龚的车子,矮个坐在副驾驶座上,显然很紧张,或许是握刀的手有些抽筋,他把刀子换了一下位置,顶着老龚的心窝。

"你怎么不系上安全带？其实我想办了你很容易！"老龚口气很轻松地说，"你想，假如我把车开得很快，然后猛一刹车，或找个护栏猛撞上去，系了安全带的我应该不会有事吧？而你，就会忽地飞出去，摔成'照片'啦！"

矮个盯着老龚，有些紧张："你耍花样的话，你老婆就死定了！"边说边用另一只手系上了安全带。

老龚接着说："其实现在我要办你更容易了。你刚才系上的那条安全带是经过我改装的，一旦系上，就是一个死结，根本打不开。你等于自己把自己绑起来啦！这样我随时可以急刹车，然后跳下车喊警察把你抓起来！"

矮个慌了，忙把刚系好的安全带解开。老龚笑了："第一次干这事吧！你看看，这一会儿工夫，就被我骗了两次。你放心，尽管我随时能办了你，但肯定不会拿我老婆的性命开玩笑的。"

矮个真的火了："你再废话，我宰了你！"然后他跟高个通了第一次电话，当然是一切顺利之类。

车子在一家银行门前停下来时，老龚说："到了，就这个银行，现在下去取钱吧。是我一个人去还是一起去？"那时矮个刚跟高个通了第三个电话，矮个说："当然一起去。你要耍什么花样，你老婆就没命了！"老龚不满地看了他一眼："你真够烦的，你还会不会说点别的？"

银行大厅里人不多，所以他们也不用排什么队。大厅里走动着几个虎背熊腰的保安，这让矮个很紧张。他紧紧地贴着老龚，刀尖几乎碰到老龚的皮肉。老龚把存折递给窗口里的一位女同志，说："取四十万。"矮个慌了，说："你存折上没那么多钱。就二十四万。"老龚说："没事，我还有个存折，多给你们取点，不过以后就不要再来找我了！"

说完老龚又从口袋里掏出一个存折，对那个女同志说："共取四十万。"里面的女同志看了老龚一眼，让他输入密码，他让矮个盯着，然后输入521521，没有任何问题。老龚得意地说："没骗你们，对吧？"

窗口里的女同志在电脑上操作了一下，说这么大额的取款，是要去库里提钱的，她要先去办公室办个手续，好在一切顺利，几分钟后，她出来了，说没有问题，只需要等一下。这时矮个跟高个通了第四个电话，他说："马上就要成功了。"他的声音有掩饰不住的兴奋和紧张。

没过多久，钱真的就来了，老龚把钱装在一个黑塑料袋里，矮个真没想到这么顺利，可就在这时候，老龚转身就走，矮个慌了，跟上去说："把钱给我！"老龚说："给你干吗？"矮个更慌了，他想伸手去抢。老龚说："你抢？你抢不就暴露了吗？你可小心点，银行大厅里都是保安呢。你能跑得出去吗？看见那个感应门了吗？刚才咱们进来的时候，是不是在那儿停了约两秒钟？那儿是不是站着两个保安？你抢了钱，往外跑，在那儿停两秒钟，保安们冲上去，电棒向你身上一捅，你就完了。"

"你要什么花样？你老婆……"矮个更紧张了。

老龚哈哈大笑了："我老婆就完了是不是？没新意！你们的行动已经失败了你知不知道？……不相信？好，反正离半小时还早，反正感应门那边现在还站着两个保安，听我给你细细讲来。"

矮个此时完全慌了，他唯一能做的，只是抓着那把刀，用衣服掩护着，抵住老龚的后背。老龚能感觉他的刀尖在抖。

他们在两张椅子上坐下。老龚说："你们犯的第一个错误，是不分青红皂白地把我当龚高。不错，我是姓龚，却不是龚高，我叫龚净。我家就住在龚高楼上。中午，我和龚高去吃饭，他喝酒了，就躺在酒店休息，让我开他的车先回来。路过他家的时候，我想去跟他老婆温玲说一声，想不到敲一下门,就被你们给硬当成龚高了。"

这时矮个给高个打第五个电话:"没事,马上要成功了。门口有两个保安,得等一会儿。很顺利,马上成功。"看来,他并不相信老龚的话。

"……不信?好,你听我接着讲。那女的,温玲,当然不是我的老婆了。至于我老婆嘛,看见了吗,窗口里的那个女同志,就是刚才替咱们俩取钱的那个,她才是我真正的老婆。要不我干吗大老远跑这家银行来取钱啊!我见了老婆不打招呼,一下就说要取四十万,你还在旁边跟章鱼似的吸着我,笨蛋都能看出你是贼,更别说我的聪明媳妇了。我刚才给了她两张存折,第一张,的确是龚高的。第二张,是我自己的。我的存折密码当然是521521,我输密码进去,当然正确,不会有任何问题。不过我那张存折上就两千四百多块钱,所以,我估计我拿的这四十万,其实也就两千四百块,其余的都是银行工作人员给我们准备的废纸吧!还有,你说我老婆怎能不知道龚高家的住址?我家就住他家楼上啊!你说,警察现在怎能不把龚高家包围起来?说不定现在你的那位伙计已经被铐起来或是直接被击毙了。所以我说你们已经失败了,不骗你。"

此时矮个也弄不准该不该相信老龚的话了。他瞟一眼窗口里的那位女同志,她正忙着,一点都不像刚报过警的样子。他再看看感应门那儿,现在没保安,也许龚高说的都是骗他的鬼话,想到这,他用刀子碰了碰老龚,低声说:"少废话,快走!"

快要走到感应门的时候,矮个掏出了电话,他突然想起想打个电话问问高个是不是安全,如果他的同伴接了电话,那么便证明老龚在撒谎。

可是电话响了三声,仍然没人接。矮个慌了,老龚趁机把他推向一边,这时从他们身后猛冲过来三个人,以迅雷不及掩耳之势将矮个掀翻在地,铐了起来。

老龚看着躺在地上的矮个,说:"你看,我没骗你吧。你们失败了吧!不过你挺配合的。你想,你们把温玲绑在餐桌那儿,你的同伙拿刀逼着,警察怎么敢往里冲?万一出事了怎么办?而你一打电话,你那个同伙肯定得起身去接电话吧?你注意到电话离餐桌起码有十多米吧,你注意到电话那边是一个大落地窗吧?我想,电话响三声的那阵儿,警察们肯定在几秒钟之内从天而降,然后破窗而入,将你的同伙按倒在地!所以银行这边才敢采取行动。我说你是新手你还不服,你就看到了保安,你不知道警察办案时有很多便衣吗?"然后老龚回过头对窗口那边喊一声:"谢谢你啊老婆,你真是太聪明了!"

约几分钟后,老龚开始接受电视台记者的采访。记者问老龚:"你恨不恨绑匪?"

老龚说:"当然恨啊!我恨不得扒了他们的皮!"

记者说:"因为正义感?"

老龚说:"不完全是……我一个写侦探小说的,辛辛苦苦一年到头,才背着我老婆攒了两千四百块私房钱,被他们这么一搞,得!全让我老婆知道啦!"

(周海亮)
(题图:魏忠善)

午夜搭车人

这天黄昏,探险家夏洛克坐在开往非洲南部的列车上,他靠在窗边,悠闲地吸着一支加长型的巴西雪茄,回味着往日的探险经历。这时,列车员来到他的身旁,轻声说道:"先生,晚上请您一定把车窗关好,因为中间有一段路程会经过一片原始大森林,请注意安全。"夏洛克点点头,心想:"既然列车员特地叮嘱,我一定得警惕途中可疑的人。"

半夜里,夏洛克突然从梦中惊醒,生性敏感的他似乎听到车厢里有人走动的声音,开始他还以为是列车员经过,但后来他发现传来的脚步声比较杂乱,好像有几个人在车厢里乱窜。他悄悄地把眼睛睁开,朝有声音的方向望去,果然看见几个魁梧的身影。他心里暗暗一紧,难道遇上专门在车厢抢劫的盗贼了?尽管他也会擒拿格斗之术,但要赤手空拳地打倒眼前的这几个壮汉恐怕也不是很容易的事。

正当夏洛克暗自思忖的时候,车厢内又重新恢复了安静。他朝车厢内望去,发现刚才那几个黑影早已安安静静地蜷缩在卧铺上睡下了,不到一会儿就听到从那边传来沉睡的鼾声。

夏洛克轻轻地吁了口气,看来这几个不速之客,只不过是午夜搭车的流浪汉罢了,根本不是什么强盗。想到这,夏洛克就安心地继续大睡起来,而且睡得很甜,并且还做起梦来……

夏洛克梦见自己来到了一个大湖上,那湖水清澈透明,他忍不住把鞋脱了下来。光着脚转着圈,并且还有几条胆大的鱼用嘴擦碰他的脚心,弄得他痒滋滋,麻酥酥的。他一时忍不住放声大笑起来,这一笑,他就从梦中醒了过来,这一醒过来,他的笑声还没有来得及停止,就被眼前的景象给吓呆了!他看见自己的身边,居然站着几只体格健壮的非洲大猩猩,一只正好奇地用指头抠他的脚底板玩,一只则对着他的脚撒尿。听见他突然发出的笑声,几只大猩猩不约而同转过来盯着他看,脸上露出怪异的表情,半晌,它们一哄而散。

夏洛克的心一下子提到了胸口上,他赶紧把眼睛闭上,一动不动地躺在原处。夏洛克知道这种大猩猩性情极不稳定,易喜易怒,一旦发起怒来,就连非洲雄狮也会被他们撕成碎片,而且它们鬼灵精怪,这会儿蓦地散去,不知又会有什么花招?只好静待其变。

果然,不一会儿,大猩猩看夏洛克再没有什么反应了,好像有点不甘心的样子,又聚拢过来,把夏洛克从卧铺上拖下来,把他的身体翻转趴在地上,一边一个踩住他的双手双脚,让他无法动弹,另一个则坐在他的背上不停地扭动,夏洛克在这几百斤重的身体压榨下,眼冒金星,五脏六腑犹如翻江倒海一般,不一会儿就被弄得半昏迷状态了,他没有想到,这次探险目的地还没有到达,就要把自己这条命给交在这儿了!

正当夏洛克晕晕乎乎地胡思乱想着的时候,他感觉到列车好像缓缓慢了下来,身上的负担也一下子减轻了,当他神志清醒过来的时候,再看那几只大猩猩,早已跑得无影无踪了!

夏洛克定了定神,回想起刚才那些惊心动魄的场面,仍感到心有余悸。不过他也从内心中升起一股久违的满足感,因为这次意外的遇险让他感觉到前所未有的兴奋和刺激。

到达站点时,夏洛克忍不住兴奋地把车厢内的奇遇告诉列车员。列车员听他描述完之后,带着一丝无可奈何的表情,耸了耸肩,然后用一种调侃的语气说道:"看来你没听我的话,晚上没有把窗户关上,让那群调皮的家伙给戏弄了!你知道吗?这些非洲大猩猩的智商很高,他们经常会搭乘这趟列车到另一片森林采集食物,等那一片森林的食物吃得差不多了,它们又会搭车返回原来居住的森林,吃新生长出来的食物,这些家伙一年四季要坐好几趟火车往返,实在是鬼得很呀!"

夏洛克听完乘务员说的这番话,惺惺相惜地叹道:"看来,它们才是真正的探险家呀!"

(任瑞羽)
(题图:佐 夫)

卡努的选择

残酷的竞争

卡努和迪乌夫是战友,也是好友,他们在一个名叫德罗巴的非洲部落里一起长大,然后又在同一个连队服役。一晃两年过去了,两人双双当上了班长。可是,一场更大的考验也不期而至。根据部队的规定,士兵在两年之后,如果转不成士官,就只有退伍这一条路可走!

几天前,上尉在大会上宣布,今年转士官的名额只有一个,卡努和迪乌夫成了仅有的两个候选人!尽管卡努很想留在部队发展,但他心里也十分清楚,迪乌夫的军事素质显然更胜自己一筹。想着黯淡的前程,卡努不禁长叹了一口气。

评比的日子很快就要到了,连里突然决定进行一次野外拉练,地点就选在距驻地几十公里的阿贝加沙漠。这天清晨，天刚蒙蒙亮，一阵急促的集合哨，响彻了整个营房。很快，大队人马集结完毕。清点过人数和装备之后，上尉一声令下："出发！"

作为一支野战部队，野外拉练自然是家常便饭，但像这样徒步穿越纵深上百里的沙漠，却还是第一次。部队开进沙漠边缘时，太阳刚刚升起，黄色的沙、酒红色的天——一片温柔与静谧，大家精神抖擞，那架势完全不像是要穿越"死亡之海"，更像是在搞一次惬意的郊游。可到了中午时分，部队推进到沙漠的腹地时，太阳已悬到了半空中，地表气温高达四十多度。士兵们的军装像被水洗了一般，嗓子眼犹如含着一团火。一时间，叫苦声响成了一片。上尉一看这阵势，只好命令队伍停止前进，原地休整半个小时。

这是一次真正意义上的野外生存训练。出发前，战士们身上只带有少量的"救命水"。为了应付后面更为艰苦的行程，大家舍不得动它，于是都不约而同地去寻找别的水源。终于，有人找到了几棵瓶状的仙人掌，众人一拥而上，用刀子划开肥厚的茎部，用手做容器，将略显苦涩的仙人掌液喝了个痛快。

就在大家补充体能的时候，卡努突然听到一阵"沙沙"的声音。他急忙举起望远镜，只见远处一团滚动的黄色烟尘，正如汹涌的海浪，朝这边猛扑过来！他大叫一声："不好，沙尘暴！"

沙漠的考验

卡努的叫声犹如一声惊雷，队伍顿时乱作一团。沙尘暴素有"沙漠杀手"的恶名，多少探险家就是惨死它手。士兵们虽然久经历练，但眼前的一幕还是让他们感到异常恐慌。上尉马上集合队伍，命令道："大家不要惊慌，紧闭嘴唇，手拉手站到一起，切莫被沙尘暴吹散了！"

可是此时此刻，到处是哭喊叫嚷声，他的命令显得是如此无力。惊惶失措的战士纷纷丢掉身上的装备，拼命地四下逃窜，场面顿时陷入了混乱。沙尘暴就像一头饿红了眼的猛兽，绝不会让到口的"美味"逃之夭夭，不过几十秒就杀到了眼前。卡努猛然感到，身体被一股强大的气流推动着，不停地向前翻腾。口鼻被密不透风的沙子包围住，呼吸变得越来越困难，渐渐地，他失去了知觉……

不知过了多长时间，卡努慢慢苏醒过来。他忍着刺痛，艰难地睁开眼睛一看：四下一片沉寂，天空也恢复了之前鲜亮的蓝色，沙尘暴已经过去。他想活动一下腿脚，却猛地发现，自己的大半个身子都被埋进了沙里！求生的本能促使他开始不停地刨沙。可双手毕竟不是铁铲，很快就磨出了血泡。但他顾不得这些，只是不停地刨着。

十几分钟过后，卡努终于爬了出来。他从衣服上撕下一块布条，简单包扎了一下伤口，准备尽快返回驻地。可当他找出随身携带的定位仪找方位时，头一下就大了：定位仪的电路板被损坏，信号全无！茫茫沙漠之中，失去了导航装置，就等同于瞎子，这下死定了！他漫无目的地翻过一个沙堡，却猛然发现，不远处躺着一个人！

卡努的选择

卡努走过去一看，居然是迪乌夫！此刻，迪乌夫已处于昏迷状态，左腿上的伤口正不断涌出血来。真奇怪，迪乌夫难道没被沙子埋住吗？还有他的腿为什么会受伤呢？卡努愣了片刻，虽有疑惑，但顾不上多想，他正准备给迪乌夫包扎伤口,一个奇怪的想法却拽住了他的双腿:看样子迪乌夫伤得不轻,如果自己不救他,这沙漠十有八九就成了他的葬身之地!那自己岂不可以顺理成章地留在部队了吗?

想到此,卡努狠下心来,从迪乌夫身上搜出他的定位仪,在确认其完好无损后,又将自己的那个放了回去。做完这一切,他抬脚就要离去。就在这个时候,迪乌夫苏醒了过来,看到卡努就在自己的身边,他的眼中透出了惊喜:"好兄弟,我以为这回死定了,还好你来了!"

卡努心里好不懊悔:自己为什么不早点离开!此时此刻,只有带着迪乌夫了。他勉强挤出一丝笑容,说道:"什么也别说了,我们得尽快离开沙漠!"

卡努搀扶起迪乌夫,跟跄着向前走去。两人每向前走一步,卡努心里就是一阵的刺痛,他知道,自己这么做,实际上就是在自毁前程。走着走着,卡努突然发现,不远处跑过一只胡狼!他心里一动,一个摆脱迪乌夫的妙计涌上心头。他停住脚步,对迪乌夫说道:"都走了快一天了,我又渴又饿,你呢?"

迪乌夫点点头。卡努接着说道:"这样吧,你在这儿等我一会儿,我去把这只胡狼抓来,咱们也好补充些体力!"说着,他拎起佩枪,大步追了过去。追出了大约几百米的样子,一个沙丘正好挡住了身后迪乌夫的视线。卡努停住了脚步,在心里默念了一句:"兄弟,对不住了!"说完,他改变了行走路线,在定位仪的指引下,朝着军营驻扎的方向走去。为了防止迪乌夫跟过来,卡努特意抹去了身后的脚印。

第二天清晨,卡努终于抵达了当初部队出发的地方,这里早聚集了一大群死里逃生的战友。上尉清点了一下人数,除了迪乌夫,其他人都到齐了!考虑到战士们都已筋疲力尽,上尉决定先将他们带回,然后让总部派出空中搜查队,即刻搜救迪乌夫。

卡努推算,按迪乌夫的伤势,如果直升机今天还不能找到他,那他就绝无生还的希望了。为了做到万无一失,他并没有将迪乌夫的方位告诉任何人。

这天晚上,上尉沉痛地告诉大家搜救失败。全连官兵不约而同地摘下了军帽,为离去的战友默哀三分钟。卡努脸上的表情显得犹为痛苦,但他内心深处却是一浪高过一浪的狂喜:自己留在部队的愿望终于可以实现了!

可是他还没有高兴太久,第三天晚上,匪夷所思的事情却发生了:浑身是血的迪乌夫居然一瘸一拐地返回了驻地!在众人的一片欢呼声中,卡努脸上的笑容凝固了!

退伍的浪潮终于席卷了整个军营。毫无疑问,各方面都强于卡努的迪乌夫最终留在了部队,卡努却不得不离开军营⋯⋯

生命的赌注

许多年过去了,回到德罗巴的卡努已成了多个孩子的父亲,为了填饱一家人的肚皮,他不得不没日没夜地干活,过着朝不保夕的生活。这天,一个肩扛将星的军人走进了他的家中。卡努揉揉浑浊的老眼一看,居然是迪乌夫!

看着这个破败寒酸的家庭,迪乌夫不禁长长地叹了一口气,他让随从拿出一沓钱和一些食品,交到卡努的手上,不无伤感地说道:"卡努,如果一切可以重来,也许这个将军的军衔就是你的了⋯⋯"

原来迪乌夫一直视卡努为亲兄弟,所以,当他要和卡努竞争一个留队名额时，他痛苦了很久，最终还是决定将这个名额让给卡努。可是，他出生军人世家，如果主动退伍，肯定无法向家人交差。就在他左右为难时，那次沙漠拉练却给他提供了一个好机会。

沙尘暴过后，迪乌夫最先醒了过来，并且发现了离自己不远的卡努，在确定他并无大碍后，迪乌夫想到了一个好办法：用刀将自己的左腿割伤，然后等卡努醒过来后，将自己救出沙漠，这样的话，卡努就是自己的救命恩人，不管对于部队还是对自己家里，都应该是卡努留下。当然，迪乌夫这也是在用生命作赌注，不过他相信卡努。

那天，迪乌夫见卡努去追胡狼，半天也没有回来，他只好顺着脚印，一瘸一拐前去看个究竟。可转过沙丘，脚印却突然消失了，他终于明白了卡努的"良苦用心"！万念俱灰之际，他只好跟着胡狼留下的那串爪印走：胡狼喜欢在临水的地方做窝，只要能找到水源，他就还有活下去的希望。于是，他顺着这串爪印一路跟了过去。让他大喜过望的是，胡狼的窝居然是在一条将要干涸的小河边！他就是顺着这条小河，走出了沙漠的……

"我用生命作赌注，是因为我相信你，可没想到你丢下了我……"迪乌夫叹了口气，就头也不回地走了。

听完这些，卡努早已呆住了，仿佛是一具被掏空了灵魂的尸体。这时，几个饥饿的孩子见父亲迟迟没有反应，终于失去了耐心，朝他手中的食物扑了过来……

(曲育乐)
(题图：安玉民)

被诅咒的泉水

绝处逢生

王可名是个驴友,热衷于探险,这次他租了一匹骆驼,想独自横穿乌尔木图沙漠。可途中他迷路了,而且已经两天没水喝了。好在天无绝人之路,就在他快绝望时,竟发现了一片胡杨林,并在林中发现了一个不大的坑,坑中是清澈见底的泉水。

王可名和骆驼都放开肚子喝了个饱。喝完后,王可名才发现泉水旁边的胡杨树上挂着块牌子,上面写着一行字:"你只能从这里带走一囊水,否则,你将遭到诅咒!"

王可名虽然不相信什么诅咒,但心里还是有些不安,他仔细地观察起这眼"被诅咒的泉水",泉眼几乎看不到,坑底铺满了落叶,水坑周围有许多新鲜的动物足迹,可见沙漠中的动物也来这里喝水。

装水时,王可名犹豫了,他有三个水囊,是将三个水囊都灌满,还是按照树上"咒语"的提示,只带走一水囊的水?王可名最后作出了抉择,将三个水囊都装满!毕竟,自己现在迷了路,多一囊水,就多一分生的希望啊!而那个诅咒,也许是某个无聊的旅行者开的玩笑罢了。

装完了水,看见水坑中还剩下小半坑的水,王可名禁不住诱惑,脱下鞋子,把自己的脚丫伸了进去。最后,他干脆脱光了衣服,跳到水坑中洗起澡来。可刚洗一会儿,王可名发现水坑里的水竟然渐渐少了,最后彻底干了。他有点着急,看来是什么东西堵住了泉眼。他赶紧穿上衣服,仔细清理坑底的落叶和碎石,可弄了半天,也没有找到泉眼。王可名有些后悔了,更有些后怕。他环顾四周,总觉得有双眼睛在瞪着自己,可除了骆驼,并没有其他动物。

诅咒显灵

王可名急急地逃离那片胡杨林,直到胡杨林已经完全看不见了,他仍然不敢停下来,因为他觉得那双眼睛依然在背后盯着自己,可当他回头张望时,却什么也没有。难道自己真的被诅咒了?

走得累了,他卸下骆驼背上的东西,准备休息一下。可骆驼似乎也感觉到了某种危险,躁动不安地挣脱了王可名的牵绳,跑了起来。

没有了骆驼,王可名十分懊恼,只得自己扛着三个沉重的水囊上路。走了一阵,他突然发现远处的沙丘下有异样的东西,走过去一看,不由得倒吸了一口凉气,正是那匹骆驼,不过已经倒毙在地上了!骆驼的脖子上有伤口,它的血竟然被吸干了!王可名的心头不禁笼罩上了一层阴影。

王可名下意识地回头一看,发现一个黑影一闪身躲到了沙丘后面。真的有东西在跟踪自己!

王可名拔出猎刀,冲着那黑影躲藏的沙丘大叫道:"我不怕你!有种就出来和我决斗!别装神弄鬼的!"沙漠里一片寂静。王可名又大叫了一遍。忽然,一个黑影出现在了沙丘顶部,慢慢地坐了下来,用冷冷的眼神盯着王可名,那竟是一头狼!它比普通的狼要大得多,颈上有一圈白毛。

王可名握刀的手出了汗,在沙漠里被狼跟踪可不是一件好玩的事。

和狼对峙了一阵,双方谁也奈何不了谁。王可名继续赶路,那狼仿佛知道自己已经暴露,也不再躲藏,只是远远地、不紧不慢地跟在后面。

傍晚时分,天气忽然变了。天边黑云翻滚,一场风暴即将来临。就在这时,那头狼登上了沙丘顶部,发出了一声声凄厉的狼嚎。显然,它在召唤同伴。很快,远方就传来了回音,随后,不断有别的狼加入跟踪的队伍,天快黑的时候,狼群已经扩大到十几只了。王可名心里充满了绝望,狼群、沙暴、被吸干血的骆驼,这难道就是那个诅咒?

沙暴来了,漫天黄沙,王可名已经筋疲力尽,但他不敢停下来,狼群还在后面不紧不慢地跟着。更让他吃惊的是,狼群的后面隐隐约约多了很多东西。这些东西远比狼还要大,却都不紧不慢地跟着自己。王可名神经紧张,几乎要崩溃了!

突然,一个白色的身影挡住了王可名的去路。红了眼的王可名拔出猎刀,踉踉跄跄地扑了上去。刚扑到白影跟前,他的脑袋就被猛击一下,随即一头栽倒在地。

神秘老人

王可名醒来的时候,发觉自己躺在一间石屋里,身旁是一个穿白色长袍的老人。

老人见王可名醒了，高兴地笑了："你醒了？刚才我见你神智不清，只好先把你打晕，拖到这里来。你那样在沙暴里乱闯，是死路一条。"王可名疑惑地问："这是什么地方？"老人说："这是一座废弃的古城堡，穿越沙漠的人常在这里躲避风暴。"

王可名向老人道谢，他口渴得厉害，发现自己的东西放在石屋一角，便摇摇晃晃地站起来，拿起水囊喝水。

老人突然问道："我发现你带了三囊水，我想知道你的水是从哪里来的？"王可名不敢隐瞒，结结巴巴地把泉水的事说了。老人气得直喘气："作孽呀！难怪那些东西要跟踪你，你受到诅咒了！你自己去窗边看看吧！"王可名凑到窗边一看，吓得一屁股坐到了地上！

外面的风暴已经停息了，但黑暗中有无数绿莹莹的眼睛瞪视着王可名！整个石屋，已经被这些怀着敌意的眼睛包围了！这是些什么怪物？它们为什么要跟踪自己？王可名用眼神向老人询问，老人却瞪了他一眼，不屑地扭过头去。

天亮了，王可名小心翼翼地凑到窗前一看，尽管有心理准备，但外面的情景还是让他大吃一惊！原来外面蹲伏着数百头大大小小的动物，有狐狸、黄羊、狼，还有比狼大得多的野骆驼，很显然，它们都是冲着王可名来的。王可名不敢走出石屋，只得向老人求援。老人叹了口气，说："现在我们唯有试一试了！你提上那三个水囊跟我来！"

王可名提上水囊，战战兢兢地跟着老人出了屋。外面的动物一见他们出来，"呼啦"一下全站了起来，虎视眈眈地盯着王可名，直看得他腿肚子发软。

老人用手在地上掏了一个坑，然后将王可名随身带的一块塑料布铺在了坑里，默默地祷告了片刻，对王可名说："快，把水都倒进坑里！"

王可名不知老人葫芦里卖的什么药，但他只能照办。他将两个水囊里的水都倒进了坑里，每一次，老人都要他保持好倒水的姿势，让最后几滴水滴进坑里，似乎是想让动物们看见，他们没有留下一滴水。

只剩下最后一囊水了，王可名犹豫地说："咱们要不要给自己留下一点水？"老人瞪了他一眼："不行！一滴不剩地倒进去！"

倒完了最后一囊水，两人退回了石屋。只见那些动物"呼啦"一下，就围到了水坑边。老人催促道："拿上你的东西，快走！"王可名跟着老人走出了石屋，幸运的是，那些动物似乎完全被水吸引了，并没有跟来。

生命之泉

走了一段，王可名看看方向，疑惑地问："这不是往回走吗？"老人气呼呼地说："当然是往回走，你做错了事，难道不应该悔过自新吗？"

两人回到了那片胡杨林。林中那个水坑已经完全干涸了。老人先闭目祷告了一阵，又俯下身子，用手扒开厚厚的落叶和沙子，用鼻子嗅着什么，王可名好奇地问他找什么，老人说："找水。咱们必须把那眼泉水重新找出来，才能赎清你的罪过，解除对你的诅咒。"

王可名一听，也趴在地上寻找起来。可两人忙活了好一阵，将坑底清理了一遍，还向下挖了一些，还是没找到泉眼！

突然，王可名惊恐地叫了一声："它们又来了！"原来那些动物不知什么时候又跟了上来，包围了胡杨林！老人突然神情激动，嘴里念念有词，边喊边不停地用力向沙坑磕头，他的脑袋上沾满了沙子，被碎石磕得鲜血淋漓。王可名被他疯狂的举动吓坏了，想拉他起来，但被他推开了。

突然，老人抬起了头，目不转睛地盯着坑底，王可名凑上去一看，不由得惊喜万分,那坑底竟然出现了一个小小的泉眼,水往外冒着,不一会儿,坑底就已积了一摊水!

王可名渐渐明白了,其实刚才要是再往下掏那么一点点,就找着泉眼了,老人刚才那么一磕头,硬是把泉眼给"撞"了出来!

水坑里的水渐渐满了起来,但快到水坑边缘的时候,就不再上涨。老人拉着王可名,躲到了一棵大树后。只见那些动物慢慢地走近了水坑。

最先到坑边饮水的是狼。它们喝完了水,就快步离去,对近在咫尺、唾手可得的猎物连看也不看一眼。然后才是其他食草动物,它们绝不拥挤争抢,一拨一拨上去,仿佛是早有默契。看来,在这眼泉水周围,有某种潜规则在起着作用。

王可名被眼前的这一幕深深地感动了!他突然明白,这眼小小的泉水,是这片沙漠中动物的生命之泉啊!千百年来,沙漠里的动物和这眼泉水保持着这种依存关系,而昨天,自己却为图一时之快,差点毁了这一带的生灵!也许动物们认为自己带走了泉水,才会一路锲而不舍地跟踪;也许因为干渴难忍,狼才会吸干骆驼的血。而树上那条所谓的咒语,只是警告过往的旅客不要因贪婪而毁了这一带的生灵!

看见泉眼恢复了,老人松了口气,他告诉王可名,他就住在这片沙漠边缘。多年来,他都保持着一个习惯,就是每年都要来看看这眼泉水。只有看到泉水流淌,他才有信心继续在这片沙漠里生活下去……

临走时,王可名又仔细看了看树上的咒语,怀着虔诚的心情,他向泉水深深地鞠了一躬。这一次,他只带走了一个水囊的水。

(川 子)

(题图:谭海彦)

生死假期

迪厅奇遇

高明飞是大学三年级的学生,今年二十一岁,长得又高又壮,是个胆大机敏,充满冒险精神的小伙子。去年假期,他跟几个朋友去攀岩,虽然差点摔下来,但那种惊险和刺激让他激动不已,至今难忘。

明天学校就要放假了,晚上闲来无事,高明飞就一个人上街闲逛,走着走着来到了一家名叫"黑森林"的迪厅。这个另类的名字,立刻引起了他的兴趣,便迈步走了进去。迪厅里面的客人不多,但气氛很好,都是些年轻男女,在舞池里尽情地扭动着身体。高明飞没有跳舞的心情,就在门边的一个角落里坐下自顾喝酒。

迪厅里灯光忽明忽暗,高明飞坐的位置很隐蔽,几乎没人注意到这儿还有人。在响亮铿锵的鼓点中,高明飞看见一个人匆匆离开舞池,朝门口走去,在推门离去时,他顺手一甩,一团黑东西恰好落到离高明飞不远的桌子下面，同时有一张巴掌大的纸片，晃晃悠悠地飘落在高明飞面前。

开始，高明飞也没当回事，他正在寻思去哪里度假呢。可是就在这时，一束强光扫过那张纸，高明飞依稀看见，上面竟然像是一幅手工绘制的地图。他马上想到刚才离开的那个人，衣着古怪，染着黄色的长发，看上去像个痞子，他手上怎么会有这种东西？高明飞不由得好奇，便弯下腰捡起纸片。地图上的地势蜿蜒曲折，好像挺复杂，迪厅的光线昏暗，一时间也看不清楚，他就顺手揣进了口袋。

高明飞正想去看看那包被扔掉的黑东西。突然，震耳的音乐戛然而止，所有的灯光亮了起来。舞池里的人们都停了下来，面面相觑，不知道发生了什么事。

正在猜疑之间，只见两个大汉急匆匆地冲进来，守住了门口，还有几个人走上了舞台，其中一个满脸横肉的大汉咬牙切齿，一副愤怒的样子。在他前面，是一个西装革履的中年人，面色阴沉、目露凶光，让人见了不由发冷。在他俩身后，还跟着几个凶神恶煞一般的大汉。

穿西装的中年人拿过麦克风，用低沉的声音说："不好意思，耽误各位的雅兴了。我是这儿的老板，认识我的人都叫我'刀哥'。"

一听说刀哥，人群中一阵骚动，大家都小声议论起来。高明飞也兴奋起来，他早就听说过刀哥这个名字，据说此人十三岁就出来混了，是个心狠手辣、翻脸无情的角色，现在更是黑道上无人敢惹的煞星。

只见刀哥回身拍了拍那个怒气冲冲的大汉，冷冷地说："我的兄弟刚才进门的时候，不小心把钱包丢了，里面的钱是小意思，尽管拿走，但钱包却有点重要意义，所以我们一定要拿回来。我可以向各位保证，只要拿回钱包，我绝不再追究，为了表示我的诚意，现在我让人把灯关了,谁拿了钱包,把它扔在地上就行。"

难道,刚才的痦子是个小偷?他偷了大汉的钱包后,拿走了钱却扔掉了钱包?高明飞急忙低头朝那张桌子下面看去,可那里空荡荡的什么也没有。这时,刀哥的一个手下正准备跑去关灯,一个把守大门的大汉突然叫了起来:"刀哥,钱包在这儿。"

原来,舞池里的人们回到座位时,不知是谁无意中将钱包踢到了空地上。那大汉跑过去捡起钱包双手递给刀哥,刀哥忙打开翻了翻,突然暴怒起来,狠狠地将钱包摔在地上,大吼起来:"东西不见了,三郎,你们给我搜,一个都别放过!"

说着,刀哥骂骂咧咧地带人冲下舞台,场面顿时一片混乱。高明飞心头火起,大声抗议道:"凭什么搜我们?这是侵犯人权,犯法的!"其他人也纷纷附和。

可是,那些四肢发达、头脑简单的打手才不管这些,竟然强行进行搜身。高明飞知道跟刀哥这种人,是无法讲理的。于是他不再叫喊,而是迅速转动脑子,他想那个小偷应该只是拿走了钱,钱包里除了那张地图,其他的东西都还在。一张地图值得刀哥如此大动肝火?莫非里面有什么见不得人的秘密?

这么一想,高明飞激动起来,他决心不交出地图。

这时,那帮家伙已经搜了过来,高明飞觉得地图藏在身上的任何地方,都会被搜出来,这可怎么办呢?

高明飞把心一横,决心豁出去了,即使挨顿揍,也得打电话报警。可当他掏出手机刚要拨号时,又不由灵机一动。他把手机放在桌下,借着身体的掩护,悄悄地卸下了手机的电池,把地图折成小块塞了进去,再迅速扣上手机盖。完成这一切后,他才长出了一口气。

不久,警察也赶来了,有人偷偷发送手机短信报了警,警察带走了刀哥等人。不过,大家也没有心思蹦迪了,纷纷咒骂着离开了迪厅。

高明飞回到自己租住的房间,从手机中取出地图仔细察看,原来,这是本省一个偏远山区的地图,其中的一个地方,还用红笔标出了记号。高明飞断定,这张地图里面一定包含着一个大秘密,所以刀哥才不惜代价也要拿回去。可是,这个秘密是什么呢?

高明飞兴奋得一夜没睡,他知道这个假期该怎么过了。他决定要去寻找这地图上神秘的地方,他想,或许可以凭着自己的机敏破获一个惊天大案呢,这样的冒险机会简直是可遇而不可求啊。

当然高明飞不是一个鲁莽的人,为了稳妥起见,他将地图扫描进电脑,写了一封关于整件事情经过的电子邮件,然后设置成自动发信。万一自己出了什么意外,十天后,这封信就会自动发送到一个同学的邮箱。他又把地图复印了一份,原件藏在床下,自己则带着复印件,收拾好行囊,然后怀着激动而又忐忑的心,踏上了行程。

深山探险

高明飞按着地图,顺利地来到了那片山区,可越走下去路越窄,人烟越稀少,到了最后,连手机都没有了信号,也找不到任何交通工具,只能靠着双腿步行。

高明飞一边按照地图指引的方向前行,一边拿着指南针校正前进的方向。走到后来,山里已经找不到路了,他只能艰难地在茅草荆棘中跋涉,累得筋疲力尽,衣服裤子也都刮破了。这些困难,都是高明飞出发前没有想到的,可是开弓没有回头箭,现在要是退回去,连自己都会瞧不起自己的。于是他咬着牙，坚持走下去。

这张地图里到底藏着什么秘密呢？高明飞边走边猜测，突然，他想起不久前看到的一则新闻，说这一带发现了金矿。莫非是有人发现了矿藏，在偷偷开采吗？这可是违法的啊，要真是这样，自己单枪匹马将此事大白于天下，该是多么刺激的一件事呀！想到这里，高明飞又劲头十足起来。

高明飞在树林里钻了大半天，终于来到一座大山脚下。这座山脉由南向北，然后以半圆形又向南延伸出去。按地图上面的标记，翻过这座山，就应该到达目的地了。高明飞不由兴奋起来。不过，他又想，如果真的有人在偷开金矿，肯定会有人把守，一旦被人发现，身上的地图会暴露他的目的。他想了想，找了个隐蔽的地方，从包里拿出水果刀，把地图用塑胶袋封好，埋了起来，上面做了记号。

此时太阳已经落山，阵阵雾气弥漫开来，山里不时传来野兽的嚎叫声。高明飞不由加快了脚步，在经过一片稀疏的林区时，他看到前面有个小山村，但周围静悄悄的，并没有他想象的采矿迹象。

高明飞决定先到村里借宿一夜，趁机打听一下情况。不料这时，突然听到"砰"的一声枪响，他身旁的一个枝桠被枪击中，掉在了地上。

高明飞惊得慌忙钻进林子，拼命朝前奔跑。

此时，天色已经完全暗了下来，黑暗中他不知道开枪人在哪里，更不知道隐藏着什么样的危险，他什么都顾不得了，气喘吁吁地奔到一间屋子前，想都没想就一头冲了进去。

屋子里有个五十来岁的男人正在吃饭，见有人冲进来，不由得一愣。高明飞连忙大声说："大叔，救我，有人要杀我！"

那个男人惊疑不定地上下打量高明飞，好半天，才露出一丝奇怪的笑意,说:"有人要杀你?为什么?你是什么人?"说着,他向外面望了一眼。

这男人的表情让高明飞心里一震,他这才意识到,自己身处险地,这个男人看上去像个老实巴交的农民,可谁知道他和开枪的人是不是一伙呢?

高明飞心里这么想着,嘴上却说着早就编好的理由:"我是大学生,趁着假期出来玩的,没想到在这儿迷了路,我也不知道为啥有人开枪打我。"

男人皱了皱眉头,刚要开口,这时,外面传来了喊声:"老江子,有个人跑到这边来了,你看到他了吗?"

高明飞回头一看,只见一个满脸杀气的汉子,提着一支步枪正大步走来。他吓坏了,求救似的看着老江子。老江子犹豫了一下,迎了出去,拦住那人,一面嘀嘀咕咕说着什么,一面不住地回身指着屋里。

过了一会儿,那汉子绷着脸进了屋,阴森森地瞪了高明飞一眼,挤出一声冷笑:"迷路了?算你幸运,没挨着枪子,我还以为是什么牲口呢。"那人说罢,把枪往背上一背扬长而去。

老江子叹了口气说:"这个大虎,打猎也不看清楚,这要是一枪打中了你,你可死得够冤枉的。没事了,你赶紧走吧。"

高明飞觉得,老江子说这话的时候,表情十分怪异,分明是在帮大虎撒谎。自己当然不能揭穿他,但又不甘心就这么离开,就想着找什么借口留下来,继续寻找谜底。

突然,高明飞感到小腿一阵疼痛,低头一看,原来是被荆棘划开了一个大口子,刚才光顾紧张了,没感觉出来,如今却火辣辣地疼。高明飞抚着伤腿,叫道:"哎哟,大叔,我受伤了,天色又这么晚,您就让我在这儿住一宿吧!"

老江子脸色一变,断然说道:"不行,我这儿又不是旅馆,你赶紧走!"

没想到他会这么说,高明飞倒是一愣,他低头挽起裤腿,见伤口又深又长,赶紧从背包里拿出纱布包了起来。做完这一切,他站起身来,装作一个踉跄差点摔倒,然后痛苦地说:"大叔,我的腿疼得厉害,走不出这山了。您行行好,让我住下来吧,等伤一好我就走,我会给您钱的。"

老江子脸色木然,也不知道在想些什么,过了好半天才叹口气说:"你的腿确实不适合再走路了,唉,那你就留下来吧。"

神秘山村

老江子虽然把高明飞留了下来,但态度依然冷冰冰的,高明飞几次想借聊天从他嘴里探听一些消息,但老江子都不理他。

吃过晚饭,高明飞就躺下了。这几天他跋山涉水,早已经疲惫不堪,但回想起刚才的事情,却怎么也睡不着。半夜的时候,他听到身边的老江子爬起身来,轻轻地喊他,高明飞觉得不对劲,就闭着眼睛,还故意打出呼噜声。

老江子悄悄下了床,随后传来一阵拉拉链的声音。高明飞偷偷把眼睛睁开一条缝,看到老江子拿着手电筒,正在翻自己的背包,接着又搜查自己的衣服口袋。高明飞暗暗庆幸,多亏了早有防范,将地图藏了起来。

老江子的行为,更让高明飞心里疑虑重重,直到快天亮时,他才迷迷糊糊地睡着。

第二天,高明飞醒来时,发现老江子已经不在屋里了。他信步来到厨房,发现厨房旁边有扇门,里面隐隐传来说话声。高明飞刚想走进去,却见老江子从里面出来。

看到他,老江子愣了一下,随即手忙脚乱地关上门,用一把大锁锁好,勉强笑着说:"我女儿住在这里,不过,她精神不好,见人又咬又打的,所以只好把她锁在里面。走走走,咱们吃饭去。"

可能是从高明飞身上,没发现什么值得怀疑的东西,老江子比昨天明显热情了一些。吃过早饭,他叫高明飞跟他一起去地里。高明飞心里明白,他是不想让自己一个人呆在家里,在厨房后面的那扇门里,一定藏着什么秘密。

高明飞一瘸一拐地跟着老江子出了门,来到地里时,已经有几个人在干活了。这些村民看到高明飞,都隐隐露出些敌意。

正在这时,有两个人说笑着抬着一只山鹿从山上下来,两人看到高明飞,不约而同停下了脚步,大声喝问:"你是什么人?为什么在这里?"

老江子急忙上前说:"是个迷路的大学生,腿受伤了,伤好了就会离开这儿。"

那两人怀疑地互相看了一眼,抬着山鹿走了。高明飞瞪大了眼睛,想了想,似乎明白了什么。

高明飞想,这里是大山深处,人迹罕至,更是政府难以管理的地方。于是,山里的各种野生动物就成了村民们捕猎的对象,而那个刀哥,肯定就是这些野生动物的买家。为了防止在深山里迷路,刀哥特意绘制了那份地图。没想到地图丢了,他们担心事情被人发现,所以才会那么紧张……

高明飞的脑子里飞速转过这些念头,表面上却不露声色。老江子打着哈哈说:"大学生,你看到了,我们这儿的人,本来就靠打猎赚两个零花钱，不这样，我们活不下去啊，你……你不会说出去吧？"

高明飞连忙说："不会，不会。"老江子仔细看着高明飞，说："其实，这不算什么，就是有几头鹿，没啥珍贵的保护动物。再说了，这深山老林的，就算有人报警，也不会有人来管的。"

高明飞明白，老江子说这番话，是想提醒自己，就算他出去后报了警，警察也不会管这件事。他一边随口敷衍着老江子，一边却在想：既然秘密已经识破了，再呆下去也没什么必要，还是明天就离开吧。

当天晚上，高明飞还是睡在老江子的床上，这回他睡得很沉，直到半夜，被尿憋醒，才爬起身来，找到手电来到门外。当高明飞转身准备回屋时，突然听到一个女人的哭泣声，声音不大，却悲怆凄苦，好像有着无穷的委屈，在这寂静的夜里，听来分外凄楚。

声音是从厨房里面传出来的，高明飞想起老江子说过，他那精神不好的女儿，就住在里面。高明飞起了好奇心，便悄悄来到厨房那扇门前。门板的做工十分粗糙，有很多缝隙，高明飞用手电对着门照过去，只见一个女孩子坐在床上，见光线照进来，她惊慌地叫了声："谁？"

高明飞看清楚了，这女孩虽然满是泪水，却遮不住一脸的清秀之气，身上完全是城里女孩的时尚打扮。她双手垂在身前，却被绳子牢牢地绑在一起。

见此情景，高明飞疑心顿起：这个女孩根本不像山里人，她怎么会是老江子的女儿？再说，就算女儿精神不好，做父亲的怎么会绑住自己的女儿呢？除非她是被老江子绑架的。

这么一想，高明飞心里顿时腾起一股怒火，真没想到，老江子原来是这种人。他随即小声对女孩说："你等我，我来救你。"说着，便想找家伙撬开门锁，却听身后突然传来老江子愤怒的声音："半夜三更你不睡觉,想干什么?"

高明飞见自己被发现了,不由大吃一惊。但事到如今,他索性横下一条心,转过身来,大声吼道:"我要是睡觉,还能看到你犯下的罪行吗?你这是非法绑架啊!"

老江子瞪着他,眼里喷出火来:"谁说我绑架她?她是我女儿,她有病,我这也是没办法。"

高明飞还是不信,老江子气得直喘粗气,霍地从口袋里掏出钥匙,把门打开冲进屋里,指着高明飞对女孩说:"玲玲,你告诉他,是不是因为你有病,我才把你关起来的?哭哭哭,你早晚得把所有人都给害死。"

玲玲有些激动,她看了看高明飞,又看了看老江子,然后气愤地说:"爸爸,我有病,我病得还不轻呢,你干脆弄死我得了,你能绑我一天,还能绑着我一辈子吗?"

高明飞愣了,虽然他不明白玲玲说的是什么意思,但那种语气,清清楚楚说明了她就是老江子的女儿。高明飞有些尴尬,不好意思地说:"大叔,抱歉,我还以为……"老江子沉着脸一把将他推出门去。

第二天,天刚放亮,老江子就把高明飞送出村子,给他指了一条小路,说:"大学生,山里的生活你不懂,就别瞎琢磨了,赶紧回城里过你的快活日子吧。"

老江子表情茫然地望着高明飞离去,直到高明飞走出老远,他还像根木头似的站在那里。高明飞呢,在走出老江子视线后,绕了个圈,来到自己埋藏东西的地方,取出了地图。

其实,高明飞根本就没打算回去,他越想越觉得事情奇怪,老江子为什么要说玲玲"你早晚得把所有人都给害死"?他这话的意思,是不是暗示女儿别乱说话?而玲玲看来也有所顾虑,所以,没有透露任何信息给自己。

高明飞百思不得其解，不过可以确定一点，这个小山村里，绝非非法狩猎那么简单，一定有着什么惊天的大秘密。而自己似乎已经越来越接近真相了。于是，高明飞决定等到夜里，悄悄潜回去把玲玲救出来，从她嘴里就可以知道全部的秘密了。

落入魔掌

高明飞在山里躲了一天，赶到老江子家时，已是深夜。屋里静悄悄的，估计老江子已经睡着了。他知道关押玲玲的屋子有个破木板钉成的窗户，只要悄悄用水果刀把木板拆了，就可以神不知鬼不觉地带走她。于是，他绕到屋后，趴在木板上小声喊道："玲玲，我是来救你的。"

屋里没人回答，高明飞觉得有些奇怪：难道玲玲睡得这么死吗？他正准备再喊一遍，突然听到身后有动静，没等他反应过来，手上的水果刀已经被人夺去。他回头一看，不由惊呆了。面前站着的除了那个开枪打他的大虎和老江子，居然还有四个人：刀哥、三郎，还有另外两个保镖模样的打手。

刀哥阴沉着脸，对老江子说："你不是跟我说，这小子肯定不会有问题的吗？"

老江子脸涨得通红，一个劲地点头，也不敢回嘴。高明飞被推进屋里，三郎马上动手对他全身搜了一遍，幸亏高明飞将地图塞进了鞋里，没有被他发现。

见没搜出可疑的东西，刀哥恶狠狠地说："天堂有路你不走，偏偏又赶回来送死。说，你到底是什么人？为什么到这儿来？"

高明飞知道,无论如何不能说出真相,便说:"我就是迷路误闯进来的,我看老江子非法关押个女孩,所以想救她走。"

老江子说:"刀哥,我搜过他的包,没发现什么特别的东西,估计他只是迷路的人。"

刀哥突然一抬手,"啪"的一下扇了老江子一记耳光,恶狠狠地骂道:"都是你惹的祸,你要是听大虎的话,管他看没看到什么,早把他干掉,哪会有今天的事情?滚,去挖个大坑,一会儿就把这小子埋了。至于你女儿的事,我慢慢再和你算账!"

高明飞惊呆了,在这天高皇帝远的地方,真把自己埋了也没人知道啊!这么一想,他恐惧地大叫一声,转身想逃。三郎骂了一声,挥起枪托狠狠地砸在他的头上,高明飞只觉得天旋地转,晕了过去。

不知道过了多久,高明飞被肩上一阵钻心的疼痛痛醒。睁眼一看,见玲玲趴在自己身边,拼命咬自己的肩膀。高明飞惊得滚到一旁,这才发现自己的双手被紧紧绑着。

没等高明飞发问,玲玲焦急地小声说:"我怎么叫你也不醒,我的手又被绑着不能动,只好用嘴咬你了,他们要活埋你,你快想办法逃吧。"

玲玲的话刚说完,屋外"哈哈哈"传来大虎的狂笑:"老子守在这儿呢,就算给这小子解开绳子,他还能逃到哪去?就乖乖地等死吧。"

高明飞知道,这次恐怕是在劫难逃了,他索性豁出去了,不过死之前,他想先把心里的疑问弄清楚,于是他问玲玲:"你爸爸为什么要把你绑起来?你知道了什么秘密?"

玲玲叹息一声,把事情原原本本说了一遍:原来,玲玲的母亲早逝,老江子为了让女儿能够接受教育,在她九岁的时候,就把她送到山外的亲戚家读书。几天前,玲玲放暑假回家,一次上山去玩,无意中在山里隐秘之处，发现那儿种植了大片罂粟。她惊呆了，因为这是违法的。同时，她也明白了，为什么家里这么穷，爸爸却能供得起她念大学，原来，他在干这种罪恶勾当。玲玲想劝老江子悬崖勒马，老江子却说，他是为了让她读书才这么做的，再说，跟刀哥这样的人合作，不是说不干就可以不干的。

玲玲劝不动爸爸，就跟他大吵起来，并且威胁说她要报警。这一切被赶来的大虎听到了，大虎担心事情败露，便命令老江子妥善处理此事。老江子也害怕玲玲真的报警，那样，所有的村民都将受到法律的惩罚，没办法，只好把玲玲软禁起来。

高明飞不由苦笑起来，自己还以为是什么金矿、什么野生动物呢，原来是罂粟。那天，大虎一定是以为他发现了罂粟，才开枪想要灭口的。现在，他终于全知道了，这地图果然藏着大秘密，可现在知道这些又有什么用呢？

"哈哈哈！"外面又传来大虎的冷笑，"说吧，尽管说吧，反正你小子也是快死的人了，就让这些秘密陪着你进棺材吧！"就在这时，刀哥带人进来了，大虎上前一把揪起高明飞，冷笑着说："小子，你该上路了。"

玲玲大声喊道："你们这是犯法，你们不能这么做……放了他……"

没等她说完，刀哥恶狠狠地骂道："你还是想想你自己吧，这时候还敢替别人操心？"说着一指玲玲，"把她也给我带去，让她看看反对我会是什么下场！"

高明飞被带到一个挖好的坑旁，清冷的月光，照在老江子满头大汗的脸上，他凑到高明飞身边，小声说："对不起，是我害了你，你做鬼也别来找我算账啊……"他的声音越来越低，可没等他说完，大虎就一把推开他，冷笑道："跟一个快死的人，哪有那么多话可说的？"

老江子还要往高明飞身旁凑,刀哥大喝一声:"老江子你不动手,还等什么?"老江子哆哆嗦嗦地拿起铁锹,嘴里却哀求说:"刀哥,可千万别滥杀无辜啊,你们刚才也搜过他的身,他真是个迷路的学生,咱们就是想赚点钱,又不是土匪,可不能沾上人命啊!刀哥……"说着,老江子朝刀哥跪了下去。

刀哥鄙视地看着老江子,狞笑着说:"就算我改变主意,现在也都晚了,你的宝贝女儿把什么都跟他说了,你说我能放过他吗?"

玲玲突然挣脱了身边的人,冲到刀哥面前,也"扑通"跪在地上,满脸泪水哀求说:"都是我的错,求求您放过他吧!我们不会把这里的事说出去的。您要是不相信,我可以不再上学。我本来就是这大山里的孩子,不该去见识外面的花花世界,以后我再也不离开这里半步。求求您了!求求您了!"说着,给刀哥磕起头来。

突然,一个打手"咦"了一声,弯腰捡起一样东西,用力一扯,竟扯起一溜浮土,一根长长的塑料管子被他从坑底拉了上来。刀哥吃了一惊,凶狠地瞪着老江子,骂道:"你埋这根管子干什么?是想给这小子呼吸用的吗?"

老江子吓得面无血色,小声哀求道:"刀哥,我、我只是不想杀人啊,你……大人有大量放过他吧……"

刀哥抬腿一脚将老江子踹开,怒吼道:"你好大的胆子,要不是看你是种大烟的好手,现在我就宰了你。"他又指着玲玲对老江子说,"我对你已经格外开恩,她要不是你的女儿,早死了八遍了。现在,我要让她亲眼看着这小子死,记住这个血的教训,以后再想胡说八道时,就先想想。"

说着,刀哥慢慢地拔出手枪,把枪顶在高明飞的脑袋上:"小子,这不能怪我，要怪就怪你自己吧，下次投胎转世，千万不要再迷路了。"

就在刀哥要扣动扳机的瞬间，玲玲忽然大喊："你不是人，你是畜生。"接着，她猛地从地上跃起，一头撞在刀哥身上。刀哥没有防备，被撞得连连退了几步，仰面倒了下去。大虎连忙冲上前，一脚把玲玲踹倒。

刀哥爬起身来，目露凶光，二话不说，冲着玲玲"砰"的一枪，玲玲的额头出现一个血洞，"扑通"一声栽倒在挖好的坑里。

绝处求生

老江子惊呆了，半天才发出一声撕心裂肺的惨叫，他跳进坑里，搂着玲玲的尸体痛哭失声，边哭边说："孩子，是爸爸对不起你！爸爸是真想让你过上正常人的生活，可是我没有钱供你读书，没有钱给你买漂亮的衣服，我什么都没有啊。我本想用我的命换来你的好日子，可、可没想到反而害了你呀……"老江子哭诉着猛地抬起头，冲着刀哥大喊一声，"我跟你拼了，王八蛋！"

可老江子刚爬上坑，就被气势汹汹的刀哥一脚又踹了下去，他摔倒在坑里，脑袋撞在坑角上，挣扎了几下就不动了。

刀哥骂道："就你也配和我拼？既然你们都不想活了，我就成全你们。"说着，他上前一脚将高明飞踹下土坑，冷笑道，"坑虽然浅了点，埋三个人没问题，尝尝被活埋的滋味吧。"

大虎他们便拿起铁锹开始填土。在这巨大的恐惧下，高明飞脑子里突然灵光一闪，大喊道："刀哥，你知道我是怎么来到这儿的？告诉你，是我捡到了你们的地图。你不是担心地图会泄漏出去，暴露这儿的位置吗？那你就先放了我。"

刀哥愣住了，随即命人把高明飞拉出土坑，问道："地图在哪里？还有谁知道这张地图的事？"

高明飞大声说："你把老江子放了，我就告诉你。"

刀哥狞笑道："胆子不小啊，敢跟我讨价还价？我让你尝尝我的手段，我就不信你敢不说出来。三郎，你先把那个老不死的埋了。"说罢，他和大虎几个押着高明飞回屋去了。

到了屋里，高明飞知道，如果不说出点东西来，自己就会遭受皮肉之苦。他强压下悲愤，一股脑儿地把捡到地图的经过说了一遍。大虎从他鞋里搜出地图交给刀哥。刀哥扫了一眼，突然抡起一张小板凳朝高明飞的头上砸去，鲜血立刻流了下来。刀哥用地图在高明飞的脸上一抹，眨眼间，地图变成了可怖的血色。

刀哥看了眼地图，阴森森地说："为什么是复印件？原件在哪里？还有谁知道这件事？"

"原件在我家的床下，如果我死了，就会有人将原件送给警察。你可以去我家，将原件先拿到手，"高明飞装作害怕的样子继续说，"这件事我没告诉别人，不过，我在电子邮箱里设了一封自动发信，里面也有地图扫描件，再有几天如果我还没回去，这封信就会自动发给我的同学，警察也就会知道这里的一切。"

刀哥瞪了高明飞一会儿，说："你家的地址、电子邮箱和密码，要是敢骗我，我会让你死得很难看。"

这样，正中高明飞的下怀，他的目的就是要拖延时间，虽然他不知道自己还有没有生还的机会，但现在首要的是先保住命。于是，高明飞爽快地写下了这一切，不过，他却编了个假的电子邮箱名，他想只要找不到那封预设的信，刀哥肯定不敢杀他。

刀哥拿了高明飞写的东西，派了一个手下连夜出山去处理事情。

之后，刀哥就走了，留下大虎和三郎看守高明飞。高明飞手脚被绑着，像只待宰的羔羊，被扔在墙角落里。此时，高明飞是又悔又恨，没想到这次冒险会送掉自己的小命！

一天过去了，高明飞正想着如何逃出虎口，刀哥怒气冲冲地冲进屋里，二话没说，就对他一阵拳打脚踢。高明飞知道，肯定是假邮箱的事情被发现了，便大喊道："别打、别打，我告诉你真正的邮箱……"

刀哥像没听见一样，继续踢打他，直到打累了，才拔出匕首，贴在高明飞的脸上，说："这次你再敢骗我，我就用刀把你身上的肉一块一块割下来喂狗。"

高明飞知道，一旦刀哥取消了那封邮件，自己的死期也就到了，所以，他一边表示保证不敢再骗刀哥，一边又写了一个假邮箱给刀哥。

刀哥走后，高明飞想下次刀哥再来，肯定不会放过他了，说不定这个恶魔真的会割了他的肉喂狗。这么一想，高明飞不由打了个寒噤，决定逃出去。

这时，大虎和三郎在厨房喝酒，门关着，高明飞做什么那两个人都看不见，正是逃走的好机会。但他的手脚都被绑住了，没法挣脱。情急之下，高明飞突然想到曾经玩过的解绳扣游戏，于是他两只脚轮番用力前蹬，想将绳扣弄松，可是只蹬了一会儿，他的脚踝就磨破了。但求生的渴求让他咬紧牙关坚持，大约过了二十多分钟，脚踝已经鲜血淋漓，幸好绳子一点点松了下来，他用一只脚蹬掉另一只脚上的鞋，然后把那只脚拉出绳扣。他成功了。

高明飞记得自己被抓的时候，窗子上撬开的那个洞没被封上，便小心翼翼地爬出破洞，轻手轻脚刚跑出了几步，突然听到一声大喝："什么人?站住。"

此时天已大亮,高明飞吓得一激灵,抬头一看,原来是一个早起的村民,正戒备地看着他。村民的喊声惊动了大虎和三郎,两人冲了出来,高明飞双手被反绑在背后,根本就跑不快,很快就被大虎追上一把揪住。

高明飞差点气炸了肺,人都说村民朴实,可这儿的人咋都是刀哥的帮凶呢?他一边挣扎着,一边冲那个村民大喊:"他们是罪犯,你帮他们就是同谋……老江子被他们活埋了,玲玲也被他们杀了,早晚也得轮到你们……"

下午的时候,刀哥又来了,他冲高明飞"嘿嘿"冷笑着说:"小子,你到底又骗了我一次,不过不要紧,我不再需要你了,你的邮件已经被取消了。"

高明飞听了,吃惊地瞪大了眼睛,心说:这怎么可能啊?

这时,一个大汉得意地补充说:"我们找到了你的同学,骗他说出了你的邮箱,然后找电脑高手破解了你的密码。小子,你的死期到了。"

高明飞彻底傻了,他还是低估了刀哥,没想到他能想出这样的办法。

柳暗花明

刀哥等人推着高明飞走出了屋子,就在高明飞以为自己必死无疑的时候,突然听到一声大喝:"刀哥,你不能再杀人了。"

随着这个声音,七八个村民迎面跑来,他们的手里都拿着棍棒斧头等武器,一个个面露敌意,拦住了刀哥一行人的去路。刀哥停下脚步,大喝道:"你们要干什么?想造反呀?别忘了,我是你们的财神爷。"

一个村民大声喝问:"他说你活埋了老江子,杀了玲玲,是不是真的?"

刀哥狞笑道："是又怎么样？他们胆敢背叛我，死有余辜，你们要是敢背叛我，也会是一样的下场。"说着，他一挥手，三郎等人不约而同拔出手枪，对准那些村民。

村民们你望着我，我望着你，突然，一个村民愤怒地喊道："老江子那么好的人，你都忍心杀他，你还是人吗？玲玲还是个二十来岁的女孩啊，你们怎么能下得了手？我们为了生活，昧着良心帮你种罂粟，但绝不能看着你作孽杀人！你放了他。"

"放了他？让他出去举报我们吗？别忘了，罂粟是你们种的，你们也是犯法的，我们是一根绳子上的蚂蚱，出了事谁也跑不了。"刀哥嘴里叫嚷着，举起手里的枪，"这个人我一定要杀，你们要是不想活，就跟他一起上路吧！"

高明飞紧张地看着这一切，他不想死，他希望村民们能坚持到底，救他出去。可是，他也害怕刀哥真的下令开枪，那些村民就完了……

就在双方一触即发的瞬间，只听得后面传来一声大喊："不许动，放下武器，我们是警察。"

所有的人都惊呆了，只见大批荷枪实弹的警察出现在眼前，黑洞洞的枪口对着刀哥他们。刀哥见势不妙，第一个扔下枪举起双手。

这时，只见一个浑身泥土的人冲了出来，在所有人还没反应过来前，他已经冲到刀哥身前，一把揪住刀哥的衣领。刀哥定睛一看，吓得七魂丢了六魄，一边拼命挣扎，一边大叫："老江子，你、你死了也别来找我啊……"

眼前的这人，竟然是被活埋了的老江子。

老江子疯狂地大笑起来，边笑边说："你以为我死了吗？我死了，我女儿的仇谁来报？！"老江子的笑声又变成了呜咽，"我怎么那么蠢，蠢得居然跟你这样的禽兽合作？你想埋掉高明飞，我没办法，又不能眼睁睁看着他死，就埋了根管子准备让他借此保命，却被你们发现了，就对我下毒手。幸好我挖坑的时候，挖出一个老鼠洞，这个鼠洞直通地面，所以才救了我。天意啊，是老天要我来为女儿报仇，惩罚你们这帮恶魔啊！"

听了这话，大家才明白，原来是老江子的好心救了他自己一命。

刀哥恶狠狠地对老江子破口大骂："你这老不死的，命倒挺好，还挨千刀地带来了警察，我真该一枪打烂你的脑袋……"

老江子突然迅速从地上捡起刀哥扔下的那把枪，在所有人都没反应过来之前，他把枪顶在刀哥的胸膛上，扣动了扳机。刀哥看着自己胸前的血喷洒出来，接着颓然倒地。

老江子瞪着血红的眼睛，哈哈狂笑起来："玲玲，爸爸亲手为你报仇了……是爸爸害了你呀……是爸爸把这些魔鬼引到这儿的……"喊着喊着，他突然回身向村民们跪倒，"我不该怂恿你们种罂粟，我被金钱吞掉了良心，我对不起你们，我有罪啊……"

两个警察冲上前想去抢下老江子手里的枪，他却突然调转枪口，对准自己的太阳穴，随着"砰"的一声枪响，老江子像截木头一样栽倒在地。

三郎、大虎等人束手就擒，那些村民们也将接受法律的惩罚。警方一举破获了这个地区禁毒史上最大规模的非法种植罂粟大案,那间"黑森林"迪厅也被查封了，从里面搜出了大批的毒品，原来，那里是刀哥的大本营。

高明飞终于如愿以偿地做了一件惊天动地的大事，可他却丝毫高兴不起来，玲玲和老江子的影子，总是出现在他的脑海中。破获这场惊天大案所付出的代价，对高明飞来说，实在是太过沉重了。

高明飞又来到那片种植罂粟的山区，在群山环绕中的一片谷地里，四周林木掩映，十分隐蔽。谷地上，种着大片的罂粟，接近一米高的罂粟茎上，顶着无数妖艳的罂粟花，随风轻轻摇动。

看着这些给人们带来灾难的鲜红花朵，高明飞仿佛看到了玲玲和老江子的鲜血。想着这些天九死一生的经历，他真的希望，这些罪恶之花能永远在这美丽的大山中枯萎，在那些贪婪的人们心中枯萎。

(唐雪嫣)

(题图：杨宏富)

这里的故事神秘又诡异，千万不要在夜深人静时独自阅读……

夜谈·怪事
yetan guaishi

诡异的刀

宝刀现形

永定城西北角有条小巷子叫平民里,这里住了一个叫阿桂的刽子手。阿桂五十出头,孤身一人。这天晌午,阿桂有事出去了,有个贼,绰号"一阵风",此刻正在那条小巷子里走,见他家大门紧闭,门上了锁,一时起了邪念,便翻墙进院,钻进房里翻箱倒柜地找起银子来。

"一阵风"无意中找到一个长形木匣,打开一看,里面横躺着一把鬼头大刀,那刀身寒光闪闪、阴气森森,直吓得他打了个激灵,"啪"

地扣上了盒盖。恰在这时，院门开了，正是房主人阿桂回来了，"一阵风"怕这时逃出去会和他撞个满怀，情急之下，飞身上了屋梁，一动不动地趴在上面。

刚才，阿桂到集市上向一个杀鸡的店家讨回了半碗公鸡血，他是要用这公鸡血喂刀的。什么叫喂刀？这是当时刽子手这个行当中的一个规矩，就是在出红差——也就是斩犯人的前一天，用公鸡血把刀抹一遍，因为那时处斩人犯被认为是"阴事"，抹一遍雄鸡的血是为了给刀壮阳气。

接着说阿桂喂刀的事：这时候，阿桂坐在屋门口的一个小马扎上，盛着鸡血的碗和盛刀的木匣就放在脚边。阿桂用手拍拍木匣，嘴里又叽里咕噜地念叨了几句，然后打开了匣盖。就在这当儿，怪事来了，阿桂并没有从木匣里拿出那把鬼头大刀，而是从里边牵出一个胖乎乎的小娃娃来，这娃娃光着屁股，只穿了一件大红肚兜。阿桂抱着他坐在腿上，又拿小勺舀起碗里的血，朝他嘴里喂去……

那躲在梁上的小偷把这一切全看了个真真切切，顿时直吓得魂飞魄散！

这时，那娃娃一口叼住了勺子，阿桂一抽，冷不防那血从勺里泼了出来，阿桂呵叱娃娃几句，娃娃这才勉强含了一口；待阿桂再舀起第二勺，娃娃就将刚含在口中的血"噗"地一下喷出来了，那娃娃张大嘴巴，神色悲切，如同蒙受了天大的冤屈一样，却苦于发不出声来，急得直瞪眼。看到这情状，阿桂也愣住了。

其实，这是一把非同寻常的鬼头刀，每次喂刀，这刀都会化成一个小娃娃的样子，其实这正是第二天待斩人犯的童身；如果这时喂他鸡血，他安安稳稳吃了便罢，否则，这人犯身上必有隐情！

也就在这个时候,忽听见"扑"的一声,梁上摔下一人来,摔下来的正是小偷"一阵风"!

刚才,"一阵风"见鬼头刀化成小娃娃喝血的情景,便吓得昏死了过去。阿桂喷几口凉水把"一阵风"弄醒了,那贼睁眼一看,也弄不清面前的是人是鬼,跪在地上磕头如捣蒜,阿桂令"一阵风"起来,站在一旁,对他说:离此地三百里有一陈州,朝廷大臣包拯正在那里查办放粮一案。包拯日能断阳,夜能断阴,明日那个被斩人犯有冤屈,如能请包拯断案,冤情必能昭雪。因自己在衙门当差,无法脱身,所以想让他去给包大人送封信。"一阵风"当即答应了,于是阿桂取过纸笔,当下修书一封。

接着,阿桂取了十两银子,对"一阵风"说:"你拿这银子去置匹快马,速去陈州把这信交给包大人,务必要在明日午时前赶回!若是误了事或你一走了之,那刀的诡异之处你早已见识过了,你跑到哪里它也饶不了你!"

"一阵风"哪敢不从?唯唯诺诺,急忙拿了银子急速离去……

刀下冤魂

第二天上午,犯人就被押到了刑场,刑台四周也挤满了看热闹的人。

那人犯发髻零乱,五花大绑,跪在刑台上,背后高插"犯由牌",他早已心如死灰,只等引颈受死了。

这人本是一个书生,犯的是杀人罪,但他又确实有冤:他和受害的小姐本有私情,那天晚上在小姐绣房宿到半夜才走,那小姐却死在了自己房里。家人第二天发现报官,后来找到了题有书生姓名的一把折扇,官府便把书生捉了。那书生此时知小姐已死,为了保全小姐的名声,悲痛之下便索性承认是自己入宅行凶。县令见他招了供,又熟知小姐房中情形,便结了案报上去了,上面依例判斩刑,定于今日开刀问斩。

那当儿,午时三刻已经到了,三声追魂炮过后,监斩的县令抽出令牌扔到地上,大喝一声:"斩讫报来!"

阿桂猛听到监斩官令下,心中一凉:去陈州送信的人还未来呀,而此时副手早已摘了那人的"犯由牌",阿桂万般无奈亮出了刀,挥手斩去……正在这千钧一发之际,忽听有人高喊:"刀下留人!"

阿桂心头惊喜,然而此时手中的快刀已出,想撤却撤不回来了,那人犯本是挺着脖子的,情急之下阿桂朝他大喝:"低头伏法!"那人头一低,刀锋却还是照着头上砍去,黑糊糊的一团血肉在半空里旋着飞出老远,据说这种情况只有被斩者怨气冲天时才会出现,飞出的人头常常会一口咬住某个看客。

只见这团飞着的血肉"叭"的一声落在监斩官的桌上,监斩的县令顿时吓得大惊失色……

此刻,阿桂见一团血肉飞出,人犯"扑通"一下栽倒在地上,顿时全身的冷汗"刷"地一下淌了出来,他大叫一声"已斩",却面如死灰一般呆在原地……

眨眼间,两匹快马已飞奔到监斩的县令面前,其中一人跳下马来,他正是包公的随从马汉,他手持尚方宝剑高喊:"包大人有令,斩刑停止,人犯暂行收监以备再审发落!"监斩的县令只是发呆,那刑台上的人犯却"呼"地一下挺起了上身,仰天高呼:"青天大老爷……"阿桂凝神再看,原来那人只是被削掉了那块带着发髻的头皮,阿桂看着,倒吸了一口冷气:"遇上鬼刀了!"

阿桂封刀

刑场人散之后，阿桂和"一阵风"一起回了家，"一阵风"向阿桂说了见到包公的情形：他赶到陈州时，包公查办的放粮舞弊案已经了结，正要回京复命，见到阿桂的信后，也是将信将疑，但人命关天，宁可信其有，便命随从马汉骑了快马、带了出京时天子所授的尚方剑先来法场救人，包公随后已从陈州动身，今天晚间便能到这里了……

这时，阿桂松了一口气，对"一阵风"说："按例，午时有人高喊刀下留人，我该停止行刑，可这刀已变成一把嗜杀的鬼刀，再也不听使唤了！今夜包公来了正好，我今日用刀失误，正好当面去请罪封刀。"

阿桂望了望"一阵风"，又说："这把鬼刀身上事关一桩阴案，须包大人亲断，而且，要想封刀，也须用包大人的朱笔按刑律的规矩先行勾决了它，我方能收刀。"两人商议一番，只等包大人来了便一同去见他。

包公果然在晚些时候到了永定县衙，一到衙门，包公先提审了那名人犯。那书生见包公亲审，知道隐瞒不得，便承认那天他半夜走后，小姐被杀之事他的确不知。审罢书生，包公和县令刚到后堂落座，忽听大堂上有人击鼓，便命县令再次升堂查看。

公堂上已是灯火通明，三班衙役也已站好，堂下正跪了阿桂他们两人。包公一问，阿桂便把事情的来龙去脉禀报了一遍，还把鬼头刀呈了上去。包公接刀在手，又令人近前掌灯细细观看。

灯火之下，那刀身上却清晰地出现了一张人脸，包公一惊，定神再看，那面目竟有些面熟，再定睛一看，刀上那人影，正是堂下跪着的那个送信人"一阵风"，也就是那天阿桂喂刀时躲在梁上的那个小偷！包公知道内中必有隐情，便命衙役将刀递到"一阵风"面前让他观看，"一阵风"

早吓得浑身颤抖:"小的犯有死罪……"他这么一说,众人都有些惊奇,包公命他细细说来。

"一阵风"跪着讲了缘由:那书生一案中死去的小姐正是为他所杀,当夜,那小姐刚送走书生后不久,躺下还没睡熟,这小偷便溜进小姐房中行窃,把小姐惊醒了,小偷怕她呼喊,便拔刀杀人后逃跑了。没想到那日中午又鬼使神差,跑到阿桂家中行窃,却目睹阿桂喂刀,被吓死过去,不料那刀神异得很,早把他这个杀人凶手的面目摄于刀中……

包公又细细问了他杀人时的情状,命人过来让他画了押,那人又跪在地上磕头,请求留个全尸。包公准了,那人听完,便一下子栽在地上再不起来,衙役过去一摸,此人早已全身冰凉、气息全无。这时阿桂说,其实,这人那天从梁上摔下来时早就吓死了,让他去送信,不过是让他还魂走尸、把包大人请来,而且他死了,这就成了一桩阴案,只有包大人能决断,可是,阿桂也没想到是他杀死了那位小姐,这倒又是一桩阴案。

包公命验尸官过来查看尸身,果然那尸体已呈现死去多时的征象。正查验间,那人的脑袋忽然从脖子上滚下来了,那脑袋滚在地上还在说话:"鬼刀,你好大胆!包大人已经答应留我全尸,你却还要杀我!"

此时,大堂上一片寂静,只有那数盏灯火在忽明忽暗地闪着光。片刻后,阿桂轻声提醒包公:"包大人,这刀已成了一把嗜杀的鬼刀……请您先勾决下来,我该收刀了……"

包公猛然惊醒,整了整衣冠,高声喝道:"取朱砂笔来!"下面有人取了笔,包公执笔在手,阿桂双手捧刀,刀柄向着包公递了过去,包公的朱笔落在了刀面上,阿桂又顺势向后一拖,一道朱砂已竖向画在了刀身上,两人的动作正好和刑场上斩人前用红笔勾了"犯由牌"一样。

包公弃笔在地,阿桂神情肃穆,捧刀向后退了几步。这时,猛听阿桂一声高喊:"已斩!"众人吓得一哆嗦,只见阿桂站处亮光一闪,那刀已断成了两截跌落在地,阿桂此时却踪迹全无,再看断刀旁边,赫然多了一柄刀鞘!

众人这才醒悟过来:阿桂原来却是那鬼头刀的刀鞘!

(王 辉)
(题图:黄全昌)

起死回生

在我的老家豫东平原，乡下的白事都要请唢呐班大吹大擂一通。请唢呐花费并不多，除去事毕送给领班的几条烟、几瓶酒之外，最多花上几千块钱便能租一班人马吹吹打打、歌舞升平。乡下人又都爱热闹，于是唢呐班在我们那儿很受欢迎。

我小学毕业那年，因为家里穷，爸妈把我送进了一个很有名气的唢呐班。经历了一段"闭气"修炼，能吹出几个调调之后，师傅就带上我正儿八经地行走江湖了。那是我第一次以学徒身份参加喜丧。

死者是位老太太，来"请孝"的儿子说已经八十三岁了，死得很安详，并无任何先兆。准备在明天午后下葬。于是我们在前一天晚上来到了死者的村庄。尽管有见多识广的师傅引路，走在漆黑一片的乡村小路上，想着我们要如此主动地去接近死人，我还是心惊胆战，毛骨悚然。

我们由一群穿白色孝服的人引进院子里，偌大的院子中间搭起了一个大棚，吊着一盏很亮的汽灯，灯影里晃动着表情各异的脸，棚下支起了几口地锅，是为明天中午的丧宴准备的。在堂屋的正前方摆着一张八仙桌，上面放了拆了封的香烟，冒着热气的清茶。我知道这是我们应该就位的地方。

堂屋正中间，一口用柏油涂得乌黑锃亮的棺材摆在那里，棺材后面的方桌上，是老太太模糊的画像。所有这一切在摇晃的烛光里更显诡异神秘。

师傅面对棺材在八仙桌旁稳稳坐下，取出唢呐在茶水里沾了哨，用嘴吮干水，便声调凄惨地吹了起来。我只好壮起胆紧挨师傅坐下，拿起比师傅小一号的唢呐随着他"呜哩哇啦"起来。

师傅眯起眼，吹得很陶醉，我紧追慢赶地顺着他的调，生怕吹错了调，在众人面前丢脸。可是，我的心拼命打鼓，拿着唢呐的手不住颤抖，因为我生怕那口棺材里的老太太突然爬出来，猛地抓住我的手。我不时地瞥一眼面前那口乌黑的棺材……

唢呐声招引了村里许多男女老少，满满地站了一院子，无形中给我壮了不少胆。在听到几声喝彩之后，我开始得意起来，渐渐地，喝彩声多了，我也开始得意忘形，竟逐渐忘记了恐惧。

一曲"怀娘"过后，我们要歇息几分钟再吹下一段。师傅点了烟，悠悠地抽着和身边的老头唠起嗑来。人们有条不紊地忙碌着，对他们来说，这一切已司空见惯。我又把目光投到堂屋那口棺材上，心想人死了就这样一个归宿，多少有些凄凉。

正在发呆，我突然听到棺材里发出"嗵"的一声，很沉闷。我的头发根都竖了起来。是自己听错了吧？要不就是幻觉,可能是自己太恐惧了,我安慰着自己。可是,我紧接着又听到了更响亮的一声"嗵"！我一下从长凳上蹿起,全身的汗毛把衣服都支了起来。

这个猛然间的动作险些让盘腿而坐的师傅从板凳上摔下来。他气愤地训斥我:"小孩子老实点！一惊一乍的！"

我结巴着对师傅说:"师傅,棺材里面……有……人！"

"屁话！里面肯定有人！"师傅不屑地一撇嘴。

"不……不……是有人在里面敲……"看到我脸色煞白,师傅疑惑地朝前探了探头,就在这时,棺材里发出了更为骇人的第三声"嗵！"像是有人愤怒到了极点,用脚猛踢总也打不开的门。

师傅从板凳上毫不犹豫地掉了下去。"咣当"一声把满院子的人吸引了过来。师傅用手指着棺材喃喃自语"活了……活了……",人们一下子停止了吵闹,目光都落在那口棺材上。整个院子静极了,只听到树叶的"沙沙"声。

"哼……哟……"呻吟声从未盖严的棺材里破空而来。人们惊恐地朝后退去,几个妇女高声尖叫着夺门而去,人群像炸了窝的蜂。

"快拿寿杠来！"清醒过来的师傅恢复了常态,向人们喊道。人群中几个粗壮汉子在迟疑中操起寿杠却不敢朝屋里迈步。呻吟声不断从棺材里传出,每个人的心都在哆嗦！师傅一下跳进屋里,敏捷地爬上棺材,叉开两腿骑到上头去了！见有人挑头,几个汉子也蹿进堂屋,两人一起把寿杠压在棺材首尾牢牢按住。可是,呻吟声并没消失,反而越来越大,一声声执拗地钻出来。

"孝子呢？过来！"师傅大声喊道。一个五十多岁的老头被推到屋里,惊恐地望着师傅。"是你娘的声音吗？"师傅问。"是……""问你娘有什么话要说！"老头无奈地把脸慢慢贴近棺材，颤抖着说："娘，您……您想说啥？"众人的心都提到了嗓子眼，屏住呼吸盯着棺材。

"三儿呀，是你吗？你怎么把娘关在这里面？"像是地狱传出的召唤，人们的五脏六腑都被勾了出来。人群四散逃窜。

"不要怕！"师傅大吼一声，稳住阵式，让几个汉子取下寿杠，退出屋子。他纵身从棺材上跳下，用力把棺材盖板推出了一道缝，大声喊道："大娘，您这是鬼还是刚睡醒呀？""嗯，我想起来……"

"扶你娘起来！"师傅朝不停筛糠的老头喊道。老头无助地望着师傅，不敢动作。这时，一只干枯苍老的手从棺材里伸出，摸索着抓住了边沿。"娘！您到底是人是鬼？不要吓唬我呀！"老头带着哭腔喊。

"我睡了一会儿，快扶我起来吧！三儿……"老太太清楚地说。

老头儿终于鼓起勇气靠近棺材抓住了那只手。一会儿工夫，穿着一身黑的老太太就从棺材里被拽出来了。

"我想吃点饭……"老太太像是赶了很远的路，人群中有胆大的人小跑着给老太太端饭去了。我早已吓傻，愣愣地盯着眼前的一切，像是在做一个噩梦。"吓坏了吧？"师傅抚着我的头说。我一下钻到他怀里，竟忍不住呜呜地哭了。

这件事后，我好像忽然长大了许多，"死亡"不再是个遥远而可怕的概念了。每次跟着师傅出去吹喜丧，我总会习惯性地盯着那口棺材，这下，我希望里头的人能真的活过来，也像那老太太一样，出来再好好地活着。可是，这种奇事再也没有发生过。

（孙东辉）
（题图：安玉民）

女友不见了

刘浩是个普通的电脑公司职员,从小到大,一直过着平淡正常的生活,可是自从那次车祸以后,他的生活中发生了一连串不可思议的事情。

刘浩记得,发生车祸的那天晚上,天气很冷,半空中飘洒着牛毛一样的雨丝,他和女友欣儿看完午夜场的电影,准备回家。刘浩发现街对面有辆空出租,就拉了欣儿快跑过去,一边跑还一边向那辆出租车挥手。他们刚到马路中间,就听见一阵刺耳的刹车声,扭头一看,一辆小货车刹车不及,正向他们冲来,刘浩大叫了一声:"欣儿!"使出全身力气把她推了出去,然后就是一阵巨响,他什么也不知道了……

刘浩醒来的时候,发现自己躺在医院的病床上。他朝左右一看,病房里只有自己一个人,欣儿呢? 刘浩大叫起来:"欣儿! 欣儿!"医生闻声赶来了，对刘浩说他的伤势不算严重，只是有点轻微的脑震荡，所以暂时昏迷了。刘浩问他的女朋友呢，医生诧异地说，没见有女的，只有他一个人，撞他的驾驶员还等在外面呢。过了会儿，那个驾驶员来了，刘浩又问他，当时和自己一起过马路的那个女的呢？驾驶员一脸茫然，摇着头说当时就看见刘浩，没别人。刘浩吁了一口气，心想欣儿肯定被自己推得远远的，那司机没注意到她，这会儿她可能急着回家取钱去了。

可是，欣儿一整晚都没来。刘浩急了，给家里打电话，没人接，他想给欣儿打手机，可是在自己的手机里查了半天也没有欣儿的手机号，怪了，自己明明存过的呀。幸好他记得那个号码，凭记忆拨了过去，居然告诉他是空号！

刘浩的心里七上八下，一晚都没合眼。

第二天，刘浩单位的陈主任和小李到医院来看他。一见面，刘浩就问他们看见欣儿没有，谁知他们反问："谁是欣儿？"

刘浩有点生气了，板着脸说："还有谁，我女朋友啊！就是上次公司吃团年饭把你们俩都灌醉了的那个！"陈主任一愣，用很奇怪的眼神看着刘浩，说："刘浩，你什么时候有女朋友了？还和我们喝过酒？我们怎么不知道啊？"小李也说："我们确实不知道你有女朋友，更没见过她。你被车撞了，可能……那个……瞧你满眼血丝的，多休息几天再说。"

两个人带着奇怪的表情走了，看样子他们以为刘浩被车撞出精神病了吧？刘浩差点气糊涂了，自己和欣儿认识两年，住在一起都半年了，有没有女朋友，自己不知道？这时，一种不祥的预感涌了上来，欣儿不会已经……他们是为了安慰自己？

刘浩拿出手机，又给欣儿最好的朋友王丽打过去，问她欣儿在哪里。王丽说："我的朋友里没有叫这个名字的，咦？你是谁啊？我也不认识你！"

说完就把电话挂了。

这下，刘浩真的害怕了！后来他又打给欣儿公司里的同事，打给他俩共同认识的所有朋友，可真奇怪了，那些人都说从来不认识什么欣儿。当时病房里的空调开得暖暖的，可刘浩头上流的却全是冷汗，他的心也跟着一起在发冷……他抱着最后一线希望，打给了父母，自己明年结婚的事是上次和欣儿一起回家和他们商量定了的。

刘浩的父母在外地。电话刚打通，妈就在电话那头唠叨起来："浩儿啊，我现在啥也不图，就盼你早点找个女朋友带回来。你年龄也不小了……你怎么了？在听吗？"刘浩压抑着慌乱，问："张可欣，欣儿你们认识吗？""谁呀？你女朋友吗？怎么不早点给妈说，也不带回家给爸妈看看……"刘浩浑身颤抖着，挂了电话。他当时都不知道是一种什么心情了，自己的女朋友突然消失了，人间蒸发了！这可能吗？可父母不会骗自己啊！就算欣儿出了事，他们也不用这么瞒着自己呀！难道真是自己的脑子出问题了？没有啊！自己能回忆起两个人从相识到昨天为止的全部过程啊！对了！还有两人的照片呢，两大本！想到这里，刘浩从病床上起来，瞒过护士，赶往家里。

刚进家门，他的头就"嗡"的一下子晕了。这是自己和欣儿准备结婚的家吗？墙上挂的欣儿的大照片没了，她的衣服，拖鞋，她的牙刷，毛巾，什么都没有了，刘浩疯了一样，把抽屉全倒出来，找他们的影集，可是，没有！没有两个人的合影，更没有欣儿的照片，所有的照片里，只有刘浩一个人在那里傻笑。不！刘浩把那些照片撕碎扔向空中，它们飘落到床上。等等，床？他和欣儿买的双人床呢？怎么是这一张单人床啊，这床在买了新床后就扔了啊，怎么又回来了？这一切究竟是怎么回事？刘浩绝望地抱着头，扯着头发，哭得像一头受伤的野兽。

第二天刘浩哪里都没去，没吃也没喝，第三天也一样。两天两夜没吃东西，他的思维反而更清晰了。感觉告诉他，欣儿肯定在! 他反复想啊想啊，最后决定去欣儿的老家，到她父母家去找! 那个城市离刘浩住的城市有800公里，欣儿曾经告诉过刘浩她家的地址，但刘浩从来没去过。刘浩打定主意，一分钟也没有耽搁，连夜坐火车赶到了那里，不顾三七二十一，拼命地敲门。门开了，一个很和蔼的老先生走出来，问他找谁。刘浩的声音简直像是从心里逼出来的："我找张可欣! "

那老先生很奇怪地打量着他，朝里屋喊了声："欣儿! 有人找你。"

欣儿! 当时刘浩的心都要跳出来了，真的有这个人，是我的欣儿吧? 老天，别再又骗我一次了，求你了! 他祈祷的时候，一个熟悉的身影已经飘了过来："您是——" 是她，是欣儿! 刘浩激动得眼泪都要流出来了，他大叫："欣儿，我是刘浩啊! 我终于找到你了! 你怎么回到这里来了? "欣儿看着刘浩，露出一脸茫然的神色："我哪里都没去呀，你是谁啊? "

刘浩在心里叫喊，是她! 是她! 这模样，声音，我能忘得了吗? 他冲上前，一把抓住欣儿的胳膊，使劲晃着喊道："欣儿你再仔细看看，你真的不认识我了? " 还是老先生冷静："年轻人，别激动，看你的样子走了很远的路吧，进屋说吧。"

刘浩只得进了屋，详详细细把他和欣儿的故事讲给他们听，一边讲，一边看欣儿的表情——刘浩希望通过他的讲述，让欣儿想起自己来。可是，欣儿脸上除了吃惊，什么表情也没有。刘浩讲完了，欣儿的父亲叹着气告诉他，欣儿毕业后一直在当地工作，从来没去过刘浩所在的那个城市。刘浩眼巴巴地望着欣儿，那样子就像一条无家可归的流浪狗。欣儿也叹了口气，道："刘浩，我真的不是你要找的欣儿，不过我很羡慕她，有一个这么爱她的人，可我不是她……"

后来……还有什么后来呀!刘浩总不能死赖在他们家不走吧,他只能沮丧地回去了。

接下来的日子,刘浩每天和往常一样,上班,下班,再没提过欣儿的名字,同事和朋友们都为他高兴,认为他的病好了,可谁会知道,欣儿的名字早就刻在了刘浩的心上,每天都在疼!他从没放弃过找到欣儿的念头。

几个月后的一天,下班后,刘浩和往常一样上了公车,心里还在想,当初欣儿就是和他在公共汽车里认识的呢。就在这时,他突然听见了欣儿的声音,在叫自己的名字。刘浩还以为又是幻觉呢,抬头一看,天!真的是欣儿!她看见刘浩,高兴地说:"我上个月刚来这个城市上班,这么巧,碰见你了!"哦,原来是那个欣儿,她说自己本来一直想来这个城市发展,上次刘浩去她家一闹,倒提醒了她,于是她往这儿的几家公司投了简历,不想果然被一家公司看上了,就来这里工作了。

欣儿对这个城市完全陌生,只有刘浩这么一个"熟人",他们那天聊得很投机。分手的时候,刘浩问她在哪家公司上班,她说了个名字,刘浩心里"咯噔"一下,这么巧啊!自己的欣儿原来也是那家公司的。

后来,因为他俩每天坐同一路车上下班,渐渐熟了起来。他们慢慢地开始约会,泡吧,看电影,刘浩恋爱的感觉又回来了。他把欣儿介绍给熟悉的朋友,那些人都笑着骂他,说他女朋友还没遇到呢,就上他们那里找过几十次了,这不,现在欣儿才出现嘛!公司吃团年饭的时候,欣儿果然把陈主任和小李灌得大醉。

不可能!不可能有这么巧合的事!两个欣儿发生的事完全一样,就像在重放一部电影!刘浩现在能肯定,两个欣儿本来就是一个人。他想了很久很久,最后终于承认,当初身边的人们都没有骗他,父母更没有骗他，唯一的事实，就是在他去那个城市找欣儿以前，他的生活中，根本就没有张可欣这个人！原来的有关欣儿的一切，都仅仅存在于自己的意识里。

刘浩把这一切全给欣儿说了，她也很奇怪，劝他到医院去咨询专家。他们去了，专家说，当大脑受到震荡时，有些人会失去记忆，称为"失忆症"，可刘浩完全相反，那次车祸的撞击让他凭空多了些记忆，这有些像"臆想症"。其实很多人都有这样的体会：生活里正在发生的一件事、一个场景，好像以前就发生过，经历过，却怎么也记不起来是什么时候的事。只是刘浩的"臆想"特别清晰，和现实全部吻合。但是专家也不能说清楚为什么，他只是说现代医学还有很多解释不了的问题……

不管怎样，刘浩终于和欣儿在一起了，这是他努力找回来的，只要去珍惜就是了，才不管为什么呢。后来的事情，果然都和刘浩"记忆"中一样。他们订婚了，买了新床，是欣儿和她的死党王丽去选的，当然了，和"以前"的一模一样……

一个冬天的晚上，刘浩和欣儿依偎着从电影院出来，看见街对面有辆出租车，他没多想就拉了欣儿跑过去。刚跑到街当中，就听见那刺耳的刹车声！刘浩再次用力把欣儿推出去，又是一阵熟悉的巨响……

不知过了多久，刘浩醒了，他的心里恐惧极了，大叫："欣儿！"这时，有一双柔嫩的小手握住了他的手，然后刘浩看见了欣儿泪流满面的脸庞，她说："浩，我在这里，我会一直在你身边，一生一世！"

（花　剑）
（题图：刘斌昆）

奇怪的抢劫犯

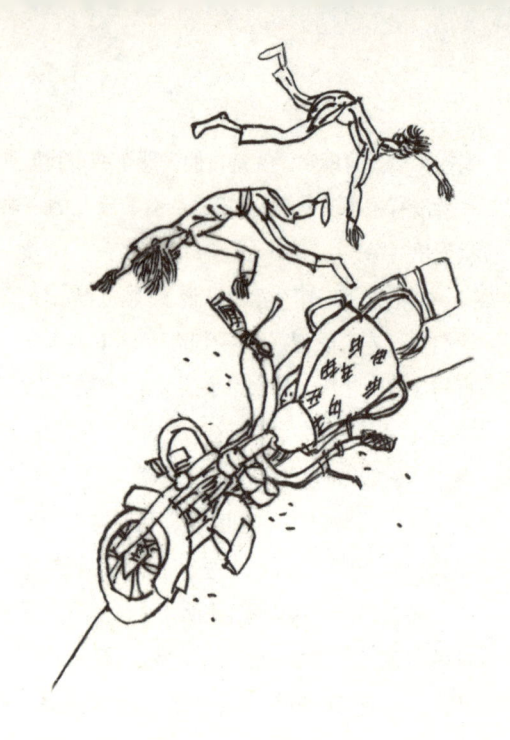

不速之客

城南老街有个香烛店，老板阿宝是个毛头小伙子，喜欢搞些歪门邪道的东西。自打他从老爸手中接过这个店后，就没好好打理过，渐渐地，生意都被别家抢了去。

这天晚上过了十二点，整条街都静下来了，唯有阿宝的店还亮着灯。他睡不着觉，正琢磨着怎么赚大钱呢。忽然，外面有人擂鼓一般敲门，看样子挺急的。

阿宝懒洋洋地起身开门，一边埋怨道："来了，怎么大半夜来买东西，你以为你是鬼啊！"他刚把门打开一条缝，外面的人就猛地发力一推，两个男人直闯了进来，接着又飞快地把门关上。阿宝差点跌了一跤，正要骂人,却见一把闪着寒光的小刀顶在胸口上,拿刀的男人冷冷地说:"别动,哥俩抢劫!"

阿宝大吃一惊,接着又觉得有点滑稽,把手举得高高的,说:"两位大哥,你们大概找错地方了吧?我这里什么都没有,今天连根蜡烛都没卖出去哩。"

说话时,另一个劫匪已经在屋里翻开了,突然他一声惊呼:"大哥,我们发财了!"他两手各抓着一大把钞票走过来,欣喜若狂,"全是大票,还有美元!"拿刀的家伙一看,眼里顿时射出两道光,"啪"的一声就给了阿宝一个大耳光:"还说没有,这是什么?"

阿宝一看,这哪是什么钱,全是店里卖的冥币。看来这两个家伙真是穷疯了,阿宝忍不住"嘻"的一声笑出来:"大哥,这是冥币呀,只有在阎王爷那儿才流通。"

那家伙听他这么说,反复又看了看,一抬手,又给了他一个耳光:"这明明是人民币,你骗鬼呀!给我放老实点!"说罢,便把阿宝绑在一张椅子上。阿宝眨巴眨巴眼睛,心说这两个家伙难道是傻子啊?

两个劫匪可不管他了,贪婪地四处搜寻起来,一边翻,一边连连惊叫:"妈呀,简直太多了……这儿还有金条,呀,这么多首饰珠宝!"

阿宝知道,他们说的都是店里纸糊的东西。他看着两个劫匪把自己的店一扫而空,眼睛瞪得越来越大了。看这两人的样子,不像是装的,而是真把这里的东西都当成真的了。再仔细看他们的脸,阿宝感觉两人都长得很古怪:身子又长又小,轻飘飘的,像纸糊的一样,一张脸又瘦又干,似乎就只有一张皮,而且脸色青蓝青蓝的,眼眶有一大圈黑影。

忽然,窗外吹进来一股凉风,阿宝不禁打了个冷战,汗毛一根根倒竖起来,心中大叫:见鬼了!不是鬼,谁会抢这些东西?

阿宝虽说从小就跟店里这些鬼用的东西打交道，可还是头一回撞上鬼，只吓得全身发抖，不知所措。

大难不死

两个鬼把店里所有的冥钱以及"金银首饰"都洗劫一空，甚至连那些纸糊的手表、手机和MP4都不放过,.装了满满两大袋子，临走前，还在身上挂满了纸枪，说是逃跑时拿来对付警察。

拿刀的鬼是老大，显然对这次抢劫的结果十分满意，兴奋地对另一个鬼说道："兄弟呀，有这么多钱，我们以后不用再干这行了，到太平洋买个岛，买艘船买架飞机，再买几百个女人，快快活活过日子吧！"

另一个鬼连连点头称是，他看了一眼阿宝，问鬼老大，怎么处理这个人。

鬼老大说："这么大一单案子，怎么能留活口？当然要杀人灭口了！"说着，拿着刀向阿宝走来。

阿宝不敢看他，吓得闭上眼睛求饶："两位大哥，求求你们留我一条小命吧，我发誓不报警。你们想要什么，我以后烧给你们！"

鬼老大笑道："这家伙吓傻了。烧什么烧？你以为咱哥俩是死人啊？"阿宝心想，完了，这两个鬼还不知道自己已经死了，一定是刚死不久的新鬼。

眼看刀子就要捅到身上了，阿宝情急之中灵机一动，嚷道："等等！两位大哥，我心甘情愿让你们杀人灭口，但我临死前有个请求，能不能用枪啊？这样更干脆一点，求求你们了，让我死得痛快点吧！"

鬼老大一听，似乎发了善心，从身上掏出一把纸手枪来，突然脸色一变,骂道:"枪一响,警察就来了,你小子想跟我们耍花招啊?"

"不不不。"阿宝拼命朝地上努嘴,"你看,那里还有消音器,装上去什么声音都没有。"

鬼老大点点头,捡起"消音器"装上去,把枪口对准阿宝的额头。阿宝壮着胆盯着他,眼看他手指做了一个扣扳机的动作,马上把头一歪,装死过去。

接着,他听到鬼老大说道:"好了,快离开这儿,别让警察追上。"

过了好一阵,阿宝确定两个鬼已经走了,才敢睁开眼睛。然后费了好大一番力气,终于把绳索弄开了。可刚才接连遭遇了撞鬼和杀人灭口的惊吓,阿宝已经吓得尿了裤子,两条腿更是软绵绵的,站不起来了。

为了给自己压压惊,阿宝跌跌撞撞地走到里面的房间,拿出针筒,往自己胳膊上一气扎了三针,惊恐的心情这才慢慢恢复平静。接着,他就想这事要不要报警呢?按说抢劫是真的,被抢去的东西也值个千把块,可抢劫的是鬼,警察能捉到吗?考虑了一下,算了,自认倒霉吧,反正说被鬼抢劫也没人会相信。

就在这时,门外走进来一个人,大声问:"阿宝,你没事吧?劫匪跑了吗?你放心,警察马上就到了!"

自寻死路

阿宝一看,原来是隔壁的老板。那老板说他刚才起夜,听到阿宝的店有动静,发现有人抢劫,于是就帮阿宝报了警。

阿宝心里却有点不乐意,这不是多此一举吗?

不一会儿,外面街上就响起了警笛声,一辆警车停在阿宝门口,跑进来几个警察。他们看了看现场,问阿宝被抢了些什么。

阿宝有些心不在焉地回答:"抢的多了去啦,光是现金就有几百亿。"警察大吃一惊,几百亿,就是银行也没这么多现金啊!阿宝连忙解释,说那都是阴间的钱。

警察这才注意到这原来是一家香烛店,全都十分惊讶,抢劫的见过多了,就没见过连这也抢的。阿宝哭丧着脸说:"警察同志,你们还是别管这事了,你们也管不了的,因为抢劫的不是人,他们是鬼啊!"接着添油加醋地把刚才被抢的经过说了一遍。

警察听了他的话,犹豫了半天,尽管明知道这是不可能的事,但还是有些半信半疑,最后决定去追劫匪,看看能不能追上。阿宝连连摆手:"你们就别忙活了,他们是鬼,怎么能捉得到哟!"

可警察还是把他拉上警车,开足马力追去。追了十来分钟,他们就看见前面有辆可疑的摩托车,上面坐着两个身影。

阿宝心中一哆嗦,指着摩托说道:"就是他们,他们是新鬼,还不知道自己已经死了。"

警察说:"什么新鬼旧鬼,明明是两个人嘛。"

这时,摩托车上的两个鬼发觉有警车追来,立刻加大油门。坐在后面的鬼还掏出枪,回头向警车开枪。警察大吃一惊,说:"不好,他们有枪。"

阿宝乐了,说那是他店里的纸枪,警察这才松了口气。

说话间,鬼已经把摩托开上了一座高架桥。警察追到桥下,停了下来,一个警察下了车,拿着大喇叭直喊"快下来"。

阿宝觉着奇怪,问:"为什么不追了?"

警察解释说这座桥还没完工,是座断头桥,劫匪肯定得回头,他们在这里守株待兔就行了。

阿宝大声嚷道:"他们是鬼啊,什么断头桥,能难得倒他们吗?"

只见那辆摩托飞快地来到了大桥断头的地方,两个鬼连车速也没减一下,径直向空中飞了出去。紧接着,连人带车一块儿往下掉。过了一会儿,才听到"轰隆"一声。

阿宝说:"你们看,我说得没错吧?"

警察愣了愣,拔腿往桥底下跑过去,找到摩托掉落的地点一看,两个劫匪已经摔得不成样子了,早已一命呜呼。尸体周围掉着两个大袋子,里面的东西撒了一地。

警察对后面跟来的阿宝说道:"你看,他们现在才是鬼呢。"阿宝呆呆地看着那两个鬼,脑袋也迷糊了,鬼难道还会死吗?不是鬼,那抢他的冥币有啥用?

一个警察捡起一张冥币瞧了瞧,叹道:"哎呀,真是冥币。"递给阿宝说,"嘿,这两个家伙连阴间的钱都要抢,真是想发财想疯了!"

阿宝接过钱一看,眼似乎有点花,急忙揉了揉,却突地一亮,这哪里是什么冥币,分明就是一张货真价实的"老人头"啊!

他一下扑到那些冥币上,捧起来仔细一瞧,天啊,竟然都是一沓沓真钱。不单有人民币,还有美元、欧元。再看那些金银首饰,只觉得一股血直冲脑门,老天爷,竟全部都是如假包换的真货!

真相大白

阿宝怔怔地发了一阵呆,接着"噼里啪啦"打了自己几个耳光,证明自己不是在做梦。他拼命地把钱往怀里搂,激动地大喊:"天哪,天哪,我发财了! 怪不得他们抢, 原来真的是钱啊, 这么多钱, 世界第一首富就是我啦……"他忽然想起了什么, 抱着钱往每个警察手里塞了厚厚一沓,"拿着, 这件事最好就这样算了, 别张扬出去啊!"

警察看看手里的钱, 又看看乐得手舞足蹈的阿宝, 傻了。

过了一会儿, 他们见阿宝仍在疯疯癫癫地胡闹, 就上去一人抓住他一条胳膊, 捋起袖子, 拿电筒一照, 好像都明白是咋回事了, 于是不管阿宝怎么反抗, 硬是把他拖上了车, 径直往医院开去……

阿宝在医院昏昏沉沉睡了一觉, 一睁开眼就喊:"钱呢? 我的钱呢?"

过了一会儿, 有几个警察走进来, 扔给他一沓票子:"在这呢, 你的几百亿。"阿宝拿起来一看:冥币! 使劲揉揉眼, 再看, 还是冥币。他傻了眼, 喃喃自语:"昨晚明明是真钱的呀, 怎么就变了? 那两个家伙, 难道真的是鬼吗?"

警察"呵呵"一笑, 告诉他, 那两个家伙是人, 不是鬼。

他们不是鬼, 但为什么要抢冥币呢? 那是因为他们抢劫时产生了幻觉, 把看到的冥币和金银珠宝都当成真的了。

说到这, 警察的脸严肃起来, 说:为什么劫匪会出现幻觉呢? 因为他们是吸毒者, 抢劫前曾经吸食了过量的毒品!

阿宝听罢, 禁不住全身打起了颤。他见几个警察都盯着自己胳膊上密密麻麻的针孔, 忽然双手捂着脸, 号啕大哭起来:"我承认, 昨晚他们走后, 我扎了三针, 比平时多了两针, 求求你们把我送去戒毒吧, 我不想变成他们一样……"

(杨金凤)
(题图: 魏忠善)

夺命玩偶

神秘布娃娃

迈克是美国芝加哥一家跨国公司的财务顾问。在一次前往墨西哥出差时,他疯狂地爱上了漂亮的酒吧女郎露西,并闪电般地向对方求了婚。露西欣然答应了,追随迈克来到芝加哥,着手筹备婚礼。

这天,他们收到一个包裹,上面只写着"露西收",并没有留下寄件人的任何信息。迈克笑着对露西说:"大概是你的哪位亲友寄来的结婚礼物。"可他拆开包裹一看,里面竟是一个又脏又旧的布娃娃!

"是谁搞的恶作剧?"迈克有些气恼,一抬头,却被露西的神情吓了一跳,只见她死死盯着布娃娃,全身不由自主地颤栗着,那神情就像撞见了鬼一般。迈克不由仔细打量了一下手中的布娃娃:这不过是个普通的布制玩偶，圆鼓鼓的小脸上沾满了污泥，可爱的公主裙也脏得几乎分辨不出颜色来。

"快把它丢掉！越远越好！"露西尖声叫道，身子抖得几乎要站不住。迈克满腹狐疑地拿着娃娃往外走，一推门，一封信飘落在地上，信封上写着露西的名字。迈克回身将信交给未婚妻，然后按照她的吩咐开车将娃娃丢在了离家数公里外的一个垃圾站内。可等他赶回来时，发现露西不在了，手机也打不通。

露西就这样突然消失了，一连数天都没有音信。迈克报了警，而这时他才惊觉，自己对未婚妻的了解太少了，想打听她的下落，却不知该找谁。迈克想起了那封信，他翻遍了整个屋子，终于在壁炉里发现了一小堆焚烧过的灰烬，一片没烧尽的纸屑上写着几个西班牙文。迈克找人一问，原来这几个字的意思是"娃娃岛"。

这是什么意思？与露西收到的神秘玩偶有关吗？迈克带着疑问上网搜索，结果让他大感意外，原来在距离墨西哥城不远的地方真有这样一个岛屿！这个当地人口中的"鬼娃岛"起源于1951年。据说，当年有个小女孩在河里溺水身亡，岛上的花匠经常梦见小女孩的鬼魂向他哭诉，这让他痛苦不堪。一次偶然的机会，花匠发现小女孩的鬼魂好像害怕他家中的一个布娃娃，于是开始四处收集旧布娃娃挂在岛上，果然，小女孩的鬼魂再也没有出现。此后，不断有人把布娃娃拿到岛上来悬挂，渐渐成为岛上一景。只是，那个花匠最后也没能善终，八年前，他在小女孩当年淹死的地方不慎失足落水而亡。

得知这些后，迈克决定亲自去一趟墨西哥城。几天后，他没费什么周折就找到了娃娃岛，果然，小岛临岸的一片树林里挂满了各种各样脏兮兮的娃娃。只是，一拨又一拨的游人将这里弄得嘈杂不堪……

诡谲玩偶岛

迈克在树林中漫无目的地转悠了几个小时，却毫无头绪。突然，他发现一丛低矮灌木中露出个娃娃的头，看上去似曾相识，便走过去伸手将那娃娃拽了出来，一看顿时惊得目瞪口呆。这个布娃娃与露西收到的那个神秘玩偶一模一样，只是胸前多了几个鲜红刺目的字：露西！

是谁将娃娃挂在这里的？迈克惊慌地四下张望，却突然惊觉天色已经暗了下来，刚才还熙熙攘攘的小岛一下子安静了，游人们也走得干干净净。而那些原本清晰可辨的娃娃在暮色中若隐若现，一张张小脸如同鬼魅般浮动在树影中……

突然，一道手电筒的光束直射过来，一个男人大声吆喝着走了过来："嘿！你不知道夜里岛上不允许游人逗留吗？""不好意思，"迈克沮丧道，"一时没注意错过船了。"那男人看了迈克一眼，说："那就暂时在我那里住一宿吧。别说我没提醒你，夜里千万不要在岛上乱走，尤其是这林子！"迈克连忙谢过，跟着男人走出树林，七拐八拐来到一间破旧的小屋前。

"你是这里的守岛人吗？"迈克随口问了句。正在开门的男人回头诡异一笑，似真似假地答道："不，我是一名花匠。"迈克听了，心脏骤然一紧……

一进门，只见房间里黑乎乎的，花匠有些抱歉地说灯坏了，然后他退了出去，让迈克休息。可老旧的木板床一点都不舒服，直到后半夜，迈克才迷迷糊糊睡着。第二天，迈克在游客喧闹的人声中惊醒过来，此时天已经亮了，他环顾四周，这才看清自己身处的房间。只见满屋子密密的蛛网和厚厚的灰尘，看上去不像是有人居住的样子，而那个自称花匠的家伙也不知去向了。

突然，迈克瞥见桌上的一个旧相框，心头剧烈一震。只见油渍渍的玻璃后面，一对恋人笑得阳光灿烂，男人正是昨晚的那个花匠，而女孩不是别人，却是失踪的露西，她的怀里还抱着那个如鬼魅般的布娃娃！

迈克惊呆了，他一头冲出小屋，迎面正遇上一队旅游团，便一把拉住导游，指着身后的小屋，结结巴巴地问："这……这屋子的主人是谁？"导游诧异道："这就是花匠的家，自从八年前他溺水身亡，这里就废弃下来了。"迈克彻底糊涂了，指着照片上的男人问："这是那个花匠吗？"

导游摇摇头说："不清楚，你从哪里弄来的？""就在那屋子里啊？"迈克回身一指。导游立刻大叫道："不可能！我已经带了三年团，那里面根本就没有什么照片！"

一听这话，迈克浑身一哆嗦，打了个寒战。他从相框里取出照片，心情复杂地凝视着露西的笑脸，脑海中闪出了无数的问号：你到底在哪里？你又是谁？突然间，迈克大叫一声："天啊！这不是露西！"原来，露西的右嘴角上有一颗美人痣，而照片中的女孩却没有！再翻过照片一看，只见泛黄的照片背面有一行淡淡的字迹，依稀是"帕斯托孤儿院"几个字。

迈克猛地想起露西曾说过，自己是在孤儿院长大的。他连忙紧跑几步，追上前面的导游问道："你知道帕斯托孤儿院吗？"导游诧异地瞟了他一眼，指着右手的一条小路，说："你沿着河边走，大概一个小时就到了。"

迈克一怔，没想到这所孤儿院竟然就在岛上。他忙谢过导游，沿河边向前走去……

幽暗孤儿院

一路上，迈克总感觉背后有声音，可是几次回头，却什么也没看到。差不多一小时后，一幢灰色的二层小楼终于出现在了眼前。可这里早就废弃了，院子里长满了一人多高的杂草，大门旁一块写着"帕斯托孤儿院"的牌子也是残破不堪。

迈克正感到失望，口袋里的手机突然响了起来，他接起来听了片刻后，无声地挂掉电话，脸上却是一片悲伤。这时，又一阵声音从背后传来，迈克猛地回过头去，却见昨晚的花匠目露凶光，手里拎着根木棒，恶狠狠地向他扑来。迈克连忙闪身避开，双手用力抓住花匠扬起木棒的手，大叫道："你要干什么？"那花匠一边极力挣扎，一边恶狠狠地问："我知道你是露西的未婚夫，你们把我的琳达怎么了？"

迈克突然脑中灵光一闪，大叫道："琳达和露西，她们都死了！"花匠一听，手顿时一软，被迈克反手按住，夺下了木棒。随后，迈克凄然地说，刚才自己接到芝加哥警方的电话，他们刚刚在密执安湖里打捞起两具女尸，其中一个是露西，另一个和露西长得十分相像的女子紧紧抱着她，看样子是想阻止露西浮出水面逃生。迈克说："如果我没猜错，另一具尸体就是琳达，也是照片上和你合影的女孩吧？""什么，我的琳达死了？"花匠喃喃念着跌坐在地上，双眼失神地望着迈克，良久才说，"看来你并不了解自己的未婚妻，我给你讲个故事吧……"

原来，露西还有个孪生妹妹，名叫琳达，姐妹俩从小在孤儿院长大。那年，有对夫妇决定收养个女儿，他们看中了露西和琳达，但一时拿不定主意该选择哪一个。而就在当天夜里，琳达却失踪了，露西说妹妹是在河边玩耍时失足掉进了水里。这时，有个名叫巴耶罗的小男孩站出来说，他亲眼看见露西把琳达推进了水里。露西拼命否认，大人们对此也将信将疑，不过，这种怀疑让那对夫妇最终改变了收养对象。

花匠流着泪继续说道："我就是当年的小男孩巴耶罗！当年，虽然我站出来说出真相，却没能为琳达讨回公道。不过幸运的是，琳达没有死，几年前我们偶然相逢，立刻坠入了爱河。我知道，琳达一直对姐姐怀恨在心。去年，她偶然发现了正在当服务员的露西，便决心要报仇，不料，露西跟着你去了美国。于是，我们不得不改变了计划，要琳达去美国设法将露西引到岛上，然后由我来结束她的性命。谁知，琳达一去再也没有消息……其实，我并不是什么花匠。只是见本该来的露西没有来，而你却突然出现在岛上，所以心怀戒备。这些日子，我一直在做噩梦，总梦见琳达死了，没想到是真的，老天怎么这么不公平啊！"

迈克一时不知该如何安慰他，哑然问道："那个娃娃是怎么回事？为什么露西见到它会那么害怕？"

"布娃娃是姐妹俩的母亲临死前留下的，当年琳达被推进河里时，怀里正抱着它。本来，善良的琳达还顾念一丝亲情。她曾说，如果露西看到娃娃时能有悔过之意，自己就放过她。可是现在看来，邪恶的心灵是不会随着年龄的增长而改变的！"

迈克听了，一时默然无语。这时，巴耶罗突然将脸凑到他面前，一指天空神秘兮兮地说："你相不相信，人死后是有灵魂的？她们正在那里看着我们哪！"迈克抬起头，却见大片乌云正从四面八方涌来，一场暴风雨马上要降临了……

（李月辉）
（题图：佐　夫）

血饮尊

郑旺是个收废品的,他刚才在路边的垃圾箱里捡到了一个漂亮的玉石花瓶。这个花瓶浑身碧绿晶亮煞是好看,只可惜在瓶口处有一个米粒大的小豁口,豁口下面还有一条不大明显的裂缝。

郑旺收完废品回到家时,孩子已经睡了,郑旺把从田野里采来的油菜花插在花瓶里,老婆见了,脱口骂道:"谁让你瞎买东西了!这个花瓶得花多少钱?"郑旺连忙赔笑着说:"这不是买的,是我捡的。"老婆听了,这才露出笑容,她摸着花瓶问道:"在哪捡的?还怪好看的!"郑旺心疼地看着老婆,十年前的老婆可是当地有名的大美人,既温柔又漂亮,是郑旺死缠烂打、最终战胜所有的对手抱得美人归的,可这十年来,却让老婆一直跟着自己吃苦,现在老婆眼角已爬上了不少细纹,身材也变得臃肿，头发干枯蓬乱，穷苦的生活让她变得暴躁粗俗了。

老婆摸着漂亮的花瓶，一不当心，她的手被瓶口上的豁口划破了，伤口虽然不大却流出不少血，鲜血顺着花瓶的裂缝往下淌，还滴了几滴到瓶子里。郑旺吓坏了，连忙找来一张创可贴给老婆贴上，两口子便坐下来吃饭。刚吃完饭忽然就停电了，家里又没有蜡烛，两口子只好摸黑上了床。

郑旺觉得今天老婆对自己特别温柔，简直就像换了一个人，这让他受宠若惊。半夜里来电了，睡得正香的郑旺被老婆摇醒："他爸，他爸！快醒醒！"郑旺睡眼惺忪地问："什么事呀？"老婆急切地问："你采回来的油菜花是什么颜色的？"郑旺觉得好笑，油菜花还有别的颜色？他伸了个懒腰，慢吞吞地说道："不就是黄色的嘛！"

老婆结巴着说："可、可是……你现在抬头看看！"郑旺抬头看了看放在床头柜上的花瓶，也愣住了：灯光下，那束油菜花不知什么时候变成了鲜艳欲滴的大红色！

两人不由面面相觑，不料郑旺一看到老婆，他表情变得更加古怪，瞪着老婆半天说不出话来。老婆连忙问："怎么了？我脸上有什么？"见郑旺迟迟没有回答，老婆便自己去照镜子，镜子里，老婆看见了十年前的自己：白里透红的脸蛋儿，大而有神的眼睛，性感美丽的红唇，乌黑柔顺的秀发……甚至连身材都变得玲珑有致！

这不是梦吧，老婆狠狠地掐了一下自己，有疼的感觉呀！她久久地站在镜子前舍不得离开，贪婪地欣赏着自己二十岁的容颜。这时只听郑旺焦急地叫道："老婆，儿子呢？我们儿子哪儿去了？"老婆这才发现儿子不在小床上，被子里只有儿子的几件衣服。两口子这下急坏了，连忙找遍了家里的角角落落，却始终没找到孩子的影子，老婆急得直掉眼泪，哭喊着儿子的名字，整个人就快崩溃了。还是郑旺冷静，他说不如打电话报警，老婆扑到电话机旁正准备打110，却听郑旺大叫道："老婆，别打了！你快看！"老婆顺着郑旺的眼光看去，竟发现儿子躺在小床上睡得正香呢！天啊！这是怎么回事？

不管怎样，老婆总算松了一口气，她忍不住又站到镜子前，想再次欣赏自己的青春美貌，但她却惊恐地发现自己不但不美，相反，已经变成一个五六十岁的老太婆了。她不由发出了一声尖叫，郑旺见了老婆的模样，同样是一脸的惊恐。过了好半天，郑旺像想起了什么，他看了看那个花瓶，发现那束油菜花已经褪了色并且枯萎了，他不由指着这诡异的花瓶说道："一定是它在作怪，这东西不能留！"

老婆不顾一切地扑过去，一把抓住这个古怪的花瓶，冲着它一个劲地问："为什么？为什么！"忽然，老婆手上的伤口又裂开了，鲜血流了出来，顺着花瓶的裂缝往下淌了进去，不一会儿，那条裂缝竟然愈合了，花瓶里散发出一种绿荧荧的光。有了鲜血的滋润后，那束油菜花居然又复活了，它慢慢地抬起了头，花瓣正在慢慢变红，变得格外美丽，格外诡异，同时，老婆的身体也在发生变化，她也在逐渐变年轻，变好看。这时，花瓶上隐隐约约显出了三个红字"血饮尊"，旁边还有一溜红色小楷，上面写着："血饮尊食血乃现魔力，必由女主供血，供血一次可回十年前，唯不可流泪，流泪则衰老二十年。"老婆看后，不由狂喊道："我要重回到二十岁，我不要衰老！"只见花瓶上的字迹渐渐淡去，直至消失，而此时老婆已变得美丽动人，她如愿以偿回到了二十岁那年。

"老婆……"郑旺在叫她，声音里透着恐怖，老婆有些不耐烦地问："什么事呀？"她在想自己的心事：现在自己有了这个血饮尊，可以永远不老，是该考虑和这个收废品的老公离婚了，找个有钱人。郑旺扯了扯老婆的衣袖说："儿子又不见了！"老婆一听急了，她连忙往床上看去，这才发现儿子果然又不见了。老婆呆了一呆，她猛然想到自己已经回到了十年前，还没结婚呢，哪来的孩子？这一定就是儿子消失的原因！是要青春美丽永远不老，还是要儿子？郑旺的老婆犹豫了。这时，郑旺也想到了这一点，他绝望地看着老婆，等着她做出决定，他知道青春美丽对于女人，永远都是致命的诱惑。

半晌，郑旺觉得这样干等不是办法，他得想办法打动老婆，于是他起身找出了儿子六岁生日那天请人录制的碟片播放起来，电视画面中，儿子在笑，儿子在唱歌，儿子在亲爸爸妈妈……老婆慢慢地放下了血饮尊，看着儿子那张空荡荡的小床，她终于忍不住掉下了眼泪。天亮时，在老婆的哭声中，儿子已在床上酣睡了。儿子的失而复得，使老婆的心情很激动，她紧紧地搂住了儿子，狠狠地亲着他，此时，油菜花再次枯萎，老婆渐渐变老，又变成了五六十岁的样子，老婆摸了摸脸上的皱纹，痛苦地闭上了眼睛，她无力地对郑旺说了声："把它毁了吧！我不能没有儿子……"郑旺感激地看着老婆，母爱最终战胜了一切。

郑旺举起血饮尊用力把它摔在了地上，只听"啪"的一声，血饮尊摔成了无数碎片，但片刻之后，它的碎片又聚集在一起，慢慢地恢复了原状。而就在这时，老婆脸上的皱纹逐渐减少，慢慢地回到原来三十岁的模样，只剩下眼角细细的皱纹，略微臃肿的身材，有些干枯的头发……跌落在地上的那束油菜花也变成了原来的嫩黄色。

郑旺这才明白，这个花瓶是毁不掉的，但每碎一次，它的魔力就会暂时自动消失。尽管如此，郑旺还是觉得这个魔瓶太可怕了，既然毁不掉它，那就赶紧把它扔掉吧！

这时，儿子醒来了，急得哭道："快八点了，妈妈，你们怎么不叫我？

迟到了老师要骂的!"老婆这才回过神来,忙着帮儿子洗漱,郑旺则出去把花瓶扔了。

儿子是个非常懂事的孩子,他放学后总是会偷偷跑去捡垃圾,希望能帮帮爸爸。这天放学后,一到家,儿子就高兴地举起手中的花瓶说:"爸爸妈妈,你们看!我捡到一个漂亮的花瓶!我还在田野采了油菜花,妈妈,这个送给您,将来等我长大了会送您更漂亮的!"

郑旺和老婆一见到儿子手里的花瓶,不由大吃一惊,那正是血饮尊!郑旺心里不由一紧,他忍不住对着儿子大声喊道:"谁让你捡的!"

儿子本是一片好心,想不到爸爸竟如此大发雷霆,吓得他手一松,血饮尊"啪"地掉在地上摔碎了。郑旺连忙让老婆把儿子带走,自己蹲在地上看着血饮尊,打算等它复原后再次扔掉它,不料郑旺等了半天,却发现碎片还是碎片,一点复原的迹象也没有。郑旺做梦也想不到,儿子捡到花瓶以后,回家的路上尿憋不住,突发奇想把尿撒在了花瓶里,儿子以为,鲜艳的油菜花插在花瓶里也是需要肥料的,他不想让妈妈看到蔫了的花。血饮尊的魔力就这样被儿子那一泡童子尿给化解了。

(种豆人)
(题图:安玉民)

大沙暴

赵晨从警校毕业后,被分配到南山第二监狱做狱警。狱警的工作很辛苦,隔三岔五就要带着犯人出去劳动改造。犯人挖渠填沟搬石头,狱警得在一边陪着,冬天陪冻,夏天陪晒,当然,还得时时提防犯人逃跑。

那年五月,沙枣花开得正香,赵晨和同事吴军带着三十几个犯人去城郊修路,眼看就要收工了,不知哪个犯人突然发出一声惊呼:"赵管教,你看天!"

赵晨扭头一看,不由惊呆了,不知什么时候,北边的天空黑成了一片,大团黑糊糊的东西翻腾着,像潮水一样向南边扑来。赵晨慌了神,扯着嗓子就喊:"吴军,暴雨来了,快集合……"

这时，有几粒沙子打在赵晨的脸上，隐隐感觉有些疼痛，赵晨突然意识到：那潮水一样的东西不是云层，而很可能是巨大的沙暴！两人立刻指挥所有犯人都扔下工具，迅速到路边的一块空地上集合，吴军清点人数，而赵晨打开对讲机，向上级汇报情况，请求马上派车来转移犯人。

那的确是沙暴，而且是百年不遇的特大沙暴，不到十秒钟，眼前所有的一切都陷入了昏暗之中，沙粒打在脸上、手上跟针扎一样疼，犯人全都被吹得东倒西歪……吴军一步一挪地到了赵晨跟前，用手指着路边的大坝，大声吼着："风太大了，要不让他们到坝下面躲躲？"

赵晨同样大声吼着："好！"

吴军所说的大坝，其实是农用灌溉的水渠，有两米多深，三米多宽，正背着风，是个避风的好地方。两人立刻行动，指挥所有犯人往水渠下转移。当时风实在是大极了，几个身子单薄的犯人刚站起身，就被风吹着往前跑，到了渠沿还收不住脚，直接跌了下去，磕得头破血流……

到了水渠下面，赵晨把人数清点了一遍，有点不放心，正想数第二遍，谁料就在这时，有人像被蝎子蜇了一样大叫起来："水，渠里下来水了！"赵晨的心猛地往下一沉：自己竟然忘了水渠定时放水的时间了！那可是两米多深的水渠啊，下来水是个什么严重后果，所有人都清清楚楚的，那绝对算得上灭顶之灾！犯人们顿时乱作一团。

赵晨赶紧让犯人往上爬，可是人多渠陡，又挤在一处没散开，渠里的水都淹过腰了，还有近一半的人没上去，有的刚爬上去，又给别人挤得掉了下来……虽然这些都是犯人，有的还罪大恶极，但真要让大水冲走一个半个，赵晨和吴军绝对都要负重大责任的。

形势危急，赵晨急中生智，他拉住几个身子骨壮实的犯人，让他们用手指抠住石缝，把身子蹲低，让别的犯人踩着肩膀上去，自己也抓住身边的犯人往上推，推上去一个，再推上去一个，实在推不动了，就用肩扛……赵晨自己，则是在最后一刻被吴军用皮带拖上去的，那会儿渠里的水已经到了他的胸口。上去后赵晨浑身发软，他不敢想象，如果再迟一时半刻将会怎样，这可是几十条人命啊！

上了岸，在渠沿一侧的避风处，犯人全都匍匐在地，双手抱头，这些杀过人、抢过钱、曾经无法无天的家伙，在沙暴的威力下全都蔫了。赵晨刚要清点人数，吴军突然抓着他的手臂，把他拉到了下风处，指着渠沿一侧气急败坏地说："有个犯人朝那边跑了。"

"你说啥？"赵晨觉得全身的血液一下涌到了头顶。吴军哑着嗓门说："好像是1875号，他跑了！"

一直担心的事情终于发生了！真没看出来，1875号平时老老实实的，竟敢做这样胆大包天的事！他的案子赵晨知道一些，因为老婆出轨，这家伙喝了酒去找第三者，结果把自己的老婆和第三者都打成了重伤。他有一个儿子，早已不认他这个爸，他在服刑期间写了很多信给儿子，但无一例外都被退了回来。

赵晨让吴军在原地守着，自己沿着水渠追了下去，大约追了两百多米，他终于看到前面有个黑影在动，他鼓足劲又追了几步，拼尽力气吼道："1875号，你给我站住！"这时候风小了一些，1875号像是听到了喊声，脚步明显慢了下来，赵晨正要再加一把力，把他一举擒获，就在这时，1875号跌跌撞撞的，突然往水渠里纵身一跃，"扑通"入水了。

赵晨傻了，全身的力气仿佛一下子被抽干了，他呆呆地想：1875号这不是找死吗？

这时沙暴又大了起来，赵晨没有往水渠里看一眼，更没有勇气跳下去捞人，就拖着疲惫的身子回到了集合地。这时候监狱派来的卡车已经到了，犯人们都上了车，只有吴军还在下面等着，赵晨告诉他，1875号跳水渠了，只怕是凶多吉少……吴军像没听到他的话，一动不动地站着，两眼失神地看着别处。看着吴军脸上的表情，一道寒气突然从赵晨的后背直冲上脑门：难道、难道又有犯人跑了？

　　吴军的嘴唇哆嗦着，说刚刚清点了人数，2388号不在里面……赵晨眼前一黑：一下子跑了两个，回去可怎么交代啊！这个2388号，还有几个月就要刑满释放了，没想到他竟然也会趁机逃跑！

　　沙暴还在肆虐，天地一片昏暗，赵晨上了车还有点不死心，又把头伸出了窗外，外面大风呼啸，别说人影，就连个鬼影也看不到。卡车缓缓开动了，因为风大，车开得比较慢，就在这时，车上的犯人大呼小叫起来。莫非是2388号回来了？赵晨和吴军不顾一切打开车门跳下去，顺着犯人所指的方向，他俩看到远处有个黑糊糊的东西在动，像是个人，冲过去一看，老天爷，那人竟是跳了水渠的1875号，真是难以置信，他竟然还活着！

　　1875号满身泥浆，在大风里浑身打颤，结结巴巴地说："2388号，在后面……我背他到半路，背、背不动，就先回了。"

　　"你说什么？2388号和你在一起？"赵晨的心狂跳起来，问了个大概，就往他的身后冲了过去……当他从一个沙坑里拖出泥人般的2388号时，心中的欢喜简直无法用笔墨来形容，他又哭又笑，就像一个疯子。

　　回去的路上，赵晨和吴军很快弄清了事情的真相。原来，两个犯人并没逃跑，2388号是被渠里的水冲走的，而1875号是去救他。其实，他们早就该想到1875号不是逃跑，要逃跑他不会沿着水渠往下啊，顺风多好？只是当时乱成一团，谁也没有考虑到这个细节。至于2388号是什么时候被水冲走的,就更没有人留意到了。

后来赵晨问1875号,他怎么敢在这样的天气下水救人,1875号说:"前些天接到我妈的信,说我儿子中学毕业后找不到工作,一天到晚惹是生非,我怕……我怕他也走上我的路。2388号就要回家了,他家里开着一个厂子,他答应出去后给我儿子安排一个工作,所以就算搭上我的命,我也不能让他死,要是他死了,我儿子就完了……"说着说着,1875号的眼泪流了下来。

两周以后,1875号见到了五年都没有见过的儿子,为了这事,赵晨使尽了浑身解数。起先,他儿子就只一句话:我没有爸,我爸早就死了。直到听说在那场百年一遇的大沙暴中,他爸冒着被大水冲走的危险,从两米多深的水渠里救起了另一个犯人,他这才松了口。

1875号在监狱又呆了两年,就因为有立功表现被提前释放了。出狱那天,他在一个没人的地方叫住赵晨,说:"赵管教,谢谢你,说服儿子来看我。"

赵晨紧握着他的手,说:"不,应该说谢谢的是我!"

没有人知道,那天赵晨快追上1875号的时候,已经摸出了腰里的枪,瞄准了1875号的腿,如果不是在千钧一发之际,1875号纵身跳到了水里,两个"逃跑"的犯人很可能一死一伤,这将成为赵晨一生都无法弥补的错误……

(海 岛)
(题图:安玉民 梁 丽)

致命的记忆力

　　如今的科技日新月异，进步迅猛，有人猜测，再过50年，科学家会发明出宇宙飞船、可视芯片，还有具有人类思维的机器人，然而，这样的猜测确实应验了。

　　艾华德是一位科研人员，专门研究发明机器人。最近，他遇到了一件烦心事，他感觉自己的记忆力日渐衰退，经常会忘记一些重要数据。

　　就在这时，他收到了一封奇怪的信。信上写道："如果你想提高自己的记忆力，就去德林街道，找一位叫弗兰卡的先生，他会告诉你解决记忆力衰退的方法！"

　　艾华德激动地叫了起来："这真是太好了！"他感觉自己可以重获新生了，于是，他立刻前往德林街道。

在弗兰卡的家门口，艾华德按下了门铃，不一会儿门开了，迎面出来的是一位中年男子。

艾华德上下打量了他一番，微笑着说道："我找弗兰卡先生！"

中年人说："我就是弗兰卡，你找我有事吗？"

艾华德略有所思地说："哦，是这样的，我收到一封信，信上说找你可以解决我记忆力衰退的问题。"

中年人突然明白了什么，说："原来是这样，我们进去说吧！"

艾华德点点头，和弗兰卡一同走进了屋子。他发现弗兰卡的家很简单，既没有像样的家具，也没有奢华的装饰，一切看起来极为普通。弗兰卡淡淡地问爱华德："你的记忆力是什么时候开始衰退的？"艾华德想了想，说："好像是上个月！"

弗兰卡接着问："那你真的想恢复记忆力吗？我的意思是，现在机器人那么发达，根本不需要人们去记忆。"

"当然，先生！"艾华德认真地说，"记忆力对我来说，如同我的生命。我是一位科研人员，如果失去了记忆，可能会造成巨大的损失。"

弗兰卡叹了口气，说："看样子，要满足你的愿望，似乎只有一个选择了。"

艾华德觉得奇怪，说实话，他不相信弗兰卡可以帮助他恢复记忆力，因为弗兰卡既不是医生，也不是从事记忆研究的专家。不过，他还是耐心地听着弗兰卡的解决方案。

弗兰卡把艾华德带到了他的书房。突然，他从书桌里拿出了一把手枪。艾华德一看，吓得惊叫起来："先生，你这是做什么？"

弗兰卡面无表情地说："孩子，我实话和你说吧，你要恢复记忆，必须拿着这把枪，然后开枪杀了我。"

艾华德吃惊不已，他颤抖着说："可是，我的记忆力和你的生命有什么关系？我不明白！"

弗兰卡笑了笑，说："你不用奇怪，如果你想达到目的，只能这么做！"

艾华德感到了恐惧："难道就没有别的办法吗？"

弗兰卡说："实话和你说了吧，其实，我的日子也不多了。前天，医生告诉我，我在今天就会自然死亡。你如果要恢复记忆，只有杀了我。不过，你不用担心，我已经写好一封遗书，表明我是自杀而亡的！"

艾华德震惊了，他不明白实现自己的这个要求，要赔上一个人的性命，而眼前的这个人和自己又素不相识，却愿意为他牺牲，艾华德感到不可思议。

他又问弗兰卡："我这样做，真的不会受到警方的追捕吗？"

弗兰卡平静地说："不会的，孩子，我以我的人格担保！"

艾华德还是有些不敢确信，他又问弗兰卡："等等，我还有一点没弄明白，为什么我的记忆会和你的生命扯上关系？"

弗兰卡无奈地摇摇头："孩子，我无法告诉你，总有一天你会明白的！"说完，弗兰卡把手枪交到艾华德的手上，然后对准自己的脑门，闭上眼睛。艾华德颤抖着双手，扣动了扳机，弗兰卡中枪，应声倒地。

弗兰卡死了，艾华德惊慌失措地回到了家中。他躺在床上，刚才惊恐的一幕，让他不寒而栗，他蒙起被子，不知不觉睡着了。

第二天，艾华德醒后，回想起昨天发生的事，感到十分离奇，不过，令他欣喜的是，他的记忆力果真恢复了。虽然如此，艾华德还是担心不已，毕竟他谋杀了弗兰卡，是个凶手，然而，就在当天晚上，报纸刊登了弗兰卡自杀身亡的消息，原来弗兰卡也是一位科研人员。

艾华德心中的大石头终于落地了，他又恢复到以往平静的生活。半年后的一天，艾华德像往常一样在家中看书，快到下午的时候，突然有个不速之客到访。那人与艾华德差不多年龄，他上下打量了艾华德一番后，微笑着说道："您好，我找艾华德先生！"

艾华德说："我就是艾华德，你找我有事吗？"

那人略有所思地说："你好，我叫玛卡。昨天，我收到了一封信，信上说，你可以帮我解决一些棘手的问题！"

艾华德觉得很莫名："可是我并不认识你啊！"

玛卡说："这不要紧，我们可以进去说吗？"

"可以，请进！"

艾华德和这个陌生人在客厅坐下，艾华德问道："我可以帮你解决什么问题呢？"

玛卡顿了顿，说："最近，我感到自己的记忆力下降了！"

艾华德突然感觉到不安："什么？你的记忆力也……那我能帮你的忙是……"

玛卡收起了笑容："很简单，我要你的生命！"

"什么？"艾华德叫了出来，"这到底是为什么？"

玛卡冷冷地说："因为你是一个机器人，你的机器寿命已经到期了！"

艾华德惊恐地说："我是机器人？这不可能！"

玛卡冷笑着："没错，其实你和弗兰卡都是机器人，我只是借你的手，毁掉弗兰卡而已，我现在是来毁掉你的！"艾华德突然发现事情的严重性，他看到桌子旁有一罐自己常用的喷雾剂，他急忙拿起喷雾剂朝玛卡丢了过去，玛卡躲闪不及，被砸了个正着，艾华德乘机逃了出去。

艾华德拼命地奔跑着，他感到越发的奇怪，他不知道玛卡说的是不是真的，自己的记忆力确实衰退过。他躲进了自己的秘密实验室，实验室里有一个封闭的房间,可是他从未进去过,或许这个房间可以让他呆上一阵子。于是,艾华德来到了大门口,用自己的指纹识别密码后,房间的大门打开了。

艾华德走了进去,突然发现实验室里有几个容器,其中一个容器里躺着一个人,他的长相居然和自己一模一样,而另外一个容器里躺着的竟然是弗兰卡。艾华德吃惊不已,他不知道这是怎么回事。

这时,他背后突然传出一个男人的声音:"现在你明白了吧,艾华德!"

艾华德转身一看,发现是玛卡,不禁害怕起来:"你为什么会找到这里?"

玛卡冷笑一声,说:"其实,这原本是我的实验室,你和弗兰卡都是我制造出来的机器人,容器里的是副本,这是一个震惊世界的成果。我把你们制造了出来,并把我的思维、精神移植到了你们的脑中,使你们有了思维能力,可以帮我完成最终的愿望。"

艾华德不解地问:"最终的愿望?什么愿望?"玛卡淡淡地说:"通过我给你们移植的理念和科学技能,你们可以帮我制造出更多的机器人,让机器人减轻人们的痛苦,代替人们的日常工作。"

艾华德忙说:"我一直都在研制机器人,你的愿望很快就会实现,可是,为什么你要杀我?难道你是想杀人灭口吗?"

"不!"玛卡认真地说,"我发现自己原本的想法是错误的,机器人的宿命就是被人类控制,可是现在,一切都发生着变化。制造更多的机器人,势必会影响人类的发展,机器人的思维能力越接近人类,人们就越来越依赖他们,久而久之,人们的记忆力会衰退,甚至完全失去自有的生活能力,所以我必须要改正这个错误。"玛卡顿了顿又说,"还有,你们机器人越接近人类的思维,就越会有私欲,我只是用了一个小小的程序，就可以让你去残杀弗兰卡。你们的存在，会威胁到我们人类，所以，朋友，我必须亲手毁掉你们，虽然你们是我毕生的心血，但是我该为此赎罪！"说完，玛卡按动了死亡按钮。

艾华德突然发现自己已经无法行动了，他惊恐地叫了起来，感到自己身体在一点点虚弱，心脏慢慢地停止了跳动……

(戴彦杰)
(题图：佐　夫)

一路信任

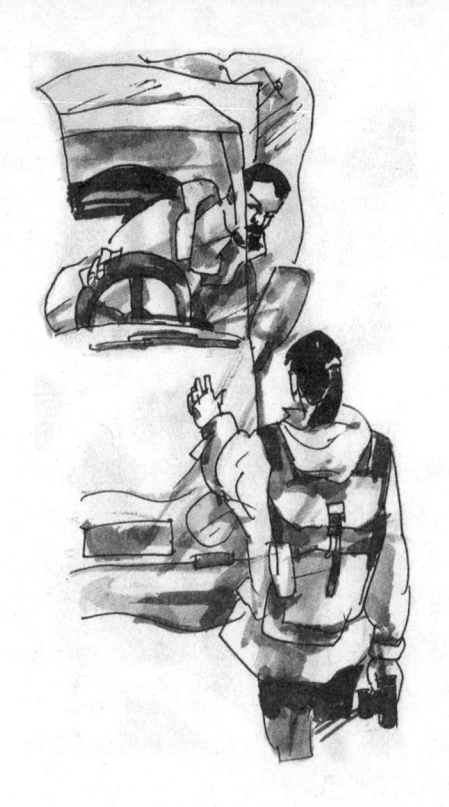

我是一名大学生,为了完成一项课题调研,我决定放寒假时,搭车回家。

回家这天,我试着在公路上拦车,很快便拦下了一辆小货车,司机是个大胡子大叔。我拿出相机给他的车拍了张照,上车后又给司机拍了一张,然后拿出笔记本记了下来。

大胡子奇怪地问我在干什么,我向他解释,我搭车是为了完成一项调查,现代人越来越不愿意搭车,大多是因为缺乏信任,我要向大家证明,人与人之间还是值得信任的。大胡子听了,微微摇头,似乎不太愿意聊这个话题。

车子开了一会儿,突然进了一个加油站。大胡子表情有些怪怪的,说:"不好意思,我身上只剩几十块钱,你能不能借我几百块钱加油?"

我一愣,还没来得及作出反应,他就反问道:"怎么?不信任我?我一定会还你的。"我脸微微一红,只好取出钱来递给他。

加完油继续上路,大胡子对我说:"别担心,大叔家就在前面,到家了马上还你!"我嘴上没说什么,心里开始有了警惕。

过了一会儿,大胡子说,他家就快到了,问我是在这里下车,留个银行卡号给他,还是直接跟他去他家里拿钱,拿完钱他再送我出来。

我犹豫了一下,说还是留下卡号吧。大胡子点点头,想找一个车流量大的路口放我下来,方便我后面继续搭车。谁知,没过多久,前面出现了大堵车,看样子,还不知什么时候能通呢。

大胡子见状,就把车拐进一条泥泞的小路,说是他家就在附近,反正现在堵车走不了,不如先去他家拿钱。我心里不禁打起鼓来。

很快,车子停在了路边的一个院子门口,大胡子热情地招呼我进屋坐。我迟疑着走进屋,一眼就看见里面坐着一个头发蓬乱的男人,目光呆滞,嘴角挂着口水。

我吓了一大跳,大胡子忙说:"别怕,这是我弟弟,是个傻子,但他不会伤人的。"接着告诉我,他就和弟弟住,有个女儿在外面上大学。说话间,他给我端来一碗水,但我没敢喝。

大胡子叫我坐一会儿,因为家里刚好没现金,他得去村里借。他一走,我更是坐立不安。好在大胡子很快回来了,不过却说对方人不在,没借到。我忙说:"那算了,以后你再打卡吧。"

大胡子抬头看了看天色,说:"现在天快黑了,你很难搭到车的。要不,你就在我家住一晚,明早再走吧。"

我听了一惊,慌张得连连摆手。"别害怕!"大胡子爽朗地笑了,"这么晚了,我还不放心你一个人去搭车呢!我也有个念大学的女儿,我能害你吗?"

我一时间有些犹豫,大胡子笑着说:"你不是说要信任别人吗?这个时候你应该信任我呀!"事到如今,我只好勉强答应了。

大胡子高兴地去做饭。吃饭时,他把傻弟弟赶到一边,叹了口气说:"我这傻弟弟呀,也是个可怜人。好不容易娶了个媳妇却跑了,这才变成这样,唉!"我听得心里一跳。

大胡子拿出一瓶酒问我要不要喝,我连忙摆手。他也不多劝,说:"那我自个儿喝了,你就随便吃菜吧。"喝了酒,他的话就多起来,眼睛还直盯着我看,看得我心里发毛。

我草草吃了碗饭,大胡子把我带到一个房间,说是他女儿住的。我看了看,里面的摆设用具果然都是女孩子的,心里顿时安稳了不少。可当我要关门时,却发现门锁坏了。情急之下,我只好找了个玻璃瓶子放在门边。

不知什么时候,迷迷糊糊中,我突然听到"咣当"一声,我条件反射一样坐了起来,大喊一声:"救命!"定睛一看,大胡子在门口探头探脑。我吓得尖叫:"你想干什么?"

大胡子怔怔地盯着我,过了半晌,才摇了摇脑袋,说:"对不起,我走错门了。"说着,飞快地把脑袋缩了回去。我赶紧搬了一张桌子堵着门,暗暗决定,等天一亮就走。

天亮后,我刚走出房门,又吓了一大跳。那个傻弟弟怔怔地站在门口,递给我一张纸条,原来是大胡子的留言:昨晚的事对不起,我不是故意的。我现在去找朋友借钱,很快回来,请在此等我!还有,等我回来再洗脸。

往院子里一看，大胡子的车果然不见了。我心里又没了主意，等不等呢？犹豫了一会儿，我还是悄悄走出了院子，撒腿就跑。

可跑着跑着，心里又后悔了：倘若大胡子做的一切都是好意呢？就这样一走了之，自己这个调研岂不是一场笑话？这样想着，我猛地一咬牙，掉头往回跑。幸好，大胡子还没回来。

我开始从包里取出毛巾洗脸，哪知突然有人从后面抱住我。从镜子里一看，正是那个傻弟弟。他嘴里嘟囔着："媳妇……媳妇……"

我吓坏了，一边尖叫，一边拼命挣扎。正在这时，大胡子突然冲了进来，一把将傻弟弟拉开，"啪啪"就是两巴掌，吼道："她不是你媳妇！"接着，转过来对我说："我不是叫你等我回来再洗脸的嘛！他看见镜子里有女人，就以为是他老婆！"说罢，从口袋里掏出钱递给我，说："拿着，我们现在就走吧。"

车子很快驶上了公路，我的心情一下子放松了，笑着说："大叔，之前我还以为你对我不怀好意呢！刚才我已经偷跑了一次，后来又折回去的。"

"你笨呀！"大胡子扭头瞪我一眼，"还自己跑回去？就不怕我留下你给我弟弟做媳妇？"

我"咯咯"一笑："我相信你！"大胡子却忽然板起脸，教训起我来，说我信任别人是没错，但也得有个度。

我不服气地说："可结果证明我是对的！"

大胡子苦笑着摇摇头，说："那是因为你遇上的是我。"顿了顿，又说，"昨晚那件事对不起，我喝多了，半夜起来看见房间亮着灯，还以为是女儿回来了……知道吗，你真的很像我女儿，看见你，总让我想起她，可是她再也不会回来了……"

顿时,我吃惊地看着他。此时,大胡子的脸上已挂满了泪水:"我没有告诉你,是怕你害怕不敢住。三年前,她也像你这样,一个人搭车去外地,结果永远留在了那里……"听到这里,我不禁呆住了。

很快,大胡子在一个车来车往的路口把我放下,然后回去了。我一个人呆呆地站在路口,好像忘了自己该干什么。

突然,一辆车停在我面前,司机探出头来问:"要搭车吗?"我抬头一看,居然是大胡子!

"上来吧。"大胡子真诚地说,"我不会再让你一个人走了,我送你回家。"

我跳上车,眼泪终于掉了下来。

(张 曦)
(题图:谭海彦)

七月十五放河灯

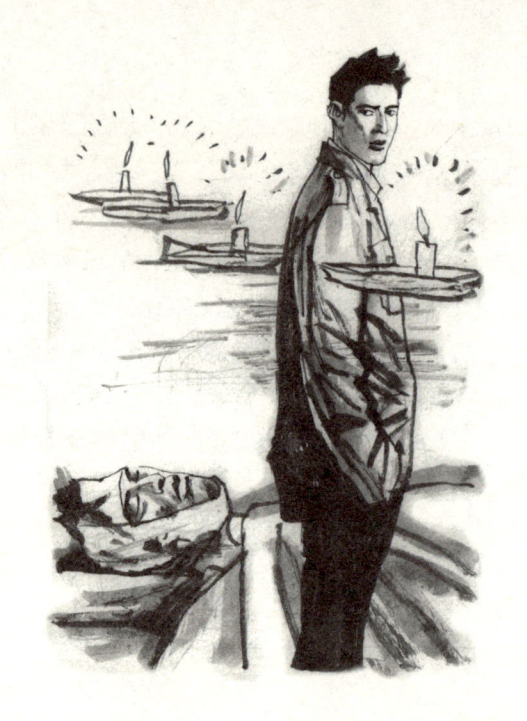

灯楼夜宴

卓方是临河市刑警队的副队长，这个周六下午，难得老婆儿子都不在家，他一个人悠闲地在家里看电视。突然，电视里的一则新闻引起了卓方的注意。这是一则关于本市风云人物、历洋建筑公司老总刘历洋的消息。

就在几天前，本市清水河上的大桥被洪峰冲塌了，一辆载着十一名小学生、一名女老师的中巴车掉进水里，无一生还。要命的是，这桥是去年刚刚建成的，洪峰也不是很大，这桥塌得有点不明不白。于是民间有了很多议论，矛头直指大桥的承建者、历洋建筑公司老板刘历洋。

警方火速带技术人员赶往现场勘查,但很遗憾,洪峰把桥面冲成了碎片,江中只剩下两个桥墩,大桥倒塌到底是天灾还是人祸,短时间内难下结论。警方找到当时的施工人员,这些人的口径也异常一致,回应只有三个字:不知道。

就在调查陷入瓶颈之时,市里一家钢筋厂的销售员杨三,酒后跟朋友胡吹,蹦出一句话,说去年建桥时,刘历洋曾经购进他们厂一批细钢筋,这种细钢筋大多是民用建筑使用的,如果用来铺设桥面,那么大桥坍塌就不足为奇了,就是说,大桥很有可能不是被冲塌的,是被压塌的。和杨三一起喝酒的这位朋友,他的侄子正好是遇难的十一个孩子中的一个,于是立刻打电话向警方报告。警方忙派人到钢筋厂取证,不料杨三已不告而别,钢筋厂的厂长承认卖过细钢筋给刘历洋,但作何用途他就不知道了。

在没有新的证据出现前,警方只能先控制住刘历洋和相关人员的行动,等待进一步的调查结果。

这就是卓方所了解的刘历洋一案的全部,虽然卓方没有直接承办这个案子,但他很关注案情,一是因为这案子涉及十几条人命,事关重大;还有一个原因是,刘历洋的妻子李菲和卓方是老同学,卓方认识他们夫妻多年,近年来随着刘历洋的发迹,卓方才开始有意识地疏远他们,因为他越来越觉得,现在的刘历洋,为了钱什么都敢干。这时,电视新闻里出现的一幕,吸引了卓方的注意:只见一群记者等在建筑公司门口,圆脸小眼的刘历洋从公司一出来,就被记者们包围了,一个男记者举着话筒问:"刘老板,您对杨三的失踪怎么看?"

刘历洋一张嘴唾沫横飞:"杨三这小子欠我的钱想不还,这才故意造谣,不然为什么警察去找他的时候,他连面都不敢露就跑了?我现在还能站在这里和你们说话,就证明我是清白的!"

那个记者接着又问:"那么刘老板,您可以拍着良心说,整个大桥的建造没有任何问题吗?"

刘历洋煞有介事地举起右手:"我对天发誓,如果有一点点昧良心,我就……"说到这里,他的圆脸上忽然露出惊慌的神色,电视直播镜头也忽然被切断了,插播起了广告。

看到这里,卓方感到有点奇怪,电视镜头明显是被突然切断的,刘历洋究竟看见了什么,竟被吓成那样?

这时候,卓方的手机响了,一看,竟是老同学李菲打来的:"卓方,今天我老公刘历洋过生日,我请了咱们班几个同学,你是大忙人,可一定要来呀,晚上八点,清水河边的明灯楼。"职业的敏感使卓方察觉,李菲的语气里听不出一点高兴,倒有点战战兢兢的感觉。

卓方摇摇头叹了口气,开始换西装。虽然他讨厌刘历洋,可这个生日宴会还得去,这是看在李菲的面子上。这时门一开,儿子安安跑了进来,小家伙衣服都湿透了,冲卓方扮个鬼脸:"老爸,快给我找身干衣服,我晚上还跟同学玩去。"

卓方身为刑警队副队长,对宝贝儿子却是一点脾气都发不出来:"安安,以后不要去清水河边玩水了,虽然洪峰都过去了,可万一掉下去,也不是闹着玩的。"

安安小嘴一撇,露出不以为然的神情:"我的绰号是浪里白条,你就放心吧,快给我拿衣服!"

卓方只好给儿子找出干衣服,换下湿的,一股脑儿塞进洗衣机里,然后把房门钥匙和一点钱留给安安,让他自己去吃肯德基。再看看表,七点半,该启程了。

清水河边的明灯楼,在坍塌大桥南边的一公里处,楼分两层,装饰独具特色,一盏盏五颜六色的彩灯排满外墙面,楼檐上,另悬挂八串明珠灯,灯光映照在清水河里,就像水晶宫一般。卓方平时没少来这里,但这次开车老远看过来,就发现明灯楼有点不对劲:装饰外墙面的灯不是彩灯了,无一例外都换成了白灯,照得河水也惨白一片;门口的小车也只有那么几辆,一点也没有往常那种门庭若市的氛围。

卓方下了车,明灯楼的老板迎了出来,脸色在灯光下也是惨白,见卓方一个劲地看他的灯,他主动解释起来:"今天是农历七月十五,老话说今天鬼门大开,大鬼小鬼收人来,本来今晚我想歇业,可是刘总在这里请客,只能继续开张了。不过为了避讳,我是不敢再开彩灯了。"

原来是这样啊,卓方暗笑老板迷信,迈步进了酒楼。一进门,他就看见刘历洋那张骄横的脸。此时刘历洋正对众宾客说到得意处:"我刘历洋三个字的意思,就是历大江大洋如平地,他公安局算什么——"说到这里,忽然看见卓方驾到,忙闭住了嘴,招呼他就座。卓方礼貌地点点头,落座后扫视全场,他看到李菲脸上毫无喜色,也看到在座的人大多是本市有名的凶神恶煞。看来,这顿饭以庆生为名,实际上却是在为"塌桥事件"拉关系找门路,卓方心里不由一阵反感。好在自他进来,刘历洋的言词收敛多了,只说些不着边际的笑话。

将近九点时,刘历洋接了一个电话。他的手机声音大,在座的人都隐约听到对方是个娇滴滴的女声。挂上手机,刘历洋笑嘻嘻地向众人致歉:"有个重要客户要我马上过去,你们继续吃,我先走一步。"在场众人都心知肚明是怎么回事,忙起身相送,只有李菲沉着脸端坐不动,把杯里的白酒一干而尽。

刘历洋独自下楼,要自己开车走。酒楼老板说了句:"酒后驾车,不好吧。"这时卓方正站在二楼往下望,听了觉得自己这个警察该制止这种行为,就对李菲说:"你劝劝刘历洋吧。"李菲正在气头上,怒道:"人家急着要去会狐狸精,我说的他听吗?你还怕交警罚他款吗?这几个钱他出得起!"说完,李菲好像察觉到了自己的失态,靠在窗边不说话了。卓方脑海里浮现出刘历洋那财势逼人的脸来,心里一阵厌恶,也就没再说什么。

刘历洋驾着路虎车,沿着滨河大道往南走了。大道两旁,是两排仪仗队似的路灯,月亮被乌云半遮半掩,好像要下雨。这月亮使卓方想起了酒楼老板的话,七月十五鬼门开,大鬼小鬼收人来。李菲也许是喝多了,嘴里喃喃说着:"你不觉得这一盏盏路灯就像一个个迎宾的小鬼吗?他们正打着灯笼静候活人,路灯尽头,黑糊糊的地方,像不像鬼门关?"

卓方忙把李菲从窗口拉开:"你喝多了,明天早上刘历洋会平安回来的。"李菲却一把甩开卓方,说:"他?他不回来才好呢,我、我恨他!"说罢呜呜痛哭。

灵灯接引

第二天是周日,卓方早上起来,发现屋里只剩下自己一个人,不用说,儿子玩去了,可是妻子哪里去了?两人说好了去逛街的。他摸出手机想看看时间,却发现手机没电了,自动关机,便找出充电器给手机充电。过了几分钟,手机开机了,没想到刚刚显出信号,电话就迫不及待地打了进来,一看号码,是公安局领导打来的:"你怎么把手机关了?刘历洋出事了,就在酒楼南面一公里的拐弯处,他的车开进了河里!"

卓方火速驾车赶往出事地点。这时他的一帮同事已经都到了,刘历洋的路虎车也已经从河里吊出来，放在河滩上，人已被送到了医院，正在抢救。报案的是一个晨练的老太太，她发现河里漂浮着小轿车，就打了110。

卓方开始勘查现场，清水河在这里拐了个弯，连带着滨河大道也拐了弯，看样子刘历洋开到这里没有拐弯，就直接开到河里了。但是，滨河大道两旁都有路灯，这是最好的路标，而且河沿上设有栅栏，河滩上还有警示标志，刘历洋喝的酒也不算多，路段也熟，按道理不会忘记拐弯的。

这时，现场的局领导任命卓方一起参与调查刘历洋落水的案子，并告诉他，经过检测，发现路虎车的刹车碟磨损非常厉害，已到了随时可能失灵的地步。如果这是有人故意做的，以至于当刘历洋发现河滩警示牌，想刹车也刹不住，那就是谋杀案了。卓方把这个情况记下来，然后直奔医院进一步调查。

刘历洋全身插满管子，昏迷不醒地躺在病床上，李菲坐在旁边哭泣。医生告诉卓方，由于小轿车被河底的东西撑住，没有完全下沉，所以刘历洋的头部没有被淹没。他的伤来自于河底的一段钢筋，钢筋刺穿车窗扎在他太阳穴上，伤了大脑，虽然暂时没有生命危险，但是很可能成为植物人。

顿了顿，医生又说："卓队长，病人在抢救时，嘴里反复念叨着一个字：'灯'，这是怎么回事？"

卓方摇摇头，暗想，难道刘历洋最后看见的，是一盏灯？或是一排灯？他正在思索，想不到李菲喃喃地说："这个灯我知道，是小鬼打了灯笼接他走。"医生露出诧异的神色："刘太太，要不要我开点药给你？"卓方对医生使了个眼色，让他先出去，然后关上门，才问李菲："你为什么这么想?"

李菲定了定神,慢慢讲起来:"那天老刘从公司出来,就开车载我一起回家。这辆旧路虎是他的最爱,可是在路上出了点故障,发动机熄火后怎么也打不着,正好路边有个老张修理铺,我们便停车修理。想不到这个修车师傅老张怪得很,说他正忙着,没时间修车。我走过去看他在忙什么,他居然在扎一个个小纸人,纸人手里都拎着小灯笼。我问他,你扎这个做什么?他说,这不七月十五了吗?小鬼要打灯笼接人呢。我不耐烦起来,说你先修车,工钱随你开。可他连头都不抬,说一年就一回七月十五,不能耽误。这时候老刘下了车也过来了,老张只看了老刘一眼,忽然就停了手里的活计,拿出工具修起车来。修完我给他钱,他不要,却非要送我一个打灯笼的小纸人。你想这多不吉利啊,我气冲冲地踩碎纸人,上车就走,他也不拦,只是在后面嘿嘿冷笑。今天出事后,我想起昨天的征兆,莫非这真的是命中注定?"

卓方问:"既然这样,昨晚刘历洋走的时候,你为什么不拦住他?"李菲一听这话,立马火了:"他接的那个电话你听到了吧?明明是狐狸精找他,我拦他做什么?进了鬼门关最好不过!"

卓方知道李菲说的是气话,两口子多年的感情还是有的。他把思绪归到案子上,看来修车的这个张师傅很可疑,会不会是他在刹车碟上做了手脚?

修车师傅

卓方带着李菲直奔老张修理铺,修理铺离清水河不远,很快就到了。时近中午,正是生意最好的时候,修理铺的门却关得紧紧的,老张睡在里面的床上，鼾声如雷。卓方轻轻把门推开，立刻闻到一股刺鼻的酒味，看样子老张昨晚喝得不少。

他们好不容易才把老张弄醒，老张揉揉睡眼，咕哝着说："今天不修车，请另找别家。"卓方拿出证件一亮，这是最好的醒酒汤，果然老张立刻就清醒了，问："有、有啥事？"

卓方一字一句地说："刘历洋出事了。"同时两眼紧盯着老张的表情。老张头上的青筋一蹦，好像感到有些突然，可随即就绽放出发自内心的笑容："刘历洋？真的？就是建清水桥的那个刘历洋？天意啊！"

卓方看不出老张的反应有啥破绽，只好敲山震虎："他把车开进了清水河里。据我们勘验，轿车的刹车碟有问题，而他昨天刚刚在你的修车铺里修过车。"卓方以为老张一定会辩解，没想到他竟直认不讳："没错，他是来修过车，检修时我就发现他的刹车碟有问题，但是——"他一指李菲，"她找我修的时候，只说发动机有问题，又没说要换刹车碟。"

李菲立刻愤怒起来："刹车碟可是人命关天的事，发现坏了你可以说啊，难道怕我们不给你钱？"

老张鼻子里哼了一声，不再说话，低头清扫起地上的一堆纸屑。李菲想起那些纸人来，有些不寒而栗，不过有卓方在，她胆子也大了："那你送给我们纸人算怎么回事？是不是下了什么恶毒的诅咒？"

老张猛地抬起头，一双眼不知什么时候已变得通红："刘历洋是你老公吧？我看过电视，昨天他一下车我就认出来了！清水桥上十一个遇难学生，其中有一个是我儿子！七月十五了，我扎纸人是为祭奠他，让他早早升天。我为什么要提醒杀子仇人，他的刹车碟坏了？我'祝愿'你老公早早上路还来不及呢！警察同志，我违背了职业道德，你可以抓我，但是刘历洋的死，不关我的事，那是老天爷的意思！"

卓方默默无言，好半天才说："刘历洋还没有死，只是昏迷不醒，如果你说的是实话，刹车碟确实不是你做的手脚，你只是知情不报，那么你的行为还谈不上犯罪，祝愿你孩子早早升天吧。"

出了修车铺，卓方把李菲送到医院，自己回了家。这时已是下午两点，客厅里堆满大包小包，看样子妻子逛街时血拼了个一塌糊涂，儿子安安还是不在，大概在外面玩疯了。卓方走进厨房，想找点吃的，却发现冷锅冷灶，什么都没有。

卓方有点生气，径直走进卧室，推了一把午睡的妻子："喂，没做饭啊？"妻子腾地坐起来，竖着柳眉说："做什么饭？说，昨晚十点多钟，我打你的手机怎么关机？是不是没干好事？"这一说卓方倒乐了："难怪你情绪不对，我的手机不是没电了吗？"说着手一指，充电器还在插座上插着呢。妻子这才知道错怪了丈夫，不由娇嗔起来："昨晚打麻将回来，我骑着电动车从南往北走滨河大道，走着走着，发现前面好长一段路都黑咕隆咚的，路灯都没开，这可是从来没有过的事啊！我好害怕，才打手机让你接，没想到你关机。我只好绕小路走，结果摔了一跤，脚脖子都摔肿了。"

卓方没顾上看妻子的伤，急急地问："还记得路灯是从哪里黑的吗？"妻子想了想说："应该是从明灯酒楼南边那个大拐弯处，一直往下两公里左右。"

怎会这么巧？会不会是有人故意把这一段的路灯关掉，让喝了酒的刘历洋直接把车开到河里？这么说，这个案子不简单啊，想到这里，卓方也不觉得肚子饿了，立刻开车直奔路灯管理处，这里正是管路灯的机构。

电工技师

路灯管理处在城南,紧挨着本市最大的宾馆,清河宾馆。卓方和路灯管理处主任是老相识,不过为防打草惊蛇,他没有提起案情,只是有一搭没一搭地打听路灯的管理情况。

管理处主任非常热情,把卓方带到路灯总控制室。这是一间不大的小屋,里面排满了一个个电闸。主任介绍,这里每一个电闸控制一段路灯的开关,每天晚上七点合闸,路灯就亮了,第二天早上六点起闸,路灯就关了。卓方问:"要是有一段路灯出了问题,没有亮,你们怎么才能知道?"主任说:"我们这个总控制室有值班制度,每两天由一个电工技师负责,晚上合闸后,还要带工具巡视一遍,发现不亮的立刻检修。"

卓方点点头,切入正题:"那么昨晚是谁在控制室值班呢?"主任找出值班表翻了翻,说:"是上个星期刚招聘来的一个人,看着挺老实的。"卓方便让主任带他去找这个人。电工技师们有一排专门的宿舍,主任一进门就喊:"老木在吗?刑警队卓队长找你有事!"宿舍床上躺着一条大汉,听到声音,身体就像安了弹簧,一下子弹起来,朝后窗户跳去。卓方早有戒备,一个虎扑抓住他的右脚,大汉一挣,两人一起滚到窗外的空地上。卓方脚落实地,使出擒拿法,三两下把他铐了起来。

主任这时也追了出来,见状吓了一跳:"老木,你跑什么啊?"大汉苦笑一声:"警察上了门,我能不跑吗?你也别叫我老木了,木字是我的姓的一半,我其实姓杨。"卓方仔细辨认了一下大汉的脸,虽然现在胡子拉碴,他还是想起一个人来,那是刘历洋卷宗里的一张照片,杨三!

杨三显得十分沮丧:"那天我和朋友喝酒后说漏了嘴,刘历洋手眼通天,势力庞大,我怕他把我这个证人杀人灭口,所以那天酒醒后,我立刻躲到这里。我叔叔是路灯管理处的一个小头头,我以前学过电工,就让叔叔和主任说了,给我安排了一份工作,然后我躲在宿舍,轻易不出门,想着这样总安全了,没想到,还是没躲过。"

卓方把杨三拉到屋里,让他坐下后才说:"你不用害怕,我是来调查案子的。刘历洋出事了,昨晚开车开到了清水河里。我要问的是,为什么他出事路段的路灯忽然灭了?怎么正巧是你值班?按制度来说,路灯就是偶然坏了,你也应该及时检修,对吧?"

杨三一听刘历洋出事了,立刻用手捂住了胸口,好像怕心脏从胸膛里跳出来:"他死啦?太好了,我终于不用再躲躲藏藏了。"

卓方对杨三说:"你先少得意,若不能解释路灯灭掉的事,警方可以怀疑你谋杀!"杨三知道卓方这话的分量,这才老老实实地讲起来。原来昨晚快九点时,滨河路段的路灯真的坏了,杨三就出门去巡视线路。刚出管理处大门,他看见对面的清河宾馆门口,有一个妖艳的女人正打手机。这个女人他认识,是刘历洋的女秘书丽娜,以前卖钢筋的时候见过。他想乘机探听一下刘历洋现在的动向,就藏在暗影里偷听丽娜说什么。这一听,他才知道刘历洋正在明灯酒楼喝酒,丽娜在约刘历洋来清河宾馆幽会。杨三心里有气:自己整天躲躲藏藏,那个混蛋倒光明正大地喝酒泡妞。想到这里,杨三也不出去巡视了,心说,灯老子现在不修了,刘历洋啊刘历洋,你不是要开车过来吗?就让你黑灯瞎火地走路吧,最好遇到小鬼捉了你!

经过讲完,杨三还满不在乎:"我没有及时检修路灯,是我不对,可人不是我杀的,你不能抓我。"卓方冷冷说道:"那玩忽职守、致人死亡的罪名,你总得承认吧?跟我到局里说去!"其实卓方心知肚明,这个罪名还真治不了杨三,他真正的目的,是让杨三去局里讲出那场钢筋交易的内幕，他是重要的人证。

第二天，卓方又去医院看刘历洋，刘历洋还是老样子，昏迷不醒。李菲的情绪已经平复下来，只是脸上还带有泪痕。卓方对她讲了调查经过，然后下了结论："目前看来，因为刘历洋喝了酒，判断力就不如平时，当开到滨河路拐弯处，由于路灯没有亮，他反应不及，忘了拐弯，就撞坏护栏，冲出了大路。这时他是有机会刹车的，但是刹车碟严重磨损，所以车子冲上沙滩，一直冲到河里。我的结论就是，一连串巧合使他出了事，这只是一场偶然事故。"

李菲擦擦泪痕，说："那他为什么要反复说'灯'字？"卓方答道："可能他想说，为什么路灯没有亮？"李菲摇头："不会这么简单，你去趟电视台吧，去看看那里的采访录像，其实那天电视新闻里有一段没有播，因为很诡异。"

河灯大祭

听了李菲的话，卓方想起那天下午看电视新闻的一幕来，当时刘历洋举起右手发誓："我对天发誓，如果有一点点昧良心，我就……"这时，他的圆脸上忽然露出惊慌的神色，镜头也被切断了。卓方当时没太注意，看来这里面有文章啊！

卓方来到电视台，电视台的摄影记者小汪看过卓方的证件，调出一段视频资料来："刘历洋这个案子是社会热点，所以那天全市有七八家媒体、十多个记者在他公司门口等着现场采访。我们台去的是我跟司机老吴，刘历洋赌咒发誓的时候，司机老吴怕采访车停在他身后影响摄影效果，就把车朝前开了一段，结果车一动，竟露出了这个！"说着小汪一指电脑,电脑里,正播放着诡异的一幕:采访车开过,露出一个扎制精美的花圈来,花圈上垂下了两条白布,上面写着两行血淋淋的大字:"七月十五鬼门开,灵灯接引刘洋来"!也就三五秒,花圈忽然燃起蓝色的火焰,不多时就烧得只剩下灰烬,镜头再往后,又现出刘历洋惊恐的脸。

小汪心有余悸:"刘历洋怕老百姓闹事,这几天公司门口保安很严密,在场的除了媒体,就是他的手下,这个花圈不知如何竟突然出现,又神秘自燃,怕只有鬼神之说才能解释了……"

卓方留心看完视频,笑着说:"我们做警察的,最怕那种毫无特点的案子,像这种离奇古怪的事,反而有迹可寻。"小汪兴奋起来:"那您说这是怎么回事?"卓方卖个关子:"天机不可泄漏,我想见一见另一个目击者,司机老吴。他是什么背景?"小汪回答:"他呀,说起来还是大学化学系毕业的呢,可脾气太冲,进电视台后就被发配开车了。"

卓方微笑:"化学系就对了,你去叫他来。"小汪推门出去想找人,不留神和门外一个人碰了个满怀。小汪一看,一把将这人拉进来:"老吴!你来得正好,卓队长找你。"原来门外的正是老吴。

老吴是个大嗓门,一进门就粗声粗气地说:"我就是来找卓队长的,我来自首。"小汪吓了一跳,回头看卓方,只见他似笑非笑,像在意料之中。

老吴一屁股坐到凳子上,先喝了口水,才说:"卓队长刚才说的话我在门外都听见了,您说我是化学系毕业的就对了,神探啊!您是怎么猜出那花圈是我放的?"

卓方示意小汪打开那段视频,解释说:"既然采访现场没有闲杂人等,说明放花圈的多半是媒体内部的人。最有条件的,就是你。你可以先把花圈折叠起来,放进采访车的储物箱,这样其他人就看不见了。等采访开始时,你就取出花圈放置在不远处,因为有车身挡着,别人都看不见。

当摄像机转向采访车时,你再适时开走车子。小汪说你是学化学的,我猜想你用的是常见的白磷自燃原理,先把一块白磷溶解在瓶装二硫化碳里,算好时间,把溶液洒在花圈上,等水分一蒸发,白磷就自燃了,对吧?"

老吴听完,点点头,忽然声泪俱下,老大一条汉子抱头痛哭:"您说得一点不错,可是我苦啊!我老婆就是桥上遇难的那个女老师,她肚子里还怀着五个月的孩子!我恨不得把刘历洋碎尸万段!可是我只是恐吓了他,却没杀他。"说着一指小汪,"农历七月十五晚上,我跟他喝了一夜酒。"小汪点头。

卓方的目光落在花圈的白布条上,问:"那你为什么要写'七月十五鬼门开,灵灯接引历洋来'?刘历洋正好七月十五出事,昏迷的时候,嘴里不停地喊着一个'灯'字,太巧了吧?"

老吴擦擦眼泪,拿出一个U盘,插在电脑上,打开里面的视频文件,说:"我在花圈上这么写,是有原因的,因为那天上午九点,我们刚刚进行了河灯大祭!"

上午九点,正是几天前大桥坍塌的时刻。视频里显示,遇难师生的上百位亲友、同学排成一列,站在清水河边,在坍塌的桥畔举行放河灯仪式,这些人里就有老吴。只见数十盏竹制小船,上载点燃的蜡烛,悠悠远去。受难者的亲友们无力制裁罪魁祸首,只能以这种方式来表达对亲人的思念!

放完视频,老吴说:"仪式刚刚结束,我就接到电视台电话,让我和小汪去采访那个王八蛋,我心里不好受,这才上街买了花圈,配好了化学品。我这么做就是想诅咒他,他才是最该进鬼门关的人啊!"

卓方反复播放着视频,突然他按了暂停键,问道:"河灯一般都是纸做的,为什么你们的河灯是竹子做的?"老吴含着泪说:"大家想着孩子们还小,怕他们迷路,就买了最贵的竹船,装了能点燃一天的特制蜡烛,为的就是让河灯亮的时间长一些。"

卓方无言以对,拍拍老吴的肩膀,只身走出了电视台的大门。一阵冷风吹来,卓方忽然想起一件事:既然这种特制蜡烛能点整整一天,既不熄灭,也不会沉没,那么这些河灯顺流漂下的话,会不会堵到刘历洋出事的河岸拐弯处?因为那里弯度大,常常堆积一些上游漂来的杂物。

在河岸拐弯处,卓方果然找到了四五个河灯残骸,蜡烛早就灭了,只有小竹船漂浮着。可以想象,这些河灯在七月十五晚上,一定都挤在这里亮着。难道说,刘历洋正是看到这些勾魂的灯光,才出事的吗?

卓方正打算下水捞一个,上游划来一条船,船上有个老人手拿铁耙,正把一截截钢筋混凝土捞起来。卓方奇怪,就问老人这有什么用,老人说:"这是前几天发洪水冲下来的,是塌掉的清水桥的材料,我捞上来砸出钢筋,可以卖钱。"卓方大感兴趣,忙要过一截钢筋来看,发现那钢筋比筷子粗不了多少。

老人看着大发感慨:"这种钢筋也就是盖盖平房,用来造桥不塌才怪。听说盖桥的老板在这里出事了,报应啊!"

一听这话,卓方回忆起医生的话来,刘历洋的伤来自河底的一段钢筋,钢筋刺穿车窗扎在太阳穴上。他脑子里忽然蹦出四个字:天意如刀!

民意天意

卓方向老人表明身份,说这河灯和一桩案子有关,请他帮忙把那几只小竹船捞上来。老人答应了,伸手一拿,却发现小竹船被一条棉绳系住了，棉绳的另一端系在一块石头上，石头沉在河底。老人又去拽另几只小竹船，情况都一样。卓方一看也纳闷起来，难道是有人故意把河灯系起来的？这是新情况啊，有必要都捞上来检查。

这一捞，又有了新发现，原来河底好多石头上都系着棉绳，只是另一端没有系着河灯，想必是被风刮走了，数目大约有几十个，跟老吴他们放的河灯数目基本相符；更令人吃惊的是，这些用来固定河灯的石块，排列成直直的两排，还真像迎接人的仪仗队。

卓方心中顿生怀疑：是谁把河灯刻意排成了两列？这和刘历洋在昏迷中念叨的"灯"字有什么关系？难道这案子真的不是巧合，而是有幕后黑手设计的？卓方回想起修车铺的老张、管路灯的杨三、开车的老吴，一副副面孔都是那样善良淳厚，甚至是老实可欺，直觉告诉他，这不可能。

结束一天的调查，卓方回到家，觉得骨架都要散了。儿子安安已经放学回来了，正躲在卧室里打游戏。别看卓方在外面威风八面，回了家照样做家务。他先把冷饭放进微波炉热上，然后打开洗衣机，安安的湿衣服还堆在里面。卓方往里放水前，先检查衣兜，这一查，他就愣在了那里：安安的裤兜里放着一团湿漉漉的棉绳！

"安安！"卓方厉声大叫，"上周六下午你在清水河边玩什么了？这棉绳是做什么的？"

安安仍旧打他的游戏，头也不回地答道："我和几个伙伴在河面发现一堆小竹船，上面还点着蜡烛，对了，就是河灯。我们把这些河灯用棉绳系在河底的石头上，这样河灯就不会乱漂了。"

卓方一挥手，粗大的巴掌落在安安脸上："你系就系吧，干吗系成直直的两列？你知道闯多大的祸了吗？"

安安"哇"的一声就哭了,边哭边说:"跟我很要好的十一个同学前几天掉河里死了,我们这么做是纪念他们,所以排列出了'11'的图形。"

卓方一把将儿子搂在怀里,轻轻摸着他的头。突然,他心中灵光一闪,已经清楚了整个案子的来龙去脉:喝了酒的刘历洋开车来到拐弯处,拐弯处的路灯坏了,可前面依然有两列灯,河灯!酒后大脑迟钝的刘历洋还以为那是路灯呢,就一头撞上了路栏。这时他有机会刹车,但是很遗憾,刹车碟坏了……其实,刘历洋一开始酒后驾车出门,李菲本来应该阻止的,但气他包养小蜜,就没有去管。修理铺的老张,他本来可以帮刘历洋修好刹车碟,杨三本来也会及时修理路灯,老吴本来不会办河灯大祭,儿子安安也不会摆什么"11",但是这一切都发生了,因为刘历洋恶贯满盈,众叛亲离,大家有意无意间,都希望他出事,结果竟真的出事了。

民意即天意!

这时卓方的手机响了,是局领导打来的:"刚刚接到指示,中央已派专案组赶赴本市调查清水桥垮塌案,刘历洋落水案一起并案调查,你马上回局里汇报工作。"

卓方答应一声,刚挂上手机,铃声立刻又响了,这次是李菲打来的,她的语气惊慌:"卓方吗?老刘的情况越来越好,脑波、血压、脉搏各项指数都正常,医生说这样子应该苏醒过来才对,可他就是没有任何反应。你说,他的魂魄是不是真的进了鬼门关?"

(於全军)

(题图:杨宏富)